JN079349

MIDNIGHT MARIONETTE

知念実希人

CHINEN MIKITO

真夜中のマリオネット

集英社

contents

真夜中のマリオネット

第一章　深夜の来訪者

1

けたたましいアラーム音が鼓膜を揺らす。

目の前の処置用ベッドには、血まみれの患者が横たわっていた。氷のように冷たい汗が背中を伝っていく。おそらくまだ十代前半だろう。赤黒い血がべっとりとついた顔、肋骨の輪郭が一本一本確認できるほどに痩せた上半身からは、性別すらはっきりしない。

「先生、ルート確保できました！　　指示をお願いします！」

焦燥で飽和した看護師の声を聞きながら、ベッドサイドに置かれたモニターに視線を移す。そこに表示されている数値を見て、心臓が氷の手に鷲掴みにされた。

血中の酸素飽和度が極めて低く、血圧にいたっては『計測不能』の文字が点滅している。

どうして？　救急隊からの報告では、バイタルは安定しているはずだった。だからこそ、研修医である私がとりあえず診ることになったのに……。

「荒巻先生は!?」かすれ声で叫ぶ。

「先ほどの虫垂炎の患者をオペルームに送っていっています。まだ連絡取れません」

奥にいる事務員の返答に、絶望と混乱の底に引きずり込まれる。

「先生、どうするんですか？　指示をお願いします」

看護師の催促に答えることすらできず、とっさに患者の首元に手を伸ばす。ラテックス製の手袋越しに血液の生暖かい感触が伝わってくるが、頸動脈の拍動を触知することはできなかった。

「脈が……ない……」

「心停止ですか!?　心臓マッサージをしますか？　どうするんですか!?」看護師ががなり立てる。

そうだ、心臓マッサージだ……。蘇生させないと……。

現実感が薄くなっていく。何者かに操られているような感覚をおぼえながら、よじ登るようにしてベッドにあがると、脂肪も筋肉もほとんどついていない胸の上で両掌を重ねる。体重をかけて胸骨を押し込もうとした瞬間、患者の首元を見て息を呑む。そこには、皮膚に小さな蛇が這っているかのように、外頸静脈がくっきりと浮き出ていた。

外頸静脈の怒張、血圧と酸素飽和度の低下……。そっと左手を患者の胸に置き、右手の人差し指と中指を鉤状に固めてそれを叩く。太鼓を打ち鳴らしたような小気味いい音が鼓膜を揺らした。

「緊張性気胸です！　トロッカーを！」

声を張り上げつつベッドから降りると、処置台からメスを手に取り、浮き出た肋骨の上縁に刃を添わせる。

胸腔内に空気が溜まり、肺と心臓が押しつぶされている。チューブを挿入して排気しなければ、患者の口から、うめき声が漏れた。

歯を食いしばりつつメスを走らせ、皮膚に切開を入れる。

投げ捨てるようにメスを処置台に放ると同時に、看護師が数十センチの槍のような器具を手渡してくる。その尖った先端を、切開した部位に当てた。

できるだろうか？　失敗すれば、鋭利な先端が肺や心臓を貫きかねない。私がこの患者の命を奪ってしまうかもしれない。器具を持つ手が震え、呼吸が乱れる。

脳と筋肉を繋ぐ回路が断線したかのように、体がピクリとも動かなくなる。

ダメだ……。諦めかけたとき、患者の瞼がゆっくりと上がった。宝石のように澄んだ瞳。わずかに涙で濡れた眼球に映る自らの姿を見た瞬間、心臓が大きく跳ねた。糸で四肢を操られているような錯覚にとらわれていた全身に力が戻ってきた。

やらなければ、この子の命の灯は消えてしまう。現実感が戻ってくる。

「大丈夫、心配しないで。　私が絶対に助けてあげる」

柔らかく微笑むと同時に、トロッカーカテーテルの後部に平手を叩きつける。肋間筋、そして胸膜を破る感触が手に伝わってきた。

成功だ。　歓喜の声が喉を駆け上がるが、それは口の中で霧散した。

確実にトロッカーを胸腔内に挿入したはずなのに、空気が排出されない。

どうして……。　激しいめまいに襲われる。そのとき、背後から伸びてきた手が肩を叩いた。振り返ると、救急部のユニフォームを着た精悍な顔つきの男性が立っていた。

「荒巻……先生」

震え声で名を呼ぶと、救急部の指導医である荒巻一輝はトロッカーの後部に手を伸ばし、そこについている突起を迷うことなく引いた。内腔に嵌まっていた槍状の金属が引き抜かれ、笛のような

音を立てながら、残されたチューブから空気が噴き出してくる。

「内筒を抜くまで、空気は排出されないんだ。ちょっと詰めが甘かったな」

あまりにも当然の指摘に、羞恥心が湧き上がってくる。

「すみません……」

うなだれると、荒巻はその大きな手で軽く背中を叩いてくる。

「そうしょげるなって。ほら、見ろよ」

荒巻がベッドを指さす。数十秒前まで苦しげに喘いでいた患者が、穏やかに呼吸をしていた。蛇のように太く浮き出ていた外頸静脈も消えている。モニターに視線を送ると、『計測不能』と表示されていた血圧が正常の値を示していた。酸素飽和度もみるみると上がっている。

「荒巻先生のおかげです。本当にありがとうございます」

心からの礼を口にすると、荒巻は首を横に振った。

「いいや、礼を言うのは俺の方だ。俺の判断ミスで、この患者の初期治療を君に押し付けてしまった。研修医には重すぎる症例だ。にもかかわらず、君は逃げ出すことなく、必死に処置をした。君がこの子の命を救ったんだ」

「私が……」

意識を失っているのか、再び瞼を閉じた患者の横顔を見つめる。

「君の判断力、胆力は救急医に向いているな。まだどの科に進むか決めていなかったら、救急部も選択肢に入れてみたらどうだ」

「救急医……」

8

つぶやきながら患者の頬に触れる。血で汚れた皮膚から体温が、命の温かさが伝わってくる。

「荒巻先生？」

声をかけるが、彼が振り返ることはなかった。

「荒巻先生、待ってください！」

勢いよく振り返ると、なぜか荒巻はこちらに背中を向けて離れていくところだった。

「なります！　私、救急医になります！」

叫びながら床を蹴って走り出す。しかし、追いつくどころか、背中はじわじわと遠ざかっていく。

「待って！　置いていかないで！」

声を嗄らして叫びながら、必死に足を動かす。いつの間にか辺りは闇に侵食されていた。足元すら見えない漆黒の空間を、ただ全力で駆け続ける。

「私を一人にしないで！　お願い、……一輝さん！」

小さくなっていく背中に手を伸ばしたとき、レーザーのような赤い線が彼の全身を通過した。次の瞬間、まるで積み木が崩れるように、十数個に切断された荒巻がその場に落下した。

小山のように積み重なったパーツの頂上には、口を半開きにした荒巻の頭部が載り、その周りに血の池が広がっていく。

白く濁った虚ろな目が、こちらを恨めしげに見つめていた。

「いやあああー！」

鼓膜に痛みをおぼえるほどに絶叫しながら、上体を跳ね上げる。

呼吸が速くなる。しゃっくりをするような音を立てながら必死に酸素をむさぼるのだが、息苦し

さは強くなっていく。手が細かく震え出す。

過呼吸発作だ。反射的にそう判断すると、ズボンのポケットから折りたたまれた紙袋を取り出して口に当て、小松秋穂は周囲を見回す。デスクと本棚が置かれた八畳ほどの殺風景な部屋。見慣れた救急部の医師控室のソファーに、横になっていた。

素早く対処できたせいか、それとも状況が確認できたためか、息苦しさがやわらいでいく。

「ああ、いつの間にか寝ていたのか……」

つぶやきが紙袋の中の空気を揺らす。掛け時計を見ると、時刻は午前二時を過ぎたところだった。

今夜は午後六時から救急部の夜勤に当たっていた。日付が変わる頃まではひっきりなしに重症患者が運び込まれたが、ようやく救急搬送がひと段落したので、ソファーで仮眠をとった。思いのほか、深く眠ってしまったようだ。

疲労がたまっているのだろう。鉛のように重い倦怠感が全身にまとわりついていた。数年前までは、いかに夜勤中だろうと、こんなに熟睡することはなかった。今年で三十一歳、回復力が衰えているのかもしれない。

「それとも、ちゃんと休めていないせいか……」

この半年、睡眠が極端に浅くなっている。ベッドに入るたびに同じ悪夢を見て、心身ともにしっかりと休むことができなくなっていた。

秋穂は鈍痛がわだかまるこめかみに手を当てる。指先がわずかに濡れた。眠っている間に涙を流していたことに気づき、手の甲で乱暴に目元を拭う。秋穂はネックレスに人差し指を引っ掛け、救急部のユニフォームの胸元に隠しておいた部分を取り出した。そこには、プラチナ製の指輪が嵌め

10

られていた。

本来ならこの指輪はネックレスではなく、左手の薬指に嵌められていたはずだ。指輪の内側に彫られた『Kazuki & Akiho』の文字が網膜に映し出された瞬間、鼻の奥が痛くなり、視界が滲んだ。

あの人がいなくなってから、もう半年以上経つというのに、いまだに全身の細胞を冒しているような哀しみと、胸郭の中身がごっそりと引き抜かれたかのような虚無感が消えることはない。仕事をすれば忘れられるかもと、先月復職し、豊洲にある総合病院で救急医として忙しく働きはじめたが、胸の奥深く刻まれた傷は癒えるどころか、じゅくじゅくと化膿して、心を腐らせ続けている。

「一輝さん……、寂しいよ……」

震え声を絞り出した瞬間、けたたましい電子音が響き渡る。秋穂は目を見開くと、わきのローテーブルに置いてある赤い院内携帯を手に取り、迷うことなく通話ボタンを押した。

「はい、臨海第一病院救急部」

『江東救急隊です』

「可能です。どんな状態ですか」

秋穂はソファーから立ち上がり、早足で出入り口に向かう。

この携帯電話は救急隊直通の特別なものだ。きわめて重症で、一刻も早く治療が必要な患者の搬送依頼のみ連絡が入る。

『患者は十代後半の男性。バイクでの自損事故。電柱に叩きつけられて胸部を強く打っている様子。現場には……』

救急隊からの情報を聞きつつ、扉を開けて控室から救急部へと移動した秋穂は、部屋の中心にあ

るデスクのメモ用紙に患者の情報を書き留めていく。研修医や看護師たちが情報を得ようと、素早く集まってきた。

「バイタルは?」

バイク事故、胸部の強打……。想定される病態とその対処を頭でまとめつつ、秋穂は訊ねる。

『血圧は六十四の三十八、脈拍は一一〇回、サチュレーション……』

血圧が低すぎる。ショック状態だ。『BP64/38 HR110』とメモする。厳しい数値に、あたりの空気が一気に張りつめた。

「了解しました。到着は何分後ですか?」

『五分ほどで着くと思われます』

「お待ちしてます」

通話を終えた秋穂は、周りにいる看護師と研修医を見回す。

「十代男性のバイク事故。胸部を電柱に強打していて、ショック状態。胸腔内や腹腔内の大量の出血、骨盤骨折などが考えられる。まずは生食でルートを確保して全開で流して。採血して血算、生化学、血ガスを測定。輸血用のクロスマッチを臨床検査部に提出。当直の放射線技師に連絡してポータブルレントゲンの準備を」

素早く指示を出すと、「はい!」という覇気のこもった声とともに、職員たちが一斉に動き出す。

マスクをつけて救急処置室へと移動した秋穂は、防護ガウンと手袋を嵌めながら、体温が上がっていくのをおぼえていた。搬送されてくる患者がかなりの重傷なのは間違いない。自分のとっさの判断が、患者の命を左右する。

12

この緊張感に浸っている間だけ、最愛の人を喪ったつらさを忘れることができる。それが健全でないことは分かっていた。しかし、内臓がじわじわと腐っていくようなつらさを紛らわす術を他に知らなかった。

「あの、小松先生、私はなにをすればいいですか？」

ためらいがちな声に秋穂は振り返る。見ると、救急部のユニフォームを着た小柄なショートカットの女性医師が、首をすくめるようにして立っていた。先週から救急部で研修をしている二年目の研修医だ。

なかなか優秀なのだが、他科とは桁違いの救急部のスピード感にまだ馴染めずにいるようだ。かつての自分の姿が重なり、マスクの下で思わず唇がほころんでしまう。

私が研修医として救急部を回ったときも、こんな感じだった。そこで突如、重症患者の初期治療を一人ですることになり、パニックになりながらも必死に処置をした。

そして、あの人と一緒に患者を救うことができた。

刃物で刺されたかのような鋭い痛みをおぼえ、秋穂は思わず胸元を押さえる。研修医が「大丈夫ですか!?」と慌てて言った。

「大丈夫、気にしないで。それより、あなたはまずルート確保して、そこから採血をお願い。それが終わったら血ガスを測定して。そのあとの指示は、随時出していくから」

「はい、分かりました！」

研修医の返事に頷くと、秋穂は受け入れの準備を進める。やがて、かすかに救急車のサイレン音が聞こえてきた。

「行くよ」

研修医を促した秋穂は処置室の奥にある自動扉から外に出る。サイレン音が消え、代わりに赤い回転灯をともした救急車が見えてきた。

秋穂たちの目の前で救急車が止まる。後部扉が勢いよく開き、ガチャガチャと大きな音を立てながら、救急隊員たちがストレッチャーをおろしはじめた。患者の関係者なのか、スーツ姿の男二人が続いて車内から出てくる。

「現在、脈拍は微弱で、血圧は測定できません。意識はジャパンコーマスケールで一〇〇。サチュレーションは酸素十リットルで八十八％です」

救急隊員が声を張り上げる。搬送依頼の際に聞いた数値より明らかに悪化している。秋穂はストレッチャーに駆け寄った。

そこに横たわっている少年の姿を見て、わずかに動揺する。苦しげに眉根を寄せ、目を固く閉じているものの、その顔は息を呑むほどに整っていた。すっと通った高い鼻梁、切れ長の瞳、ほっそりとしたあごのライン、薄い唇。それらが芸術的なまでに、絶妙のバランスで存在している。

精巧に作られた人形と見紛うまでに端整な容姿に目を奪われるが、すぐに頭を振って診察をはじめた。口腔内を切ったのか、口元がわずかに汚れているものの、一見したところ大きな外傷は見つからない。

出血性ショックだとしたら、体内で出血している。まずは、生理食塩水の急速輸液と輸血で何とかしのいで、エコーで出血源を確認したら、当直の外科医とともに緊急手術を……。

取るべき処置を脳内でシミュレートしつつ、秋穂は救急隊員たちとともにストレッチャーを引い

14

て処置室へと向かった。

「慎重に移動させて。一、二の、三」

秋穂の合図で、少年が処置用のベッドへと移される。すぐに看護師たちが、汚れた患者のTシャツをハサミで切っていく。露わになった胸部を見て、周囲からうめき声が上がる。左の肩口から、右のわき腹にかけて、皮膚が赤黒く変色していた。電柱に叩きつけられた際についたものだろう。

看護師たちが慣れた手つきで心電図のパッド、パルスオキシメーター、血圧計などを患者に取り付けるのを確認しながら、秋穂は患者の頭側に移動する。

「この患者の名前は?」

救急隊員に訊ねると、背後から「石田ですよ。石田涼介」と声が上がった。振り返ると、さっき救急車から降りてきた二人の男が立っていた。

「どうですか、先生。助かりそうですか?」

男の一人が無精ひげが生えたあごを撫でながら言う。年齢は四十代半ばといったところだろう。冴えない中年サラリーマンといった風体だが、その目だけは獲物を狙う猛禽のような危険な光を湛えていた。彼の後ろでは、眼鏡をかけた三十前後の男が、居心地悪そうにあたりを見回している。その男に見覚えがある気がして、秋穂は首を軽くひねる。

「患者さんのご家族ですか?」

「まさか、とんでもない」中年男は芝居じみた仕草で手を振った。「そんな奴と家族なわけないじゃないですか。気味悪いこと言わないで下さいよ。ちょっとした関係者といったところです」

「ご家族じゃないなら、外の廊下で待っていてください。お話なら後でします」

「はいはい。そいつは逃げられる状態じゃなさそうだし、とりあえず邪魔せず待ってますよ」

逃げられる？　秋穂が眉根を寄せると、おどけていた男の顔が一気に引き締まる。

「ただし、そいつを絶対に死なせないで下さいよ。こんな簡単に死んでいいような奴じゃないんでね」

彼らが廊下へと続く扉に向かうのを確認した秋穂は、患者に向き直る。

「石田さん、石田さん、分かりますか？」

大声で話しかけると、患者の瞼がわずかに開いた。その口から「うう……」とか細い声が漏れる。

意識は混濁。うめくことができるということは、気道は閉塞していない。

素早く情報を確認した瞬間、脳裏に過去の光景が蘇る。数年前、荒巻とともに患者を助けた記憶。

デジャヴにも似た感覚に戸惑いながら、秋穂は聴診器を耳に嵌め、集音部を患者の胸に当て聴診を行う。　呼吸音は両胸ともにはっきりと聞こえる。

「挿管して人工呼吸をしますか？」

研修医が患者の手背静脈に点滴針を刺しつつ、聴診を終えた秋穂に訊ねる。

「いいえ、呼吸音は正常。酸素投与だけで十分。血圧はどう？」

秋穂は看護師に向き直ると、若い看護師が「測定不能です！」と悲鳴のような声を上げた。

「なんで？　そんなに出血もしていないのに！」

点滴ラインの確保を終えた研修医が声を裏返す。

16

「冷静に。血ガスはいいから、エコーで腹腔内の出血がないか確認して。私は胸腔内の出血の有無を調べる」

「わ、分かりました！」

研修医は器具台に置かれていたポータブルエコーを手にすると、患者の痩せた腹部にローションをかけてプローブを当てる。秋穂は聴診器で再度、慎重に呼吸音を聞きはじめる。血胸、胸腔内に血液がたまる状態になっていれば、聴診である程度は診断がつく。

聴覚に神経を集中させながら患者の胸部のあらゆるところに集音部を当てるが、呼吸音がおかしい箇所はなかった。血胸じゃない。なら、腹腔内臓器の損傷、もしくは骨盤骨折によって大量出血している可能性が高い。

「腹腔内の様子は？」

聴診器を乱暴に外しながら訊ねると、研修医は首を横に振った。

「異常ありません。血液の貯留もありませんし、肝臓、腎臓、脾臓にも損傷は確認できません」

とすると、骨盤骨折からの出血か。だとしたら厄介だ。放射線科医に頼んで、動脈塞栓術で止血してもらわないと。

秋穂は骨盤が折れていることを確認するため、患者の腰骨に両手を当て、軽く力を込める。予想に反して、腰骨がぐらぐらと揺動することはなく、しっかりとした手ごたえが伝わってくる。

「骨盤骨折じゃない！？」

頰を引きつらせると同時に、看護師が声を上げた。

「血圧、さらに低下しています。頸動脈、触れなくなりました」

「心停止したんですか！？ 心肺蘇生をはじめますか！？」研修医が甲高い声で訊ねる。

あのとき、はじめて一輝さんと患者を助けたあの夜も、ナースが同じようなことを言ってたな。

場違いなことを考えながら、秋穂は細く息を吐く。

救急医になってから五年、数えきれないほど修羅場をくぐって来た。その経験が、心の重心を保ちつつスタビライザーになっている。

焦れば焦るほど、患者の救命率は下がる。素早く、そして冷静に状況を確認しなくては。

「大丈夫、あなたは助かる。私が助けてあげる」

少年の耳元に囁きながら、横目でモニターを確認する。乱れはあるものの、心電図の波動がしっかりと表示されていた。

心停止はしていない。にもかかわらず、脈が触れないほどに血圧が低下しているということは、体内で大量出血している可能性が高い。しかし、血胸にもなっていないし、骨盤骨折もしていない。

残ったのは腹腔内出血だが、研修医がそれはないと言っている。

彼女が見逃したのだろうか？　その可能性は否定できないだろう。しかし、彼女はかなり優秀だ。ショック状態になるほどの大量の出血を見逃すとはなかなか考えづらい。だとすると……。

数秒でそこまで思考を巡らせたとき、秋穂は目を大きく見開いた。患者の頸部に浮き上がっている頸静脈に気づいて。

緊張性気胸？　いや、両胸で呼吸音が聴取できた。それはない。なら……

秋穂の頭に、ある疾患が浮かび上がる。

「エコーを貸して！」

研修医からポータブルエコーを奪い取った秋穂は、迷うことなくプローブを患者の胸に当てる。

18

液晶画面に拍動する心臓と、その周りを覆いつくしている白いものが見えた。

「心タンポナーデを起こしてる!」

心タンポナーデ。外傷などにより、心臓を包む膜の内部、心囊内に血液がたまり、心臓を押しつぶす病態。秋穂はポータブルエコーを研修医に渡すと、器具台の棚を開き、十八ゲージのカテラン針と五十ミリリットルのシリンジを取り出す。

包装を破った秋穂は、十七センチ近くあるカテラン注射針をシリンジに取り付け、患者の胸にイソジンをかけて消毒した。

「心タンポナーデを解除するんですか?」

研修医の問いに『そう』と頷きながら、秋穂は慎重に針先を患者の胸骨の下辺に当てた。

「でも、ブラインドでは危険じゃ……。心臓とか肺を穿刺しちゃう可能性があります。循環器内科の先生に、エコー下で穿刺をしてもらった方が……」

「それを待っていたら、この患者は死ぬ」

平板な声で答えると、研修医が息を呑んだ。

「覚えておいてね。救急では迅速で冷静な判断が何より大事。それが患者の命を救うの」

乾いた口の中を舐めて湿らせると、秋穂は胸骨の下辺から頭側に向けて、四十五度の角度で太く長いカテラン針を差し込み、奥へと進めた。息を止めながら、シリンジを持つ手の感覚に全神経を集中させる。軽い抵抗のあと、薄いゴムの膜を突き刺したような感触が指先に伝わってきた。心膜を貫いた。秋穂はさらに三センチほど針を押し込むと、ゆっくりとシリンジの押し子を引いていく。プラスチック製の透明な筒の中に、赤黒い液体が少しずつ引き込まれてきた。

「脈、触れました!」

ポータブルエコーを抱えながら、患者の首筋の脈を探っていた研修医が、歓喜の声を上げる。秋穂は目だけわずかに動かして患者の様子を見る。その首筋に浮き出ていた頸静脈が、いつの間にか消えていた。

押し子が引けなくなるまで心囊内の血液を吸引した秋穂は、カテラン針を抜く。

「バイタル、安定しています。凄いです、小松先生」

全身から興奮を滲ませながら、研修医がモニターを指さす。そこに表示されている血圧、脈拍、酸素飽和度が、問題ないレベルまで回復していた。

血液で満たされたシリンジを膿盆に置いた秋穂は、軽く肩をすくめる。

「とりあえず危機は脱したけど、まだ油断しちゃだめだよ。まずはポータブルレントゲンを撮影したうえで、問題がないようならCTを撮って頭蓋内に出血がないか確認しないと。それに、心囊内にドレーンチューブを留置する必要もある。心囊ドレーンはさすがに、循環器内科の当直にやってもらおう。あと、整形外科の当直医に骨折の確認もしてもらわないと。他には……」

これからするべきことをリストアップしていると、研修医が「あっ」と声をあげた。

「患者さん、意識戻ったみたいですよ」

見ると、患者の瞼が開いていた。眼球をせわしなく動かし、不安げに処置室内を見回している。

「石田さんですね」

秋穂はマスクを外して声をかける。患者、石田涼介は驚いたように切れ長の目を見開いた。

「ここは臨海第一病院の救急部です。あなたはバイク事故を起こして、ここに運び込まれたんです」

「分かりますか？」

　涼介がかすかにあごを引くようなそぶりを見せる。意識はだいぶ清明になったようだ。この様子なら、頭蓋内出血を起こしている可能性は低いだろう。安堵しつつ、秋穂は微笑む。

「大丈夫、心配しないで。あなたは助かりますよ」

「……あなたが僕を？」涼介は蚊の鳴くような声を絞り出す。

「ええ、そう。よく頑張りましたね。このあと、ちょっと検査と処置をしたあと、入院になります。しっかり体を治しましょうね」

　秋穂は器具台から滅菌ガーゼを手に取ると、涼介の口元についている血を拭き取る。こわばっていた涼介の顔に、蕾（つぼみ）が花咲くように笑みが広がっていった。

　現実離れしたほど整った中性的な顔に浮かぶ微笑みに、心臓が大きく跳ねた。

「ありがとう、助けてくれて。本当にありがとうございます」

　涼介は秋穂の手に頬をこすりつけた。ラテックス製の手袋越しに伝わってくる陶器のように滑らかな肌の質感に官能を刺激され、秋穂は思わず手を引いた。

　涼介が不思議そうに見上げてくる。そのとき、ガラガラと重い音が響いてきた。振り返ると、当直の放射線技師が数百キロはあるであろうポータブルレントゲン装置を引いてやって来ていた。

「そ、それじゃあ、これからレントゲン写真を撮りますね。そのあと、必要な処置をしていきます」

　秋穂は逃げるように離れていく。放射線技師がポータブルレントゲンをベッドわきまで移動させ、アームを動かして撮影の準備をはじめた。

なんで私はこんなに動揺しているんだ。さっき、彼の脈がとれなくなったときでさえ、冷静に対処できたというのに。

ベッドに横たわる少年の横顔を見る。ただ顔が端整なだけではなく、彼の表情、声、そして態度には妖しいまでの艶が宿っていた。

最愛の人を喪ってからずっと忘れていた本能が刺激され、へその辺りが温かくなっていく。涼介が横目で視線を送ってくる。その顔に、蕩けるような笑みが浮かんだ。秋穂はとっさに目を伏せた。

あんな子供相手になに考えてるのよ……。

思春期の少女のような反応に、強い自己嫌悪が湧き上がってきた。

車輪の音を響かせ、ストレッチャーが引かれていく。

石田涼介が救急搬送されてから、一時間以上が経っていた。心タンポナーデの治療により全身状態が安定した涼介は、当直の循環器科医によって胸腔と心嚢内にドレーンを留置されたあと、救急救命部の病棟へと上がっていった。

朝になれば主治医が決まり、治療とリハビリの計画が立てられるだろう。まだ現場復帰して一ヶ月の秋穂は、入院患者の担当は免除してもらっている。今後、あの少年にかかわる必要はなかった。

秋穂は乱暴に髪を掻き上げる。石田涼介と言葉を交わしてからというもの、なにやら胸の奥のも

やもやが消えない。いかに造形が整っているとはいえ、年端もいかない少年に心が乱された自分が情けなかった。

秋穂は胸元に手を当てて、ユニフォームの内側に収まっている指輪の固さを掌で感じ取る。最愛の人の、精悍な顔と引き締まった体が脳裏に蘇り、深い哀しみが湧き上がってくる。

「一輝さん……」

その名を呼ぶと、丹田にわだかまっていたむず痒いような熱が消え去った。落ち着きを取り戻した秋穂は、電子カルテに診療記録を打ち込んでいる研修医に向き直った。

「カルテの記入お願いね。私は廊下にいる人たちと話をしてくる」

「あ、了解です。けど、あの人たち、誰だったんでしょうね？」

秋穂は「さあ？」と首をひねる。本来なら救急隊員から説明を受けるのだが、あまりにも涼介の状況が切羽詰まっていたため、詳しい話を聞く余裕がなかった。

「まあ、本人たちに聞いたら分かるでしょ。じゃあ、カルテはよろしく」

軽く手を挙げた秋穂は廊下に出る。長椅子に腰掛けていた二人の男が勢いよく立ち上がった。

「石田は助かりましたか!?」

眼鏡をかけた若い男が近づいてくる。秋穂が答えようとすると、中年の男が若い男を無造作に押しのけて秋穂の前に立った。

「で、どうなんですか、先生。石田の野郎は死んでないんでしょう」

地の底から響いてくるような声で男は言う。その目は血走り、爛々と輝いていた。襟のボタンが閉まらないほどに首が太く、筋肉と脂肪で固太りした体がシャツを隆起させている。その迫力に、

秋穂は思わず一歩後ずさった。

「お、お二人は石田さんのご家族ではないんですよね」

「だから、違いますって。気味の悪いこと言わんでくださいよ」

「でしたら、説明するわけにはいきません。医師には守秘義務がありますので、病状を伝えること
ができるのは、ご家族だけです」

「先生、そんな場合じゃないんですよ。いいからさっさと教えてくれませんかね」

男は苛立（いらだ）たしげに、脂の浮いた髪を掻く。その威圧的な態度に秋穂はそっと、ユニフォームのポ
ケットに手を入れ、院内携帯を握る。

救急部には多種多様な患者が搬送されてくる。その中には、反社会的な組織に属している者もい
る。目の前の男からは、これまでに対峙（たいじ）したことのある暴力団関係者と同じ匂いを感じた。

もし脅迫をしてきたら、一人で対応するべきではない。相手が女だとみると、この手の男はやけ
に居丈高になり、理不尽な要求を突き付けてくるのだ。すぐに警備員、場合によっては警察を呼ば
なくては。

「なんと言われようと、ご家族以外に患者さんの病状を教えるわけにはいきません。そもそもあな
た方は誰なんですか？」

男が反社会組織に属していると名乗ったら、すぐに警備員に連絡をしなくては。緊張しつつ、秋
穂はそっとポケットから院内携帯を取り出す。

「ああ、そうか。まだ俺たちが誰だか分かってないのか」

男は鼻を鳴らすと、スーツの懐に手を忍ばせた。

武器？　身をこわばらせた秋穂の顔の前に、黒い手帳のようなものがかざされる。そこには金色の桜の紋章の下に、『巡査部長　美濃部竜太』と記されていた。

「警視庁捜査一課殺人班の美濃部ってもんだ。こっちは、深川署の倉敷学。よろしく先生」

美濃部と名乗った男は後ろに立つ若い男を親指でさす。倉敷と呼ばれた男は、首をすくめるように会釈をした。

「警視庁……」

救急部には交通事故や傷害事件の被害者、違法薬物の中毒患者などが搬送されてくることも少なくない。そのときは、所轄署である深川署に通報することになっているので、刑事と顔を合わせることはよくある。

そのとき、ふと眼鏡の男になぜ見覚えがあったかに気づいた。半年前、傷害事件の被害者の治療を行った際に、深川署からやって来た刑事だ。

しかし、所轄署ならまだしも、警視庁捜査一課の刑事がやってくるなんて……。

「さっきの患者さんが、事件の関係者だってことですか？」

秋穂が訊ねると、美濃部の目がすっと細くなった。

「関係者なんてもんじゃねえよ、先生。あいつは犯人、殺人犯だ」

「殺人……」

「殺人犯」

硝子細工のような儚い美しさを孕んだ少年と、『殺人犯』という不吉な単語が頭の中でうまく結びつかなかった。

「俺たちがなんであいつについて聞きたいか分かってくれましたよね。……で、石田の奴は死んじ

やいないんでしょうな」

思わず秋穂は「は、はい！」と答えてしまう。美濃部は分厚い唇の端を上げた。

「感謝しますよ、先生。で、いつごろ話せるようになります？」

「……ですから、患者さんの個人情報は洩らせません。特に、病状についての情報は」

「まだ分かんないんですか、先生」美濃部はこれ見よがしにため息をつく。「あいつは人殺しなんですよ。そいつを守るつもりなんですか？」

「言ったじゃないですか、医師には守秘義務があるって。そもそも、本当にあの患者さんが人を殺したんですか？　逮捕状はあるんですか？」

「そんなものありませんよ」

「じゃあ……」

秋穂が言葉を継ごうとすると、美濃部が掌を突き出してきた。

「先生、逮捕状なんて必要ないんですよ。あいつは元恋人を殺した現場に踏み込まれたんですよ。そして窓から脱出してバイクで逃げたが、パトカーに追跡された結果、転倒して電柱に叩きつけられたんです」

美濃部が顔を近づけてくる。

「これでご納得いただけましたかね。さて、そろそろ教えてもらいましょうか。あいつがいまどんな状態で、どこに行けば会えるのか」

「でも……、守秘義務……」

「こういう場合、守秘義務より公共の福祉の方が重視されるってことぐらい知らないんですか。あ

26

いつは人殺しなんですよ。いいから、さっさとあいつに会わせろ。あいつは中にいるのか⁉」

怒鳴り声が廊下に響く。倉敷が「落ち着いてください」と美濃部の肩に手を置くが、乱暴に振り払われた。

「い、いいえ……、もう二階の病棟に上がりました。入院治療が必要なので」

秋穂は震える声で答える。

「二階ですね。よし、倉敷。行くぞ」

踵を返した美濃部が大股で廊下を進んでいくのを見て、秋穂はとっさに「待ってください!」と声を上げる。

「石田さんに面会はできません」

美濃部が「ああっ」といかつい顔をしかめる。その迫力に一瞬ひるむが、秋穂は腹に力を込めて言葉を続けた。

「面会謝絶です。会わせるわけにはいきません」

「あいつは殺人犯だって、何度言ったら……」

「石田さんが亡くなってもいいんですか!」

美濃部の言葉を遮って、秋穂は声を張り上げる。

「心囊内に溜まった血液が心臓を押しつぶして、危険な状態だったんです。あなたたちの尋問で、興奮して暴れたりしたら、命を落とすかもしれない。それでも会わせろって言うんですか!」

救急医として、必死に救った命が危険に晒されることだけは許せなかった。美濃部が睨めつけてくるが、秋穂は目を逸らすことなくその視線を受け止める。

十数秒、秋穂と美濃部は視線をぶつけ続ける。先に目を逸らしたのは美濃部だった。

「たしかに、あいつに死なれちゃ困るな。分かりました、今夜の尋問は諦めますよ」

秋穂が安堵の息を吐くと、美濃部は「ただし」と続ける。

「病室の前には警官を置かせてもらいますよ。石田に逃げられないように」

「逃げられないようにって、相手は重症患者ですよ。動けるわけがありません」

「それでもだ！」

内臓を揺らすような美濃部の声に、秋穂は身を震わせる。

「それでも、警官は置かせてもらう。万が一にもあいつに逃げられるわけにはいかないんだ。……絶対にそんなことは許されない。すぐに捜査本部に連絡して、警官を手配させてもらいますよ」

スマートフォンを取り出して外に続く自動扉へと向かう美濃部の背中に、秋穂は「待ってください」と声をかける。

足を止めた美濃部は「なんですか？」と面倒くさそうに、顔だけ振り返った。

「あの患者さんは、石田さんはどうして人を殺したんですか？　元恋人ということは痴情の縺れとかですか」

「どうして？　そんなこと誰にも分かりませんよ。あの怪物がなんで何人もぶっ殺したのか……」

「何人も……？」

不吉な予感が血流にのって全身の細胞を冒していく。早鐘のような心臓の拍動が、鼓膜にまで響

「あの男は三人、いや今晩のガイシャを合わせて四人もの人間を惨殺して、その遺体を解体していた。

「解……体……」

激しいめまいが襲ってくる。廊下が傾いたような錯覚に襲われ、秋穂は大きくたたらを踏んだ。激しい嘔気とともに、食道を熱いものが駆け上がってくる。口元を押さえ、こみ上げてきた胃酸を必死に飲み下す。痛みにも似た苦みが口腔内に広がった。

「ええ、そうです。東京都内でこの一年起きているバラバラ殺人事件。ニュースで聞いたことがあるでしょ。ワイドショーで、『真夜中の解体魔』とかいうふざけた二つ名で呼ばれているその犯人こそ、あなたが助けた石田涼介なんですよ」

美濃部は「行くぞ」と倉敷を促して、自動ドアの向こう側へと消えていく。

秋穂の手から零れ落ちた院内携帯が、床で跳ねて乾いた音を立てた。

2

救急部のユニフォームの上に白衣を羽織った秋穂は、白く磨き上げられた廊下を進んでいく。救急部で石田涼介の治療をしてから、すでに半日以上が過ぎていた。時刻は午後六時前。夕食の配膳の準備をしている看護師たちが、忙しそうに行き交っている。

秋穂はそっと白衣のポケットに手を忍ばせた。指先にガラスの固く冷たい感触をおぼえる。痛みをおぼえるほどに心臓の鼓動が加速し、氷のような冷たい汗が背中を伝っていった。

本当にやるつもり？　本当にできるの？

息苦しさをおぼえながら自問する。しかし、脳神経が焼き切れたかのように熱を持った頭は、思考がまとまらなかった。

まるで誰かに体を操作されているような、マリオネットになったような錯覚に襲われ、秋穂は廊下の突き当たりにある個室病室の入り口に近づいた。引き戸のわきにはパイプ椅子が置かれ、若い制服警官が座っている。秋穂に気づいた警官が視線を上げる。

「なにかご用ですか？」

警官の瞳に警戒の色が浮かぶ。秋穂はからからに乾燥した口腔内を舐めて湿らせると、ゆっくりと口を開いた。

「主治医の小松です。石田さんの回診に来ました」

今朝、夜勤が終わった秋穂は救急部の部長に、涼介の主治医になりたいと直談判した。最初は、まだ復帰して十分に時間が経っていないにもかかわらず、いきなり殺人事件の容疑者を担当するのは負担が大きいのではないかと部長は難色を示した。しかし、「自分が助けた患者の病態が、警察に不当に扱われて悪化しないよう責任をもちたいんです」と訴えると、主治医になることを了解してくれた。

秋穂がおずおずとドアノブを摑むと、警官が「あの」と声をかけてきた。全身に震えが走る。

「石田の意識が戻ったら教えてくださいね。報告しないといけないから」

首をすくめながら、警官は頭を掻いた。

「分かりました」

　愛想笑いを浮かべ、秋穂は病室の中に入る。広い部屋だった。ゆうに十二畳はある空間には、シャワールームやトイレ、デスクに応接セットまでそろっている。この病棟で最も高額の個室料金が設定されている病室だ。目立つところに警官がいると、患者や面会に来る家族が不安になるということで、最も奥にあるここに無料で涼介を入院させることになっていた。

　部屋の奥、窓のそばに置かれたベッドに少年が横たわっている。目を閉じているその横顔は、息を呑むほどに整っている。しかし、芸術作品のような美を湛えるその姿を眺める秋穂の胸には、ヘドロのようにどす黒い感情が湧き上がっていた。握りしめた拳がぶるぶると震え出す。少しでも気を抜けば叫び出してしまいそうだった。

　落ち着け、落ち着くんだ。自らに言い聞かせながら、一歩一歩踏みしめるようにベッドに近づいた秋穂は、そっと毛布をめくる。入院着の襟元からのぞく鎖骨と、うっすらと浮き出た肋骨が妖しい色気を醸し出している。裾からは透明のチューブがベッドの下にまで伸びていた。心嚢内に留置されているドレーンチューブ。

　秋穂は視線を下げて、チューブが接続されているプラスチック容器を確認する。中には、赤黒い血液が溜まっていた。まだ心嚢内の出血は完全には止まっていないらしい。出血が止まらなければ、本来は心臓外科に開胸手術の適応について相談しなければならない。

「……けど、そんな必要ない。あなたを絶対に赦（ゆる）さない」

　口から零れた言葉は、自分のものとは思えないほどに冷え切っていた。あの日、人生最悪のあの

日からの記憶が、走馬灯のように脳裏をかすめていくにつれ、体の、そして心の温度が急速に奪われていった。

秋穂は白衣のポケットから注射用のシリンジと針、そして『希釈用　禁静注』と赤い文字で大きく記されたガラス製のアンプルを一つ取り出した。

包装を破ってシリンジに針を取り付けると、アンプルの先端を摑み、ゆっくりと回転させる。中に溜まっている透明の液体がゆらゆらと揺れて、蛍光灯の光を乱反射する。

塩化カリウムの溶液。カリウムは生命を維持するために必要なミネラルだ。しかし、高濃度のカリウム溶液を一気に静脈注射すると、心臓の電気信号を激しく乱し、心停止を引き起こす。

秋穂はアンプルの先を摘んで、軽く力を込める。先端部のガラスがパリンと軽い音を立てて割れた。いつの間にか手の震えはおさまっていた。狂ったように脈打っていた心臓も、いまは穏やかに凪(な)いでいる。

これは私の権利、そして……私の義務。あの人の仇(かたき)を討つまで、私は悪夢に囚(と)われ続ける。

だから……やるしかない。

アンプルに注射針を差し込むと、押し子を引いて溶液を一気にシリンジ内に引き込む。

とうとう、このときがやって来た。

塩化カリウム溶液で満たされたシリンジを点滴ラインの側管に接続し、ベッドで目を閉じている石田涼介を見下ろす。

警察なんかに渡さない。裁判で死刑判決を受け、執行まで何年も待つなんて耐えられるわけがない。私が自分の手で、この少年の命にピリオドを打つ。

逮捕されるかもという不安が頭をよぎるが、秋穂は大きくかぶりを振った。

この少年は救命できたのが不思議なほどに重症だった。急変して死亡しても、誰も不思議には思わないだろう。それに、カリウムは血液中に含まれる物質だ。たとえ司法解剖されたところで、死因は分からないはずだ。

だから……、やれ！ あの人のために！

秋穂は奥歯を食いしばると、シリンジの押し子に指をかける。しかしなぜか、指はピクリとも動かなかった。

唇を思いきり噛む。八重歯が唇の薄皮を突き破った。口の中に鉄の味が広がり、脳髄まで駆け上がった鋭い痛みが、一瞬、金縛りを解いてくれる。

いまだ。目を固く閉じて、指を動かそうとした瞬間、瞼の裏に男性の姿が映った。精悍な顔に慈愛に満ちた笑みを浮かべた、愛しい人の姿が。

「ああっ！」

悲鳴じみた声を上げると、秋穂はその場から飛びすさる。拍子に側管からシリンジが抜け落ちた。入っていた塩化カリウム溶液が、床を濡らす。

「……できない」ひび割れた声が零れる。

愛しいあの人は、医師としての強い使命感を持っていた。苦しむ人、死に瀕している人を救うことを生きがいとし、それをいつも熱く語ってくれた。

この少年を殺せば、私はあの人に顔向けできなくなる。あの人との幸せな日々の記憶を反芻する資格がなくなる。

けれど……、仇を討たない限り、私は前を向くことはできない。

「どうすればいいの……」

瞳から溢れた涙が、床へと落ちていく。

唐突にかけられた声に、秋穂は全身をこわばらせて顔を跳ね上げる。ベッドの上に横たわった涼介が、首を回して心配そうにこちらを見ていた。

「大丈夫ですか?」

見られていた? どこから?

「い、意識が戻ったんですね。よかった。はじめまして、主治医の小松秋穂です」

内心の動揺を必死に押し殺しながら秋穂は自己紹介をする。

「石田涼介です。はじめまして、秋穂先生。できれば涼介君って呼んでください」

妖艶な微笑を浮かべた涼介に名前で呼ばれ、動揺がさらに強くなる。

「昨夜、助けてくれた先生ですよね」

「覚えているの?」

「はい、かすかに。先生のおかげで安心できました。ありがとうございます」

「先生が必死にはげましてくれたのを。すごく痛くて、すごく怖かったんですけど、あのとき私が全力で治療しなければ、この少年は死んでいたはずだ。私の行動は間違っていたのだろうか。

いや、そんなことない。秋穂は頭を振る。刑事の話を聞くまで、この少年が『真夜中の解体魔』だとは知らなかったはずだ。あのとき全力で治療したことは間違っていなかったはずだ。問題は、これか

らの行動……。

そこまで考えたところで、思考が停止する。

これから、私はどうするべきなのだろう。

思っていた。しかし、愛しい人との大切な思い出を穢すことはできない。なら、医師として治療をして、この男を警察に引き渡すのか？　だが、それでは悪夢が消えることはない。

頭痛をおぼえた秋穂がこめかみを押さえていると、涼介が「それ……」と床を指さす。

「その注射器、そのままにしていていいんですか？」

「あ、いや……」

シリンジを拾い上げ、隠すかのように左のポケットへ押し込んだ瞬間、鋭い痛みが走った。反射的にポケットから手を引き抜く。左手薬指の先にわずかに赤い血が滲んでいた。ガラスアンプルの割断面で切ってしまったのだろう。

左手の薬指……。哀しみの発作に襲われた秋穂は、慌ててユニフォームの胸元に手を当てる。生地を通して伝わってくる指輪の感触が、嵐のように吹き荒れる負の感情をわずかに癒してくれた。

「毒……ですか？」

ぼそりとつぶやいた涼介の言葉に、体が震える。

「な、なんのこと？」

「ごまかさなくても大丈夫ですよ。いま拾った注射器の中身、僕に打とうとしていましたよね。それって、毒薬かなにかですか？」

「そんなわけないでしょ。あなたに必要な薬……、そう、抗生物質よ」

「なら、どうしてあんなに打つかどうかつらそうに悩んだんですか？　どうして泣いたんですか？」

涼介の口調はあくまで穏やかで、責めるような色は微塵（みじん）も感じなかった。

「あ、あなた、どこから……」

「どこから気づいていたか、ですか？　先生が『絶対に赦さない』ってつぶやいたころからです
ね」

すべて見られていた。　絶望が心を黒く染めていく。

「心配しないでください。　警察に言ったりしませんから」

息を乱す秋穂に、涼介が柔らかく語り掛ける。　秋穂の口から「……え？」という間の抜けた声が
漏れた。

「当然じゃないですか。　命の恩人を警察なんかに売るなんて、そんなことできませんよ」

涼介は上体を起こすようなそぶりを見せる。　痛みが走ったのか、その端整な顔が歪（ゆが）んだ。涼介の
肋骨や胸骨は数ヶ所、骨折をしていて、いまも胸部はコルセットでしっかりと固定されている。

「だめよ、横になっていないと」

とっさに秋穂は、涼介の両肩に手を当てる。　体の力を抜いた涼介は、秋穂の手に自分の手を重ね
ながら、いたずらっぽく口角を上げた。

「ありがとうございます。　けど、おかしいですね。　さっき殺そうとした相手の体を心配してくれる
なんて。　先生は本当に優しい人なんですね」

我に返った秋穂は、素早く両手を引いた。

「あなた、さっき私が……薬を打とうとしたとき、気づいていたのよね。　なのに、なんで止めよう

としなかったの？」

なにを考えているか分からない相手に恐怖をおぼえながら訊ねると、涼介は「んー」と形のよい鼻の付け根にしわを寄せた。

「先生になら、殺されてもいいような気がしたから、ですかね」

「殺されてもいいって……」

涼介は天井の辺りに視線を彷徨わせる。その目から、焦点が失われていった。

「僕、べつに生きたいとかないんですよ。昨夜、ミスってバイクでこけたときも、『ああ、これでようやく解放されるんだ』って思ったくらいですから。こんな腐った世の中に未練なんかないんです。それに昨日、……唯一の大切な人を喪ってしまったから」

涼介が首を回してこちらを見てくる。いつの間にか、彼の瞳は昏く染まっていた。底なし沼のようなその瞳孔に吸い込まれていくような錯覚をおぼえる。いったい、どれだけの闇を見れば、この若さでこんな目をすることができるというのだろう。

やはり、この男は人殺しに違いない。得体のしれない怪物と対峙しているような恐怖に襲われていると、涼介が「けど」と明るく言う。その双眸に光が戻ってきた。

「事故のあとなんにも感じなくなっていたんですけど、遠くから声が聞こえたんですよ。『大丈夫、あなたは助かる。私が助けてあげる』っていう声が。それがすごくあたたかくて……、そんな声を聞いたの、久しぶりで……。本当に数年ぶりで、すごく嬉しくて少しだけ目を開けたんです。そうしたら、かすむ視界のなかに、うっすらと先生の顔が見えました」

涼介は切れ長の目を細める。

「僕には先生が天使に見えました。本当に綺麗でした」

涼介の恍惚の表情に、体温が上がってくる。それが、怒りのためなのか、それとも他の理由なのか、秋穂自身にも分からなかった。

「だから、先生が僕にその注射器の中身を打とうとしているのを見ても、全然怖くはありません。あなたに殺してもらえるなら、それはとっても素晴らしいことだ。そんな気がしたんです」

傷に痛みが走ったのか、涼介は顔をしかめる。医師としての本能で、「大丈夫？」と伸ばした手を、涼介は包み込むように両手で握った。細い指の感触が心地よかった。

嫌悪も恐怖もおぼえないことに戸惑う秋穂に、涼介は蕩けるような微笑を浮かべる。

「だから先生、やってください。どうか、そこに落ちている毒を僕に打ってください」

「なにを言って……」

秋穂がかすれ声を絞り出すと、涼介の笑みに痛々しいまでの悲哀がかすめた。

「ずっと、苦しかった……。特に、小学生のときにママが死んでからは、生まれてきたことを後悔し続けた。何度、首を吊ろうと思ったか分からない。けど、自分では怖くてできなかった。僕には その勇気がなかった。だから……どうか先生の手で、僕のことを楽にしてください。掃き溜めのような世界から、僕を解放してください」

涼介の両手に力がこもる。痛みをおぼえた秋穂が小さく呻くと、涼介は「ああ、すみません」と慌てた様子で両手を離した。

「本気で……言っているの？」

「ええ、本気です。安心してください。化けて出たりはしませんから」

「できれば、どうして僕を殺したいのかだけでも教えてもらえませんか？　自分が死ぬ理由ぐらいは知っておきたいから」

おどけて言うと、涼介は「ただ……」と続けた。

秋穂の脳裏に、愛しい人の姿がよぎる。その瞬間、凪いでいた感情の嵐が一気に吹き荒れた。

「あなたが……、あなたが、あの人を殺したから」

必死に声を押し殺しながら、秋穂は言う。涼介は「あの人？」と小首をかしげた。

「荒巻一輝、私の恋人……、私の婚約者よ！」

耐えられず、金切り声をあげた秋穂は、慌てて両手で口を押さえる。病室の外には警官がいる。

騒ぎを聞きつけて駆けこまれるわけにはいかない。

「先生の婚約者を僕が殺したって言うんですか!?」

目を大きくする涼介を見て、秋穂は震えるほどに強く両拳を握りしめた。

「そう……、私の婚約者は半年前に殺された、『真夜中の解体魔』の三人目の犠牲者よ」

秋穂の頭に、半年前の出来事が蘇る。まるで、昨日のことのように鮮明に。

あの日、夜勤を終えて疲れて自宅マンションで寝ていると、スマートフォンに着信があった。寝不足で重い頭を振りながら電話に出ると、それは警察からの連絡だった。なんの用事か不審がる秋穂に、刑事は淡々と告げた。

『今朝、荒巻一輝さんが遺体で発見されたのですが、なにか心当たりはございませんか？』

その瞬間、幸せな未来が崩れ去る音を秋穂は聞いた。

荒巻が勤務時間になっても病院に現れず、連絡も取れないことを不審に思った同僚医師が彼の自

宅マンションへと向かい、管理人とともに部屋を訪れて事件は発覚した。その遺体はバラバラに切断されていて、あまりにも凄惨なその光景に、管理人はその場で嘔吐したらしい。

荒巻のスマートフォンを調べたところ、頻繁に秋穂に電話をかけていたことが分かり、警察はなにか情報を持っていないかと連絡を取って来たということだった。

『荒巻さんとはどのような関係ですか?』

刑事にそう問われた秋穂はとっさに、「研修医時代の指導医です」と答えていた。秋穂とはじめて会ったとき、荒巻は既婚者だった。研修医時代に結婚した妻がいたが、四年前に彼女が不貞を働いたことにより別居し、三年前に離婚していた。

秋穂と荒巻が交際をはじめたのは、離婚が成立してから一年以上経ってからだが、それでもあらぬ疑いを招かぬように、二人は慎重に周囲に隠しながら交際し、それを知るのは親しい、ごく限られた人々だけだった。籍を入れるときにはじめて公にするつもりだった。

結局、警察は秋穂と荒巻の関係に気づくことはなかった。社交的な荒巻は、秋穂以外にも多くの人々と日常的に連絡を取っていたし、初期臨床研究を終えたあと、市中病院で救急医としてのキャリアを積むことを選んだ秋穂とは、職場も違っていた。秋穂のもとにも刑事が訪れて、話を聞いてきたが、荒巻が殺害されたと思われる時間帯に夜勤に当たっていたという鉄壁のアリバイがあったせいか、当たり障りのない質問をされただけで終わった。

ただ、おそらく普通の殺人事件であれば、もっと荒巻の社交関係が捜査され、秋穂との交際も明らかになっていただろう。しかし現実は、そうはならなかった。

なぜなら、荒巻の殺害は単一の犯行ではなく、連続バラバラ殺人事件の一つだったから。

『真夜中の解体魔事件』、一部のマスコミが使いだした禍々（まがまが）しくも妖しいその名称で事件は呼ばれていた。

被害者を自宅で殺害し、一晩かけて遺体を解体したのち、体の一部を奪っていく。そのあまりにも猟奇的な犯行に、世間は怯（おび）えるとともに、激しく興味を掻き立てられていた。

荒巻の遺体で消えた部分は、薬指だった。左手の薬指が根元から切り取られていた。

秋穂は無意識に、ユニフォームの胸元に隠してある指輪に触れる。事件の一週間ほど前に届いた結婚指輪。入籍を発表するまでは外ではつけないが、家にいるときはお互いに嵌めておこう。そう約束していた。

荒巻の結婚指輪は、左手の薬指ごと奪い去られ、いまも発見されていない。

事件のあまりの衝撃に、秋穂の心は完全に壊れてしまった。ほとんど思考が回らず、常に体が重く、そして自分と世界の間に濁った膜が張っているかのように現実感がなくなった。

あまりにも消耗している秋穂の様子に気づいた救急部長に、なかば無理やり精神科に受診させられたところ、重度のうつ病と診断され、休職を言い渡された。それから投薬治療を受け、静岡の実家で療養することで精神症状がじわじわと改善していき、先月にはなんとか復職することができた。

仕事のストレスが原因でうつ病になったと思っている部長には、「無理ない範囲で仕事をしていきながら、完治を目指すんだぞ」と言われている。しかし、秋穂には分かっていた。いかに抗うつ薬を内服しようが、体を休めようが、それだけでは決して完治などしないことを。

『真夜中の解体魔』が逮捕され、消えた結婚指輪と婚約者の指を取り戻す。それだけが、再び前を

向いて歩けるようになる唯一の方法だと思っていた。しかし昨夜、涼介こそ『真夜中の解体魔』だと知らされたとき、もっと確実に悪夢から逃れる方法があることに気づいた。

自らの手で愛した男性の仇を討つこと。

きっと、石田涼介が搬送されてきたことは運命だ。この男を殺すことこそ、自らに課せられた使命なのだ。そう覚悟を決めていたにもかかわらず、土壇場でためらってしまった。最後の一歩を踏み出すことができなかった……。

「なんで、私は殺せなかったの……？ なんで、あの人の仇が取れないのよ……」

つらい記憶に、瞳から涙が溢れだす。

「泣かないで下さい」

涼介が上体を起こす。折れている肋骨に痛みが走ったのか、一瞬その表情は険しくなるが、すぐに笑顔に戻って手を伸ばしてくる。

細い指がそっと涙をすくう。なぜか、その手を振り払うことができなかった。

「先生は間違ってなんていません。僕を殺さないで正解だったんですよ」

「どういう意味？」

秋穂は一歩後ずさると、白衣の袖で乱暴に目元を拭う。

「僕は先生の婚約者を殺していません。僕は『真夜中の解体魔』じゃありません」

「なに言っているの。間違いなくあなたが『真夜中の解体魔』だって刑事たちが言ってた。殺害現場に踏み込んだら、あなたがいたって」

「はい、そうです」なんの気負いもなく涼介は頷いた。「たしかに僕は殺害現場にいるところを警

42

察に見つかりました。それで慌ててバイクで逃げたら、間抜けにも転んじゃいました」

秋穂が「なら……」と反論しかけると、涼介は掌を突き出してきた。

「でも、僕は誰も殺してなんていない。罠にかけられたんです」

「罠?」

「先生は、被害者が誰だか聞きましたか?」

「あなたの、恋人だって聞いたけど」

「正確には元恋人。二年以上前に別れていますから。でも、僕にとってすごく大事な女性だった。

高校時代、孤立していた僕を唯一支えてくれていた先輩だったんです」

涼介の顔に暗い影が差す。

「そんな子を、どうして殺したの?」

「だから、僕は殺してなんかいない。お願いだから信じて下さい」

哀しげな表情を浮かべた涼介は、潤んだ目で見上げてくる。庇護欲を掻き立てられた秋穂は、軽

く頭を振った。

「じゃあ、なんであなたは殺害現場にいたのよ」

「呼び出されたからです」

「呼び出された?」と聞き返すと、涼介は大きく頷いた。

「はい。安里雪絵っていう女性なんですけど、別れてからずっと没交渉だったんです。なのに昨日

の夜、急に会いたい、助けて欲しいって連絡があって、これはただごとじゃないって不安になって、

慌てて彼女の住んでいるマンションに行ったんです」

「急に連絡があったら驚くかもしれないけど、だからって深夜に押し掛けたりする？」

疑念を込めて訊ねると、涼介の眉間にしわが寄る。

「普通ならしないでしょうね。けど、内容が不穏なものだったんですよ。どう読んでも、これから命を絶とうとしているかのような……」

「だから、自殺するかもしれないと思って、部屋に押し掛けたってことね」

「はい。何度もインターホンを鳴らしたんだけど、応答がなかったから中に入った。鍵はかかっていなかったから。室内は明かりはついていなくて、真っ暗でした」

涼介の眉間のしわが深くなった。

「短い廊下を抜けてリビングのドアを開けた瞬間、すごい臭いが襲い掛かってきました。血の臭い……。それで部屋の明かりをつけたら、部屋の真ん中に……、雪絵先輩がバラバラになって……」

そのときのことを思い出したのか、涼介の体が細かく震え出す。その顔からみるみる血の気が引いていき、呼吸が荒くなっていく。

「落ち着いて。ゆっくりと深呼吸をして」

秋穂が背中に手を添えると、涼介は「ありがとうございます」と弱々しく微笑んだ。

「それで、どうしたの？」

手を引きながら秋穂は訊ねる。涼介は言われた通りに深呼吸を数回くり返したあとに、青白い唇を開いた。

「自分がなにを見ているのか分からなくて、頭が真っ白になって、これが現実だって信じられなく

て、ずっと立ち尽くしていました。ほんの数十秒だったのか、それとも何時間も固まっていたのか、自分でもよく分かりません」

「そこに警察が来たってこと?」

「そうです」涼介は小さくあごを引く。「パトカーのサイレン音が聞こえてきて我に返りました。このままじゃ、僕が犯人にされるって思っていると、玄関扉から刑事たちがやって来たんです。それで窓から脱出して、バイクに乗って逃げ出したんです」

「逃げないで、ちゃんと説明すればよかったじゃない。呼び出されたって」

「そうするべきでしたよね。けど、そんなことを考える余裕がなかったんです。雪絵先輩のあんな姿を見て、本当にわけが分からなくなって……。なんで、彼女……」

話の筋は通っていなくもない。しかし、秋穂の胸には疑念が渦巻いていた。

涼介は両手で頭を抱える。その姿が、最愛の人を喪って苦しんだかつての自分と重なり、秋穂はそれ以上、追及できなくなる。

「それじゃあ、あなたのスマホには、雪絵さんからのメールが残っているってことね」

「いいえ、メールじゃありませんでした」

「メールじゃないとしたら、電話? でもあなた、連絡を受けてからすぐに元恋人の家に向かったんでしょ。それならおかしいじゃない。メールと違って、電話なら本当に彼女からのものか分かるはずだとしたら、そこにつくまでの間に、遺体をバラバラに……」

興奮気味にまくしたてていた秋穂は、涼介の顔がつらそうに歪んだのを見て、口をつぐむ。

いや、騙(だま)されるな。これは演技だ。この少年自身が、元恋人を殺害して、切り刻んだんだ。

「どうなの？　どうやって、元恋人はあなたを呼び出したっていうの？」

秋穂の詰問に、涼介は蚊の鳴くような声で答えた。

「手紙……、手紙が郵便受けに入っていたんです」

「手紙？」

「ええ、そうです。住所も書かれていない封筒に、『涼介へ』とだけ書かれていました。すぐに、雪絵先輩からのものだと分かりました。彼女の字って、特徴的だから。丸くて、なんか猫が転がっているみたいなんですよ」

懐かしそうに涼介は目を細めた。

「待って、住所が書かれていないってことは郵送されてきたわけじゃないってことでしょ」

「ええ、でしょうね。直接、僕の部屋の郵便受けに入れたんですよ。僕が住んでいるアパート、セキュリティが甘いから、誰でもできたはずです」

「それって、ちょっとおかしくない。一年以上も会っていなかった昔の恋人の家に直接訪れて、手紙を投函してから自殺しようとするなんて、普通はしないでしょ」

「ええ、普通は」涼介は頷く。「でも、雪絵先輩ならそれをしても全然不思議じゃないんですよ。

……僕と彼女はとても強い絆で繋がっていたから」

天井を見上げた涼介の瞳から、一筋の涙が零れる。その雫が、水晶のように淡い輝きを孕みながら白い頬を伝う。そのあまりにも美しい光景に、秋穂は魅入られる。

「これで分かってもらえましたか？　僕が雪絵先輩を殺してなんかいないことを」

涼介は涙で潤んだままの瞳を向けてくる。

「僕はどんなことがあっても、彼女を殺したりしない。僕は彼女に生きていて欲しかった。僕にとって彼女は、かけがえのない存在だったんだ……」

震え声を絞り出し、血が滲みそうなほどに強く唇を嚙む涼介の姿に秋穂は動揺する。この少年が婚約者の仇だと思っていた。しかし彼からは、自分と同じように大切な人を理不尽に奪われた哀しみ、怒り、絶望が伝わってくる。

果たして、これは演技なのだろうか？　偽りの感情に、ここまでのシンパシーをおぼえるものだろうか。　混乱しつつ、秋穂は口を開く。

「そんなの、全部うそかもしれないじゃない。でまかせを言って、ごまかしているだけかも……」

「残念だな、先生には分かってもらえる気がしたのに。どうしたら信じてもらえますか？」

「その手紙を警察が見つければ、あなたの言っていることが本当だって……」

「それはお勧めしません」秋穂の声を遮るように涼介は言う。「警察はきっと、あの手紙を握りつぶします」

「え？　握りつぶす？」

「警察なんて信用できませんよ。奴らは意地でも僕を『真夜中の解体魔』にしたいんです」

涼介は皮肉っぽく唇の端を上げた。

「一年以上、警察は『真夜中の解体魔』を逮捕できていない。その間に、何人も犠牲者が出て、警察への批判は強くなっている。そんな中、まんまと誘い出された僕が雪絵先輩の死体を見て立ち尽くしている現場に突入した。警察は是が非でも、僕を『真夜中の解体魔』として逮捕して、汚名返上したいはずです。……どんな手段を使ったとしても」

「まさか、手紙を隠そうとするってこと」

「ええ、そうです」涼介は小さくあごを引く。「僕が『真夜中の解体魔』でないと示唆する証拠は、奴らは間違いなく隠蔽します」

「ちょ、ちょっと待って……」

秋穂はこめかみに手を当て、絡まりはじめた思考を慎重にほぐしていく。

「あなたが本当のことを言っているとすると、雪絵って子を殺した犯人があなたを呼び出したってことよね。つまり……」

「そう、『真夜中の解体魔』ですよ。『真夜中の解体魔』がその罪を僕になすりつけようとしているんです」

「なんであなたに？　あなたと『真夜中の解体魔』はどういう関係なの？」

「僕にも分かりません。僕だって混乱しているんですよ。想像してみてください。大切な女性が殺されていたんです。……バラバラにされて。そのうえ、いきなり警察に追われて。もうなにがなんだか分からないんだ！」

これまで冷静さを保っていた涼介が、いきなり声を荒らげる。秋穂は思わず、「ごめんなさい」と謝罪してしまった。

これも演技なのだろうか？　それとも、本当に混乱しているのだろうか？

「すみません、大きな声を出して。ただ、『真夜中の解体魔』が誰なのか、僕とどんな関係があるのかは全然分かりませんけど、僕が選ばれた理由なら分かります」

涼介は自虐的に薄い唇を歪める。

「僕はこの世に必要ない人間、スケープゴートにうってつけの存在なんですよ。僕が冤罪で逮捕されようが、死刑になろうが、誰も気にしない。僕を守ってくれる人なんて誰もいないんです」

吐き捨てるように言ったあと、涼介は「あ……」と声を漏らした。

「一人だけいたな。僕のことを気にかけてくれる人が。……雪絵先輩だけは、僕のことを守ろうとしてくれた。なのに……、あんなのひどすぎるよ……」

両手で顔を覆って肩を震わせはじめる涼介を眺めながら、秋穂は戸惑っていた。

目の前の少年は濡れ衣を着せられただけなのか、それとも、彼こそが愛しい人を奪った真犯人なのだろうか？

これから、どうすればいいのだろう？

「どうすれば……」ほとんど無意識に秋穂はつぶやいていた。「どうすれば、あなたがいま言ったことが本当だって証明できるの？　警察も信用できないっていうなら、どうすればあなたが『真夜中の解体魔』じゃないって確認できるのよ」

「……先生、僕の服って保管してありますか？」

顔を覆っていた両手を外した涼介は、洟をすすりながら訊ねる。

「服？　それは、保管してあるけど……」

「ジーンズのポケットに入っているキーホルダーに、自宅の鍵があります」

一瞬、なにを言われたか理解できず固まったあと、秋穂は目を見開く。

「まさか、あなたの部屋に忍び込めっていうの？」

明日にも令状を持って警察が回収するという話だった。

「そうです。雪絵先輩からの手紙を見れば、僕が言っていることが本当だって分かるはず」

「でも、家宅侵入なんて……」

「住人の僕が許可しているんですよ。なんの問題もないですよ」

そんなわけない。もうすぐ警察が家宅捜索に入るであろう部屋に忍び込むなんて、大きなトラブルになるに決まっている。けれど……。

躊躇（ちゅうちょ）していると、涼介が潤んだ目で見つめてきた。宝石のように美しいその瞳から目が逸らせない。

「本当は誰が『真夜中の解体魔』なのか、誰が婚約者を殺したのか知りたくはないんですか?」

秋穂の喉から、うめき声が漏れた。

「もし、確証がないまま僕を殺して満足なら、どうぞやってください。さっき言ったように、先生になら殺されてもかまいません。雪絵先輩がいないなら、この世界になんて未練はない。けど、『真夜中の解体魔』に復讐することが目的なら、僕の言っていることを確認するべきです。そうじゃないと……、先生の悪夢は終わりません」

あの悪夢に一生囚われ続ける。その恐怖に息を乱す秋穂に向かって、涼介は妖艶な微笑を向けた。

銃弾で撃ち抜かれたかのような衝撃が胸に走る。

「どうか、僕のことを信じてください」

50

3

心臓の音が鼓膜に響く。酸素が薄くなっているかのように息苦しい。

つけているマスクを外してしまいたいという衝動に襲われつつ、秋穂は薄暗い夜道を進んでいく。

時刻は午後十一時を回っている。辺りには人気がなかった。

空から落ちてくる小雨が、街灯の薄い光に浮かび上がる。わきにあるマンションのエントランスに防犯カメラが設置されていることに気づいた秋穂は、纏っているレインコートのフードを引いて顔を隠した。

病室で涼介と話をした数時間後、秋穂は幡ヶ谷駅から徒歩で十五分ほどの住宅街にいた。

本当にこんなことをしていいのだろうか。私はとんでもない間違いをおかそうとしているのではないだろうか。

地図アプリを確認しつつ自問する。しかし極度の睡眠不足で麻痺した頭は、ワインをしこたま飲んだ後のように思考がまとまらなかった。おぼつかない足取りで、画面に表示される指示に導かれるまま狭い路地へと吸い込まれていく。

顔を上げると、二十メートルほど先に目的地があった。古びた木造アパート。そここそが石田涼介の住処だった。

アパートの前に到着する。涼介が言っていた通り、防犯カメラは見当たらない。しかし、秋穂の

不安は消えるどころか、みるみると膨れ上がっていった。

どこかに刑事が潜んでいて監視しているのではないだろうか？　せわしなく辺りを見回す。見え

る範囲にあるすべての窓から、こちらに視線が向いているような妄想に襲われる。

ダメだ。やっぱりこんなことできるわけがない。

目を閉じて身を翻そうとしたとき、瞼の裏に二人の男の姿が映し出された。

荒巻一輝と石田涼介。

最愛の人と、彼を奪ったかもしれない容疑者。緊張が希釈されていく。

そうだ。半年前、私はすべてを失った。いまさらなにを恐れることがあるというのだろう。

あの人の仇かもしれない少年は、自分の手の内にある。簡単に復讐を成し遂げられる状況にある

のだ。

数時間前に実行できなかったのはきっと、あの少年が婚約者の仇であるという確証がなかったか

らだ。なら、ここで引き返すわけにはいかない。石田涼介が『真夜中の解体魔』なのか否か、どん

な危険を冒したとしても確かめねば。

拳を握りしめて心の重心を取り戻した秋穂は、アパートの敷地に入っていく。

年季の入った洗濯機が並ぶ一階の外廊下を、足音を殺しながら一番奥の玄関扉まで進んだ。

レインコートの内側に手を忍ばせた秋穂は、ジーンズのポケットから鍵を取り出す。病院で保管

していた涼介の所持品から持ち出したものだった。

周囲を警戒しつつ錠を外し、素早く扉を開けてその隙間に滑り込む。手探りで見つけた壁のスイ

ッチを入れると天井からぶら下がった電球が灯り、橙の光が降り注いだ。

暗さに慣れた目を細めつつ、秋穂は室内を観察する。二メートルほどの短い廊下の左手に小さな

キッチンがあった。土足のまま部屋にあがった秋穂は右側にある扉を開ける。中は狭いトイレ付き

のユニットバスになっていた。

ここまではなんの変哲もない、若い男の部屋だ。しかし、正面にある扉の奥にある生活空間にど

んな光景が広がっているのだろう。

『真夜中の解体魔』かもしれない少年が暮らす部屋。以前、ホラー映画で見た、被害者の体の一部

をホルマリン漬けにして飾ってあるシリアルキラーの棲み処が頭に浮かぶ。

喉を鳴らして唾を飲み込んで扉のノブを摑むと、ゆっくりと開けていく。その奥に広がっていた

光景を見て、秋穂は目をしばたたかせる。

やけに物が少ない部屋が、蛍光灯の漂白された光に照らされていた。奥にはシングルベッドがあ

り、部屋の中心にあるローテーブルには、バイク雑誌が置かれている。ベッドのわきには膝丈の小

さな冷蔵庫があり、カップ麺がいくつか積まれていた。

おずおずと部屋に入った秋穂は、冷蔵庫に近づいて中を確認する。そこには三本の牛乳パックだ

けが入っていた。

「牛乳とカップ麺だけで生活してたの、あの子……」

生活感がまったく感じられない部屋に戸惑う秋穂は、すぐわきに収納があることに気づく。

この中になにか恐ろしいものが隠されているのかもしれない。緊張しつつ、観音開きの扉を開く。

ハンガーにかかった洋服、バッグ、毛布などの日用品が入っているだけだった。

秋穂は服を搔きわけて、奥にあるプラスチック製の収納棚の中身を確認する。もし、現場から消

えた被害者の体の一部などを見つけることができれば、石田涼介が『真夜中の解体魔』だと確信が持てる。すぐにでも病院に戻って、復讐を果たすことができる。

上から順に棚を開けていった秋穂は、最下段にある一番大きな棚を開けた瞬間、動きを止めた。

遺体の一部はなかった。しかし、それに勝るとも劣らず、異様なものが棚に詰め込まれていた。

段ボール箱に詰められた、大量のコンドーム。

「なによ……これ……？」

かすれ声が漏れる。数百個の避妊具。段ボール箱にかなり隙間があることを見ると、かなりの量がすでに消費されていると思われた。

あの美しい容姿だ。その気になれば、性交渉する相手には不自由しないだろう。だからといって、これほど大量に自宅に置いてあるなんて……。

なにか禍々しいものの片鱗に触れている予感をおぼえつつ、大きく頭を振る。いまはそんなことを詮索している場合じゃない。あの少年が『真夜中の解体魔』なのかどうかを調べないと。

涼介の説明では、この部屋で元恋人からの手紙を読んで、すぐに飛び出したということだった。

しかし、そんなものは見当たらない。

「やっぱり、嘘だったの……？」

つぶやいた秋穂は、ローテーブルの陰になにか紙が落ちていることに気づく。しゃがみこんでみると、テーブルの下に封筒と便箋が落ちていた。這うようにしてテーブルに近づいた秋穂は、便箋を手に取る。そこには、特徴的な丸文字が記されていた。

『涼介へ

　涼介がこれを読んでいるころには、私はこの世にいないでしょう。

　もう、なにもかもいやになっちゃった。もう楽になりたい。

　なんで、こんなことになったんだろう。

　ぜんぶ、涼介のせいだよね。

　涼介にかかわらなきゃ、私はこんなにならなかったはず。

　でもね、あなたのこと大好きだったの。

　あなたのことしか考えられなくなっていたの。

　だから、やっぱりぜんぶ私のせいなのかも。

　よくわかんないや。

　じゃあね、さよなら。

　死んでも、ずっとあなたのこと見てるからね。

　ぜったいにずっと見てるから。

　　　　　　　　　　　雪絵』

「本当にあった……」

　便箋を見つめながら、秋穂は呆然とつぶやく。

　支離滅裂で、不気味な幼さを孕んだ内容。これを書いた人物が精神的に不安定だということ、そして、自らの命にピリオドを打とうとしていることが文面から匂い立ってくる。

涼介が言っていたことは本当だった。たしかにこんな手紙を読んだら、相手が大切な人物であれ

ばあるほど焦って、すぐにその人物のもとに向かおうとするだろう。

しかし実際には、安里雪絵は自殺としてではなく、バラバラ遺体となって発見されている。では、

この手紙を書いたのは彼女ではないのだろうか？　いや、こんな特徴的な筆跡、そう簡単に他人が

真似られると思えない。

脅されて書かされた？　だとしたら、誰が脅したというのだろう？

「……『真夜中の解体魔』」

震える声で、秋穂はつぶやく。『真夜中の解体魔』がこれを書かせたあと、安里雪絵を殺害し、

そして遺体を切り刻んだ。そのうえで、涼介を呼び出して濡れ衣を着せたのだ。

けれど、なぜ彼がスケープゴートにされたのだろう。いったい、『真夜中の解体魔』と石田涼介

の間には、どんな関係があるというのだろう。

いや、これで涼介の疑惑が解けたわけではない。秋穂はかぶりを振る。あの少年自身が、この手

紙を書いて置いておいた可能性は十分にある。

必死に頭を働かせていた秋穂は、金属音が聞こえた気がして体を震わせた。

空耳だろうか？　便箋を手にしたまま聴覚に意識を集中させていると、再びガチャガチャという

音が響く。背骨に冷水を注がれたような心地になる。

誰かが部屋に入ってこようとしている。警察？

こんな現場を目撃されたら、言い逃れなどできない。手が後ろに回るだろう。

上下の歯をカチカチと鳴らす秋穂の視界に、カーテンが閉まった窓が飛び込んでくる。

あそこから逃げれば！　駆け寄って窓を開いたところで、秋穂ははっと我に返って手にしている便箋に視線を落とす。

これは重要な証拠品だ。　警察は見つけても握りつぶすと涼介は言ったが、さすがにそんなことはしないはずだ。

警察は筆跡を調べて、本当に安里雪絵が書いたものかどうか調べるだろう。そうなれば、涼介が『真夜中の解体魔』でない可能性も考えて捜査をやり直してくれるはずだ。

便箋を床に放った秋穂は、窓枠に足をかける。同時に、扉が開く音が聞こえてきた。外へと飛び出た秋穂は、背の高い雑草が生い茂る狭い裏庭に出ると、そのまま目の前にそびえているブロック塀に飛びついた。両手に力を込めて体を持ち上げ、バランスを崩しながらも塀を乗り越える。アスファルトに着地した秋穂は、ブロック塀に背中を預けるような形になる。

カーテンを開く音が聞こえた。　部屋に入ってきた誰かが、外を見ている。コンクリートの冷たく硬い感触を背中におぼえながら、秋穂は両手で口を押さえた。そうしないと、悲鳴を上げてしまいそうだった。

やがて、再びシャーというカーテンが引かれる音が鼓膜を揺らした。　呼吸を止めていた秋穂は、肺に溜まっていた空気を吐き出すと、その場から離れる。

何度も足を縺れさせながら、秋穂は薄暗い路地を小走りに進んでいった。

4

翌日の午前八時前、秋穂は顔をしかめながら自宅マンションを出た。

昨夜、涼介の部屋から脱出した秋穂は、足跡をたどられないように注意をし、一時間近く深夜の細かい路地を歩いたあと大通りでタクシーを拾い、新宿駅まで向かってから晴海にある自宅マンションまで戻った。深夜とは言え多くの人が行き交う新宿駅を経由すれば、たとえ涼介の部屋が漁られたことに警察が気づいたとしても、自分までたどり着かれることはないはずだ。

帰宅した秋穂は、熱いシャワーで冷えた体を温めたあと、すぐにベッドに入った。しかし、目を閉じても、空き巣の真似事をした興奮で脳が熱を孕み、一向に寝つける気配がなかった。

今日の勤務のためにも睡眠をとっておく必要があったので、仕方なく抑うつ症状がひどいときに服用していた強力な精神安定剤をウイスキーのロックで胃に流し込み、自らを気絶させるかのように眠りについたのだった。

アルコールと安定剤という危険な飲み合わせのおかげでいつもの悪夢を見ることもなく眠れたのだが、起きてからというもの、頭蓋骨に鉛が詰まっているかのように頭が重かった。

「……おはよう、小松センセ」

駅に向かおうとした秋穂に声がかけられる。視線を向けた瞬間、頭痛がさらに強くなった。濃い化粧をしたワンピース姿の女性が立っていた。年齢はまだ三十代半ばだったはずだが、険の

58

ある顔のせいか、もっと老けて見える。

「なんの用ですか。春江さん」

荒巻一輝の元妻、横山春江に向かって、秋穂は硬い声で言う。

「なんの用かはあなたが一番分かっているでしょ。まずは、そろそろ私に謝ってくれない？　不倫して、人の夫を奪ったんだから」

「人聞きの悪いこと言わないで下さい。私が一輝さんと交際をはじめたのは二年前、あなたと離婚してから一年以上経った後です。不倫をしたのはあなたじゃないですか」

睨みつけてくる春江の視線を、秋穂は正面から受け止める。

一輝は研修医時代に看護師だった春江と結婚したが、四年ほど前に春江が他の男と不貞関係にあることが判明し、一年の泥沼の裁判ののちに離婚をしていた。

最終的に裁判所に不貞は認められ、慰謝料の分が相殺されて、春江の財産分与がかなり少なくなっていた。

八ヶ月ほど前、一輝と秋穂が交際していることをどこからか噂で聞きつけたらしく、いきなり電話をしてきて「あなたと不倫していたから、一輝は私と離婚したんでしょ」と難癖をつけてきていた。

「いいえ、あなたが色目を使ったから、一輝は私に冷たくなったの。それで、寂しくなってちょっと昔の男と遊んだだけじゃない。だったら、私に少しぐらい相続権があってもいいでしょ」

秋穂は重いため息をつく。一輝にはそれなりに貯金があった。それが全て一輝が命を落としたあと、彼の両親のもとに行ったのがよっぽど悔しいようだ。その怒りのはけ口として、私を標的にし

59　第一章　深夜の来訪者

たのだろう。もしかしたら、金でもせびるつもりなのかもしれない。

「いい加減にして下さい。それなら、弁護士にでも相談に行けばいいでしょ。そもそも、どうして私がこっちに戻ってきているって分かったんですか。それに住所も」

「看護師の世界はね、思ったより狭いのよ。臨海第一病院で働いている友達もいるしね」

春江が赤い口紅が差された唇に笑みをたたえるのを見て、秋穂は奥歯を噛みしめる。いかに友人とは言え、個人情報を教えるなんて。限られた人にしか伝えていなかった一輝との交際のことも知られているところを見ると、人の口に戸はたてられないという格言は正しいらしい。

「なんにしろ、あなたと話すことなんてありません。いまから仕事に行くんです。失礼します」

秋穂はパンプスを鳴らしながら、大股で歩いていく。

「そんな態度、許されると思っているの。謝らないなら、今度は職場に押し掛けてやるからね」

背後から金切り声が追いかけてくる。

「勝手にすればいいでしょ！」

ガンガンと痛む頭を押さえながら、秋穂は大声で吐き捨てた。

「あ、こんばんは、秋穂先生」

病室に入った秋穂を、明るい声が迎える。ベッドで漫画本を読んでいた石田涼介が、人懐っこい笑みを浮かべた。

朝九時から午後六時までの日勤をこなしたあと、秋穂は涼介と話をするためこうして病室を訪れ

60

ていた。

「あなた、その漫画、どうしたの？」

「仲良くなった看護師さんが、暇だろうからって差し入れしてくれました。お勧めの漫画らしいです。漫画ってこれまであんまり読んだことなかったんですけど、すごく面白いですね。明日、続きを持ってきてくれるように頼まなくっちゃ。それで、なんのご用ですか？　秋穂先生」

涼介は床頭台に漫画を置く。

その美貌で、すでに看護師をたぶらかしているのか。秋穂は呆れながら口を開いた。

「……私はあなたの主治医よ。回診して状態を確認するのは当然でしょ」

「またまたぁ」涼介はパタパタと手を振る。「たんに様子を見に来ただけなら、そんなに硬い表情にはならないですって。僕の部屋に忍びこんだんでしょ」

涼介は薄い唇の端を上げた。

「それでどうでした？　雪絵先輩からの手紙、見つけましたか」

小さく頷くと、涼介は破顔する。

「ほら、言った通りだったでしょ。僕は『真夜中の解体魔』なんかじゃない。ハメられて、濡れ衣を着せられたんですよ。僕のこと、ようやく信じてくれましたか？」

「いいえ、まだ信じられない」

秋穂が硬い声で答えると、涼介は「えー」と不満げに唇を突き出した。

「もしかしたら、あの手紙を書いたのはあなた自身かもしれない」

「僕はあんな可愛らしい字なんて書けませんよ」

「安里雪絵さんは、あなたの恋人だったんでしょ。それなら、過去にもらった彼女からの手紙ぐらい持っていてもおかしくない。それを元に手紙を偽造して、万が一のとき自分がスケープゴートだったと思わせるために、部屋に置いておいた」

「そんな面倒なことしませんって」

大きく手を振った涼介は、傷が痛んだのか顔をしかめた。

「少なくとも、まだあなたが『真夜中の解体魔』じゃないとは断定できない」

「じゃあ、どうするんですか？　僕を殺します？」

額に脂汗を浮かべながら、涼介は挑発的に言う。秋穂はゆっくりと首を横に振った。

「いいえ、殺すのはあなたが『真夜中の解体魔』だって確信を得たとき」

「どうやって、その確信を得るんですか？」

「もしあなたが本当にスケープゴートにされたなら、『真夜中の解体魔』はあなたと関係のある人物のはず。あなたから情報を得て、誰が私の婚約者を殺したのか、私自身が突き止める」

「自分で正体をあばいて、仇を討とうってわけですか。さすがは先生。かっこいいです」

無邪気に賞賛の言葉を口にする涼介に、秋穂は冷めた視線を向ける。

「もちろんそれは、あなたが『真夜中の解体魔』でなかったらの話。あなたが一輝さんを殺したなら、今度こそ……あなたを殺す」

「その一輝さんっていう人が、先生の婚約者だった人ですね」

過去形で言われ、秋穂の胸に鋭い痛みが走る。

「だったらなに？」

「どんな人だったんですか？　同年代？　年上？　それとも年下？　仕事はなにをしていたんで

す？　外見はどんな感じ？」

　矢継ぎ早の質問に、秋穂は鼻の付け根にしわを寄せた。

「なんで、あなたにそんなことを言わないといけないのよ」

「そりゃあ、先生みたいな綺麗な人の好みは知っておきたいじゃないですか。機会があったら、僕も恋人に立候補してみたいし。先生、年下の男ってどう思います？」

　これまでの恋人は同年代か年上で、精悍な外見をしている相手が多かった。そのような男性に魅・力をおぼえていた。しかし、苛烈なまでに中性的な美を湛えた涼介に見つめられると、どうにも動揺してしまう。

「ねえ、あなた。収納棚になにか隠していたわね。あんなに必要なくらい恋人がいるわけ？

　私もその一人にするつもりなの？」

「意趣返しのつもりで口にした瞬間、涼介が体を震わせた。その表情に暗い影が差す。

「あれを……、見たんですか……」

「え、ええ……。なんで、あんなに必要かと不思議に思って……」

　涼介の態度の急変に、思わず言い訳するような口調になってしまう。

「言いたくありません」

「ふざけないで！　あなたになんか興味ない！」

　声を張ってごまかすと、涼介は唇の前で人差し指を立てた。

「ダメですよ、先生。そんな大きな声出しちゃ。廊下にいる警官に聞こえちゃいますよ」

　はっとして秋穂は口元に片手を当てる。勝ち誇ったかのような涼介の表情が癪に障った。

どこまでも硬い声で答えると、涼介は視線を窓の外に向けた。意図せずも、彼の心の柔らかい部位を無遠慮に突いてしまったらしい。痛々しさすら漂っているその姿に謝罪しかけるが、相手が婚約者の仇かもしれないことを思い出し、秋穂は開きかけた口を固く結んだ。

鉛のように重い沈黙が病室に満ちる。時計の秒針が時間を刻む音が、やけに大きく響いた。

先に沈黙を破ったのは涼介だった。大きく息を吐くと、手を差し出してくる。

「休戦しませんか。僕は先生に婚約者のことを訊かない。代わりに、先生は収納棚の中に入っていたものについて言及しない。それで手を打ちませんか。これから協力していく仲間なんですから」

「仲間……？　なにを言ってるの？」

「先生と僕の利害関係は一致しているじゃないですか。先生は復讐のため、婚約者を殺した犯人を見つけたい。僕も冤罪を晴らしたうえで、大切な人を奪ったことの報いを犯人に受けさせたい。僕は情報提供しますから、先生はそれを元に調査をする。いい取引だと思いませんか」

「……何度も言うけど、あなたが『真夜中の解体魔』だっていう可能性も捨ててないからね」

「そのときはぜひ僕を殺して、復讐を果たしてください」

なんの気負いもなく言うと、涼介は屈託ない笑みを浮かべた。数秒間、奥歯を嚙みしめて黙り込んだあと、秋穂は叩きつけるように涼介の手を握った。

「これで、相棒同士ですね。嬉しいなぁ、先生みたいな綺麗な人とパートナーになれるなんて」

「相棒なんかじゃない。あなたは単なる情報提供者で、連続殺人の容疑者。それを忘れないで」

「了解です」

涼介が朗らかに答えたとき、腰のあたりから電信音が響いてきた。涼介の手を離した秋穂は、白

衣のポケットから院内携帯を取り出して『通話』のボタンを押す。

「はい、救急部の小松です」

『こちら、警備部の小松です。小松先生にお目にかかりたいという方がいらっしゃっています』

「私に会いたい？」秋穂は首をひねる。「いったい誰？」

『美濃部さんという方です』

涼介が運び込まれたときについてきた、警視庁捜査一課の刑事のいかつい顔が頭をよぎり、秋穂の背筋が伸びた。昨夜、涼介の部屋に忍び込んだことがばれたのだろうか。それとも、涼介の状態を聞きにきただけだろうか。

「すぐに行くから、ちょっとだけ待ってもらって」

深呼吸をくり返し、息に緊張を溶かして吐き出していると、涼介が声をかけてきた。

「刑事が来たんですか？」

「……なんで分かるの？」

「顔が険しくなっていますもん。せっかくの美人が台無しですよ。もっと笑ってください」

「笑ってって、あなた……」

「もしかして、昨日、僕の部屋に忍び込んだことがばれて、逮捕でもされると思っているんですか？　そんなことあり得ませんよ。僕みたいに現行犯でもない限り、警察がそう簡単に逮捕なんてできません。必死に証拠を集めて、それを裁判所に提出して逮捕状を発行してもらわないといけないんです。一日でできるようなことじゃありません。それに、逮捕するつもりなら、奴らはこんな時間でなく、朝に自宅に押し掛けてきますよ。それが定石ってやつです」

「……やけに詳しいのね」

「いろいろと経験していますからね。それより、先生。お願いしますよ。僕を守ってくださいね」

「守る？　なにを言ってるの？」

「あいつらはきっと、僕を警察病院にでも移すって言うに決まっています。そこなら、入院中でも好きに尋問できるだろうから。それどころか、もし僕が『真夜中の解体魔』じゃないと分かったら、口封じをして罪をなすりつけ、事件に強引に幕を引こうとするかも」

「そんなわけ……」

ないでしょ、と続けようとした秋穂は、涼介の鋭い眼差しを浴びて言葉を飲み込んだ。

「僕は警察のことをよく知っています。あいつらは別に正義の味方でもなんでもありません。僕みたいな社会的弱者を容赦なくいたぶるサディストの集団です」

「さすがに、そんなことは……」

「そう思うのは、これまで警察、特に刑事たちとかかわらない人生を送って来たからですよ。けど、先生にもすぐに分かりますって。あいつらがどれだけ汚い奴らなのか」

吐き捨てるように涼介は言う。

「でも、倉敷っていう刑事は、あなたのこと心配してたみたいだったけど」

「ああ、倉敷さんか……」涼介の表情が緩む。「あの人は別ですよ。たしかにあの人は昔からの顔馴染で、警察とは思えないくらい僕に親身になってくれました。本気で僕のことを心配して助けてくれようとしたんです。倉敷さんは僕にとって『特別な刑事』なんです。まあ、それは置いといて、警察病院なんかに連れていかれたら、先生は僕と接

触できなくなりますよ。僕が犯人だろうが、他に真犯人がいようが、婚約者の仇を討つチャンスがなくなりますよ。それは困るでしょ」

「なにかうまく理由をつけて下さいよ。プロなんだから。ほら、あんまり待たせると怪しまれますよ」

「けれど、どうやって……？」

促された秋穂が扉を開けて廊下に出ると、所在なげにパイプ椅子に腰かけていた制服警官が、横目で視線を送ってきた。会釈をした秋穂は、ゆっくりと廊下を進んでいく。

転院を止めることなんてできるのだろうか？　いったいどうすれば……？

床に視線を落として緩慢に歩いていると、「どうも、先生！」とだみ声が響き渡った。顔を上げると、ナースステーションの前に、見覚えのある二人の男が立っていた。美濃部と倉敷、二人の刑事。

不意をついて、こちらを動揺させようとしたに決まっている。

「なんでここに……？　警備室にいるんじゃ……」

「いやあ、先生がこの病棟にいらっしゃるって警備員が言っていたので、わざわざご足労かけちゃ悪いと思って、こっちから参上したんですよ」

慇懃無礼に美濃部が言うのを見て、頬が引きつってしまう。なにが、ご足労をかけちゃ悪いだ。

「で、石田涼介の病状について教えて頂いてもよろしいですかね。あの人殺し、どんな感じです」

近くを通った看護師が、『人殺し』という単語が聞こえたのか、ぎょっとした表情で足を止めた。

「立ち話するようなことじゃありません。とりあえず、そこの談話室に行きませんか」

秋穂はあごをしゃくくって、数メートル先にある入り口を指した。美濃部は染みの目立つこめかみ

を掻くと、「まあ、いいでしょう」と大股で歩き出した。

美濃部たちとともに薄暗い談話室に入った秋穂は、蛍光灯のスイッチに手を伸ばそうとする。

「大丈夫ですよ。明るいと目立つでしょ。迷惑かけたくないし、このままお話ししましょうや」

美濃部が分厚い唇の端を上げるのを見て、秋穂は舌打ちしそうになる。暗さでこちらを不安にさせて、主導権を握ろうという意図が見え見えだった。

「……分かりました。それでは、奥のテーブルにどうぞ」

秋穂は硬い声で言うと、談話室の奥へと向かう。文字通り、入院患者が家族や見舞客と談話をするためのスペース。テニスコートの半面程の空間には、テーブルが十脚ほど置かれていた。

秋穂が椅子に腰を下ろすと、対面の席に勢いよく美濃部が座った。廊下から漏れてくる蛍光灯の明かりと、窓から差し込む淡い月光にだけ照らされた薄暗い空間で、秋穂と美濃部は対峙する。首をすくめた倉敷が、「失礼します」と美濃部の隣に腰掛けた。

「さて、さっきの質問に答えて頂きましょうか。石田の奴の容体はどんな感じです」

美濃部は片肘をテーブルに載せる。

「命に別状はありません」

「もうちょっと、詳しく教えてもらえませんかねぇ」

「……心臓の周りに溜まった血液を抜いて、現在はその処置を続けているところです」

「へえ、心臓の周りにつぶやくと、それは大事だ」

興味なさげにつぶやくと、美濃部は身を乗り出してきた。

「それじゃあ、いま説明したことを明日までに、紹介状ってやつに書いておいてもらえますかね」

68

「紹介状？　どういう意味ですか？」

「明日、石田を警察病院に移送することが決まったんですよ。それで、あっちの病院の医者が、主治医に紹介状を書いてもらってくれってうるさくて」

「移送!?」声が甲高くなる。「そんなこと、私は聞いていません！」

「そりゃ、言ってませんでしたからね。けど、いま伝えた。というわけでよろしくお願いしますよ。移送は明日の夕方の予定ですから」

涼介が言っていた通りの事態になっている。このままでは、婚約者の仇を見つける手がかりを失い、涼介が『真夜中の解体魔』だった場合も復讐することができなくなる。

「待ってください。そんな勝手に決められても……」

「勝手？」

美濃部の目つきが鋭くなる。闇の中、肉食獣と向かい合っているような心地になる。

「先生、勘違いしないでください。これは俺が個人的に決めたことじゃありません。捜査本部の、警視庁上層部の決定なんです。石田の野郎は警察病院で治療を受けるべきだってね」

「で、でも……、この病院でも十分な治療を受けて、彼は回復を……」

「そういう話じゃないんですよ」美濃部は面倒くさそうに手を振った。「あいつの治療なんて知ったこっちゃないんです。大切なのは、あいつを監視することなんですから」

「監視……」秋穂はその言葉をくり返す。

「忘れたんじゃないでしょうね。あの男は四人もの人間を殺し、その遺体をバラバラに解体した猟奇殺人鬼ですよ。一年以上、この社会に不安を与えていたシリアルキラーだ。ようやく捕まえたあ

いつに、絶対に逃げられないように監視するのは当然でしょう。そのためには、専門の設備がある警察病院に移送する必要があるんですよ」

「ほ、本当に彼は『真夜中の解体魔』なんですか？　なにか証拠はあるんですか？」

「もし警察がなにか確実な証拠を持っているなら、石田涼介が婚約者の仇だとこの場で確信できたなら、明日の夕方まで十分な時間がある。

復讐を遂げる時間が。

息を殺して答えを待っていると、美濃部はこれ見よがしにため息をついた。

「最初に説明したでしょ。現行犯だったって。俺たちが踏み込んだとき、あいつはバラバラにして積み上げられた元恋人の遺体のそばに立っていたんですよ」

秋穂は唇を噛む。やはり警察は、殺害現場に涼介がいたということ以上の証拠は持っていないのだ。それだけでは、彼が『真夜中の解体魔』なのか、それともスケープゴートにされた哀れな少年なのか分からない。

「それだけで、本当に彼が犯人だと断定できるんですか？」

つぶやくと、美濃部が「ああ？」と脅すような口調で聞き返してくる。

「い、いえ、自分は罠に嵌められた。呼び出されてあの部屋に行ったら、元恋人の遺体があったっ
て……」

美濃部の目つきが鋭さを増していくことに気づき、秋穂の声は尻すぼみに小さくなっていく。

「あのガキ、そんなこと喋れるくらい回復しているんですか。なんで、報告をしなかったんです」

いかに容疑者といえ、担当患者の容体を逐一警察に知らせる義務などない。しかし、美濃部に睨

みつけられ、そんな反論の言葉すら引っ込んでしまう。

体を小さくしていると、美濃部が「まあ、いいでしょう」と視線を外す。

「石田の意識が戻っているってことは、移送のあとにいくらでも尋問できるってことだ。悪い情報じゃない。徹底的に絞り上げて、全部吐かせてやる」

そこで言葉を切った美濃部の一部は、低くこもった声で付け足した。

「消えたガイシャの遺体の一部を、どこに隠したかも……な」

秋穂は口元に力を入れると、胸元に手を当てる。ユニフォームの生地越しに伝わってくる指輪の感触。これと対になる結婚指輪。愛する人との絆を、もう一度握りしめたい。この半年、ずっとそう望んできた。優しい笑みを浮かべた婚約者の姿が、脳裏をかすめる。それが、彼のためにできることだと信じ自分自身の手で、婚約者の仇を討ちたいと思っていた。しかし、本当にそうだろうか。優しかった彼が望むのは、復讐などではなく、私がまた前を向いて進んでいくことではないだろうか。

やはり、大それたことは考えず、警察に任せるべきだ。彼らは涼介が『真夜中の解体魔』なのか否か慎重に調べあげ、事件の真相をあばいてくれるだろう。そしてきっと、消えた結婚指輪を取り戻してくれるに決まっている。

今夜、紹介状を書こう。あとは犯罪捜査のプロフェッショナルに任せよう。

「ご理解頂けましたか、先生」

「はい……」秋穂はためらいがちに頷く。「すみません、あんな少年が連続殺人犯だなんて、とても信じられなくて。彼が言うように、手紙で現場に呼び出されたと信じかけちゃったんです」

きっと、警察の鑑識が調べれば、安里雪絵本人が書いたものなのか、それとも涼介が偽造したものなのかはっきりするはずだ。そうなれば……。

そこまで考えたとき、美濃部が「手紙？」と小馬鹿にするように言った。秋穂は顔を上げる。

「ええ、彼が言っていたんです。被害者の女性から、自殺をほのめかすような手紙が届いたって」

「あいつ、そんなでまかせを言っているんですか。往生際の悪いガキだ」

「でまかせかどうかは、手紙の筆跡とかを鑑定するまで分からないんじゃないですか？　もし、本当に被害者が書いたものなら……」

「そんなものありませんよ」

言葉を遮るように発された美濃部の言葉に、秋穂は「ない!?」と目を剝く。

「ええ、石田の自宅はすでに隅々まで調べ上げましたが、手紙なんて発見されませんでした。やけに物の少ない部屋ですから、間違いありません。かわりに、大量のおかしなものはありましたがね」

美濃部は「なぁ」と、隣の倉敷に水を向ける。倉敷は無言で愛想笑いを浮かべるだけだった。

なぜ手紙は発見されなかったというのだろう。窓から脱出するとき、間違いなく床に落としてきたというのに。

──僕が『真夜中の解体魔』じゃないと分かったら、口封じをして罪をなすりつけ、事件に強引に幕を引こうとするかも。

十数分前に、涼介が口にしたセリフが耳に蘇る。

涼介を『真夜中の解体魔』に仕立て上げるため、警察はあの手紙を握りつぶした……。

警察に対する不信感が、胸の中で膨れ上がっていく。

「さて、そろそろお暇しましょうかね。それじゃあ先生、紹介状をよろしくお願いしますよ」

秋穂はぽそりとつぶやく。椅子から腰を浮かしかけていた美濃部が、「ああ？」と片眉を上げた。

「……書きません」

「紹介状は書かないと言ったんです。石田涼介さんは転院させません」

「おい、なにを言っているんだ。なんの権限があって……」

「私は彼の主治医です！」

秋穂は腹の底から声を出す。その声量に圧倒されたのか、美濃部は言葉を詰まらせた。

「医師は担当患者の健康に最善を尽くす義務があります。主治医として、石田涼介さんの転院を許可するわけにはいきません。彼にはこの病院で治療を受けて頂きます」

「ふざけるな！」両手をテーブルにたたきつけ、美濃部が勢いよく立ち上がる。「あいつは人殺しだ。『真夜中の解体魔』なんだぞ！」

殺気すら孕んでいそうな視線を浴びるが、今度は目を逸らすことはなかった。

「担当患者であることには変わりありません」

歯茎が見えるほどに美濃部は唇を歪めると、低くこもった声で言う。

「そっちがその気なら、こっちにも考えがある。石田の移送許可を裁判所に求める。そうなれば、あんたの許可なんかいらずに、転院させることができるぞ」

「どうぞ、お好きになさってください。彼が死んでもいいならね」

「死ぬ？」いぶかしげに美濃部が聞き返した。

「さっきご説明しましたよね、彼の心臓の周りに血が溜まっていたって。心臓を覆う膜である心囊

73　第一章　深夜の来訪者

内に血液が溜まると心タンポナーデという症状が生じ、心臓を圧迫します。それにより、大静脈からの血液の環流が滞り、さらに左心室の拡張不全も引き起こされ、心拍出量が低下し、血圧が保てなくなります。最悪の場合は低酸素血症により命を落とすこともあります」

意識的に専門用語を並べ立てながら、秋穂は早口で言う。理解がついていかないのか、美濃部は頬を引きつらせた。

「けど、その血はもうないんだろ」

「心囊内にドレーンチューブを挿入し、血液を体外へと排出しているからです。そのチューブが抜ければ、再び心タンポナーデを起こす可能性があります」

さっき見たところ、容器にほとんど血液は溜まっていなかった。心囊内への出血はもう止まっているだろう。しかし、可能性はゼロでない限り、虚偽の説明には当たらないはずだ。

「それなら、そのチューブをつけたまま救急車とかで搬送すれば……」

「搬送中に、彼が暴れたらどうするんですか？　恐怖でパニックになって、チューブを引き抜いてしまうかも。その状態で心タンポナーデを起こしたら救命するのは難しいです」

「あなたがついていって、万が一のときには抜けたチューブを入れなおせばいいじゃないですか」

「入れなおす!?」秋穂は大仰に両手を開いた。「十分な設備もない救急車の中で？　一歩間違えば、心臓を突き刺しかねない処置を、揺れる車内でしろと？」

美濃部は苦虫を嚙み潰したような表情になる。

「……搬送の方法はこちらで考えます」

「どんな方法を提案されようが、私は主治医として移送に断固反対します。もしそれでも強行しよ

うとするなら、彼の命の保証はできません。彼が死亡した場合、その全責任はあなたがた警察が負うという覚悟を決めてください」

険しい表情で黙り込む美濃部に、秋穂は追い打ちをかける。

「日本を震撼させた『真夜中の解体魔事件』の容疑者を警察のエゴで死なせてしまったら、全国から非難殺到でしょうね。もちろんその際は、私は自分の名誉を守るためにも、あなたがたが主治医の警告を無視して容疑者の命を危険に晒したということを、メディアにお伝えします」

「……上層部と相談します」

憎々しげに舌を鳴らした美濃部は「失礼！」と吐き捨てると、大きな靴音を立てながら談話室から出て行った。その背中を見送った秋穂は、肺の底に溜まっていた空気を吐き出す。

これでなんとか時間を稼ぐことができた。『真夜中の解体魔』の正体を探る唯一の手がかりを守り切った。脱力して背もたれに体重をかけた秋穂に、「あの……」と声がかかる。見ると、倉敷がおそるおそるといった様子で話しかけてきていた。あまりにも影が薄いせいか、それとも美濃部との論争に集中していたせいか、完全にこの男の存在を忘れていた。

「す、すみません」秋穂は居ずまいを正す。「美濃部さんと一緒に帰らなくていいんですか？　相棒なんですよね」

秋穂は『道案内？』と小首をかしげる。

「相棒なんてものじゃありません。たんなる助手、というか道案内みたいなものですよ」

「殺人みたいな大きな事件が起こると、所轄署に捜査本部が立って、警視庁捜査一課の刑事と、所轄の刑事が組まされるんです。ただね、あっちは殺人事件のプロですけど、こっちは生活安全課の

刑事でしかありません。おなじ『刑事』でも、格がまったく違うんです」

自虐的に倉敷は言う。

「特に美濃部さんは捜査一課の中でも一目置かれる存在で、俺なんか虫けら程度にしか思っていません。本当は二人一組で動くんですけど、いつも『ついてくるな』って追い払われていて、ずっと一人で捜査をしないといけないんです。夕方の捜査会議が終わったら、すぐに一人で居酒屋に飲みに行っちゃうし。奥さんと子供いるはずなのに、全然自宅にも帰っていないんですよ」

秋穂は「はぁ」と曖昧に頷く。刑事からいきなり愚痴を零されても、なんと答えてよいのか分からない。

「あの……、俺のことおぼえていますか」

「……え、一応」

嫌悪感が顔に出ないように気をつけながら、秋穂は答える。半年前、婚約者が殺されてから一週間ほど後、休職して実家に戻る少し前の記憶が蘇る。憔悴しながらも必死に夜勤をしている、傷害事件の被害者が搬送されてきた。刑事事件なので一応、所轄署に連絡を入れ制服警官に事情を話したが、情報収集が不十分だったということで、その二時間後くらいに刑事がやって来た。それが倉敷だった。彼の質問に、秋穂は強い抑うつと戦いながら答えていった。

秋穂から一通りの説明を受けた倉敷は、警戒するように辺りを見回して人がいないことを確認したあと、緊張した面持ちで声を潜めて言った。

「先生、よろしければ今度、一緒にお食事でもいかがでしょうか」

その言葉は婚約者を喪ったばかりの秋穂の逆鱗に触れるものだった。秋穂は唇を噛んで倉敷を睨

みつけると、無言で踵を返して去ったのだった。

「あのときは失礼しました。なんというか、……先生が気になったもので」

「いえ、気にしていません」

秋穂が硬い声を出す。

「ところで先生、石田の様子はどんな感じですか？」

涼介について訊ねられ、消えかけていた警戒心は膨らんでくる。

「ですから、さっき説明したように命に別状はありませんが、絶対安静が必要です」

「ああ、体のことじゃなくて、なんと言いますか……。あいつ、落ち込んでいないかな、と思いまして」

「……どういう意味ですか」

「ああ、すみません」倉敷は頭を掻く。「石田が元気にしているのか、気になったんです」

「元気にって、殺人事件の容疑者として拘束されている状態なんですよ」

呆れ声を出すと、倉敷は『ですよね』と後頭部を掻いた。

「……なんで彼の精神状態なんて気になるんですか？　あなたがたにとって、彼は『真夜中の解体魔』なんですよね」

その言葉を口にした瞬間、秋穂は顔をしかめる。いまの物言いでは、まるで涼介が冤罪だと確信しているかのようだ。警察が手紙を握りつぶしてまで、涼介を『真夜中の解体魔』として逮捕しようとしているのは確かだろう。しかし、だからと言って涼介が真犯人ではないと断定できるわけではない。

「先生、本当に石田が『真夜中の解体魔』だと思いますか？」

誰かに聞かれないか警戒するように辺りを見回したあと、倉敷は押し殺した声で言う。

「なにが言いたいんですか？　彼が『真夜中の解体魔』だと言ったのはあなた方でしょ」

「そうなんですが……。でもあいつ、自分は罠に嵌められたって言っているんですよね。先生はそれについて、どう思っておられるかと」

「……彼のこと、昔から知っているんですよね？」

石田涼介という正体不明の少年についての情報の匂いを感じ取り、秋穂も声を小さくする。

「ええ、何年も前から知っています。私、生活安全課の刑事だってことは言いましたよね。うちの課は、非行少年の対応もやっているもので」

「彼が非行に走っていたということですか。喧嘩をしたり、ものを盗んだり」

「いいえ、あいつは何度も補導されましたけど、暴力や窃盗などとは無縁です。ただ、なんと言いますか……、家族に恵まれないというか……、自分しか頼れなかったというか……」

唐突に歯切れが悪くなった倉敷に、秋穂はわずかに苛立つ。

「はっきり言って頂けませんか？　彼はどういう理由で何度も補導されたんですか？」

「それは、石田の名誉にかかわることですので、俺の口からは言えません。もし知りたいなら、あいつから直接聞いてください」

謎に包まれた少年の正体に近づく手がかりを期待していた秋穂は、肩を落とす。

「話はそれだけでしょうか。病状については彼と相談のうえ、あなた方に適宜お知らせします。それでは失礼します」

78

話を切り上げて立ち上がり、廊下へと向かおうとする秋穂の白衣の袖を、倉敷が摑んだ。恐怖を

おぼえた秋穂は、小さな悲鳴を上げて距離を取る。

「ああ、すみません。脅かすつもりはなかったんです。一つだけ伝えたいことがあって」

袖を離した倉敷は、申し訳なさそうに体を縮こめながら、上目遣いに視線を送って来た。

いますぐにこの場から離れたいという衝動を押し殺し、秋穂は「伝えたいこと？」とつぶやく。

どこか鬼気迫る倉敷の態度に、なにか重要な情報の気配を感じ取っていた。

「あいつはかなりつらい境遇で育ってきました」

ためらいがちに倉敷が言うのを聞いて、秋穂は再び椅子に腰かけた。

「彼とは親しかったんですか？」

「親しいというわけではないです」

倉敷は弱々しく首を横に振った。

「あいつは警察、とくに俺たちみたいな刑事を毛嫌いしていましたから。まあ、何度も補導されて

は児童相談所に送られていたから当然と言えば当然ですね。ただ、俺はあいつになんというか……

同情していました。なんとか人並みの幸せを摑み取って欲しいって本気で思っていました。だから

あいつと本気でぶつかりました。そのうちに、あいつも少しずつですが心を開いてくれるようにな

りました」

「……その割には、美濃部刑事と一緒になって、彼を逮捕しようとしていたじゃないですか」

「美濃部さんは石田が犯人だってずっと確信していましたからね。ペアを組んでいる俺が、それに

反対するわけにはいきませんよ」

倉敷の顔に苦笑いが浮かぶ。

「どうして確信しているんです？　証拠があったりするんですか？」

「ないですよ。『刑事の勘』らしいです」

「なんですか、それ!?」思わず声が裏返ってしまう。

「俺にも分かりません。けど、捜査一課の刑事を長年やっていると、相手が人殺しかどうか分かるって美濃部さんは言うんですよ。で、あの人は石田こそ『真夜中の解体魔』に違いないと思い込んで、ずっと追っているんです。俺があの人とペアを組んでいるのも、昔から石田のことを知っているからなんですよ」

「そんな個人的な思い込みで、あんな年端もいかない少年を殺人犯扱いするんですか!?」

秋穂が声を荒らげると、倉敷は肩をすくめた。

「捜査本部の中にはそれを問題視していた人もいましたが、一昨日の夜、石田が犯行現場にいるところを押さえたことで、そんな意見は霧消しました。いまや美濃部さんは、『真夜中の解体魔』逮捕の最大の功労者になっています」

「でも、彼は嵌められただけだって……」

抗議しようとした秋穂のセリフを、「それです」と倉敷が遮る。

「それについて、先生がどう思っているのか、それを知りたいんです」

倉敷に見つめられながら、秋穂は自問する。

私は石田涼介を助けたいと思っているのだろうか？　あの少年が『真夜中の解体魔』では、婚約者の仇ではないことを望んでいるのだろうか？　混乱しつつ、秋穂は倉敷に視線を送る。

この刑事はもしかして、涼介が『真夜中の解体魔』ではないかと、疑っているのかも

しれない。うまく取り込むことができたら、警察の動きを知ることができる可能性がある。

これから取るべき行動を必死に脳内でシミュレートしつつ、秋穂は慎重に口を開く。

「警察は石田さんの自宅を捜索したんですよね。……倉敷さんもそれに立ち会ったんですか？」

もし家宅捜索の現場に倉敷がいたとしたら、昨夜見た手紙という重要な証拠の隠蔽に、この男も

加担しているということだ。

「ええ、もちろん」

倉敷が頷いたのを見て、秋穂は勢いよく席を立つ。やはり、この男は敵だ。重要証拠を握りつぶ

し、涼介を『真夜中の解体魔』に仕立て上げ、事件の真相を闇に葬ろうとしている卑怯者だ。

「あの、先生どうしました？」

おどおどとした態度で訊ねてくる倉敷に、秋穂は冷たく言い放つ。

「石田さんは、『警察は信用できない。絶対に手紙を握りつぶす』と言っていました。そして、そ

の通りになりました」

「待ってください。本当にそんな手紙なんてなかったんですよ。信じてください」

「私は主治医として、あなた方よりも石田さんの言うことを信じてみようと思います」

秋穂がはっきり答えると、倉敷はあごを引き、上目遣いに視線を送ってきた。

「先生、忠告しておきますが、あまり石田に気を許さない方がいいですよ。あいつはあんな天使な

ような顔をしているが、その中身は悪魔そのものだ。外見という疑似餌で獲物を誘い込んで、丸呑

みにする化け物なんですよ。油断していると、あなたも奴の毒牙にかかりますよ」

唐突に変化した倉敷の態度に、秋穂は面食らう。

「なにを言って……、あなたは石田さんに同情して、更生させようとしたって……」

「ええ、全力で努力しましたよ。けれど、あいつは成長するにつれ次第にモンスターと化していった。もう俺なんかが手に負えるレベルじゃなくなっていったんですよ」

言葉を切った倉敷は、押し殺した声で言う。

「長い付き合いの俺には分かる。あいつこそ『真夜中の解体魔』だ。四人もの人間を殺し、その遺体を解体し、弄んだ猟奇殺人鬼だ」

鬼気迫る倉敷の態度に圧倒されつつ、秋穂は口を開く。

「なんにしろ、私はあなたたちを信用できません。昨夜、家宅捜索に入ったあなた方が、そこで発見した被害者からの手紙を処分した。石田さんのその言葉を信じます。それでは、失礼します」

秋穂が去ろうとすると、「昨夜って、なんの話です?」倉敷は不思議そうに首をひねる。

「え? なにって、昨日の深夜に、石田さんの部屋を捜索したんですよね?」

秋穂が足を止めると、倉敷は目をしばたたかせながら言った。

「家宅捜索は深夜なんかにやりませんよ。石田の自宅を調べたのは今日の午前中です」

5

あの夜の記憶が蘇る。石田涼介のアパートに忍び込んだ夜。

82

あのとき、誰かが玄関扉を開けようとしていることに気づき、慌てて窓から逃げ出した。

当然、警察がやって来たのだと思っていた。しかし、警察が家宅捜索をしたのは翌日だった。

なら、あのとき部屋に入って来たのは誰だ？　誰が警察に先んじて涼介のアパートに侵入し、そ

して、重要な証拠である安里雪絵からの手紙を奪っていったというのだろう。

そんなこと、考えるまでもないだろう。

「……『真夜中の解体魔』」

小声でつぶやいた瞬間、あたりの気温がいっきに下がった気がした。体の奥底から震えが湧き上

がってくる。秋穂は慌てて目の前のテーブルに置かれているホットココアの入ったカップに手を伸

ばす。取っ手に触れると、手の震えがカップに伝わり、ソーサーと硬質な音を立てた。

カップを口元まで運んでココアを一口含むと、熱と上品な甘みが、わずかに垂らしてあるラム酒

の風味とともにふわりと口に広がり、恐怖をわずかに希釈してくれる。

美濃部たちと談話室で対峙してから翌々日の昼下がり、秋穂は表参道のカフェにいた。周囲の席

には、パンケーキやパフェなどを頬張る若い女性が多い。

「松井さん……ですか？」

探るような声をかけられ、秋穂は振り返る。小柄な若い女性が立っていた。柔らかくウェーブを

描く髪は淡い茶色に染められ、わずかにフリルのついた、パステルカラーのワンピースを着ている。

いかにも青春を楽しんでいる女子大生といった雰囲気。しかし、少女の幼さを残すその顔はこわば

っていた。

「もしかして、浅野さん？」

女性は「はい、浅野由衣です」と硬い声で答えた。

「はじめまして。私が連絡をした松井です」

秋穂は緊張しつつ偽名を名乗ると、作り笑いを浮かべる。

「えっと、とりあえずどうぞ座って、なにか頼んで」

由衣は警戒心を露わにしながらテーブルを挟んで向かいの席に腰掛け、ウェイトレスにダージリンティーを頼んだ。

「紅茶だけでいいの？　もしよかったらケーキでも……」

「いいんです。早く済ませたいから」

秋穂のセリフにかぶせるように由衣は言う。面会に対する強い嫌悪感が伝わってきた。

この態度は、親友が殺されたから？　それとも、涼介君についての話だから？

唇についたココアの甘味を舌で舐めとりながら、秋穂は心の中でつぶやく。この浅野由衣は、先日バラバラ遺体で発見された安里雪絵の親友だった。

一昨日、病院で刑事たちと話をした秋穂は、石田涼介が『真夜中の解体魔』なのか、それとも他に真犯人がいるのか自ら調査することを決心した。

警察が証拠を隠したのではないとしても、雪絵の部屋から手紙が消えていた以上、彼らは涼介こそ『真夜中の解体魔』だと断定して動くだろう。涼介の部屋に忍び込み、手紙を見たことを警察に伝えようとも思ったが、なんの物的証拠もない状態で自分の証言を信じてもらえるとは思えないし、場合によっては公務執行妨害に問われる可能性もある。だから、自分一人でやるしかない。

……誰が最愛の人を奪ったのかを明らかにし、その人物に罪を償わせるために。

84

刑事たちと話したあと再び病室に行くと、涼介は「じゃあ、まずはこの人に会うといいですよ」

と、一人の女性の連絡先を教えてくれた。その人物こそ浅野由衣だった。

「今日はありがとう。わざわざ来てくれて」

重い空気を振り払おうと、つとめて明るい口調で言う。由衣の鼻の付け根にしわが寄った。

「来たくなんかなかったです。もう、あいつのことなんて二度と思い出したくないから」

「あいつっていうのは、石田涼介のことね？」

由衣は無言であごを引く。彼女が涼介に対し、強い悪感情を持っているのは明らかだった。昨夜、

連絡をとったときも、涼介の名前を出した瞬間に通話を切られそうになり、必死に事情を説明して

なんとか会う約束を取り付けたのだった。

ブルに紅茶のカップを置いた。それを一口飲んだ由衣は、小さく息を吐く。

秋穂の問いが聞こえていないかのように、由衣は唇を固く結んで黙り込む。ウェイトレスがテー

「そんなに彼を嫌っているなら、どうして私と話をしてくれる気になったの？」

「もちろん、仇を討つためです」

仇を討つ。自分の心の奥底にある願望を言い当てられたような気がして、秋穂の背筋が伸びた。

「松井さん、昨日、電話で言いましたよね。石田が雪絵を殺したって」

由衣が低く押し殺した声でつぶやく。

「いいえ、まだ。彼が犯人かどうかは分からないの。それを、はっきりさせるために……」

「あいつが犯人ですよ」

沸き立つような怒りを孕んだ由衣の言葉に、秋穂は口をつぐむ。

「あいつが雪絵を殺したに決まってる。証言すれば、警察はあいつを死刑にしてくれるんですよね」

由衣に連絡を取った際、秋穂は警察関係者を名乗っていた。秋穂の脳裏に、一昨夜、涼介と交わした会話が蘇る。

「警察の関係者だって言って、話を聞きたいって由衣先輩とコンタクトを取って下さい。僕が犯人だって証明するためには、由衣先輩の証言が必要だって言ったら、きっと会ってくれます」

軽い口調で言う涼介に、「警察だなんて言えるわけないでしょ」と顔をしかめた。

「警察じゃありません。『警察関係者』ですよ。警察に逮捕されている僕の治療を担当しているんだから、先生はある意味、警察の関係者です。嘘はついていません。ただし念のため、偽名を使っておいた方がいいかもしれませんね」

「もし、本物の警察か証明しろって言われたらどうするの?」

「あの人はそんなこと言いませんよ。そこまで頭が回るようなタイプじゃないんです。他人の言葉をそのまま、なんの疑いもなく鵜呑みにする人」

涼介の口調はかすかな侮蔑を孕んでいた。

「じゃあ、会いたくないって言われたら? その子、被害者の親友だったんでしょ。友達があんなひどい殺され方したことにショックを受けて、誰とも話したくないって言われるかもしれないでしょよ」

「ええ、言われるでしょうね。あの人ならきっといまごろ、まるで自分が悲劇のヒロインであるかのような感傷に浸っているでしょうから」

86

「……あなた、その子になにか恨みでもあるの」

「まあ、お互いに色々と。だから、由衣先輩の僕への悪感情を利用するんですよ。『このままだと、石田涼介が犯人だと証明できない。奴を絞首台に送るためにも、あなたの証言が必要だ』。そう言えば、あの人は親友の仇を討つ主人公にでもなった気になって、絶対に話にのってきますから」

そう言ってウインクした涼介の指示通りに動いたら、本当に由衣を誘い出すことができた。まるで、彼が描いたシナリオに沿って動いているような心地になり、秋穂は軽い寒気をおぼえる。

「松井さん！」

苛立った声をかけられ、秋穂は「あ、はい」と呆けた声を出す。

「質問に答えてください。私が証言したら、石田を死刑にできるんですよね」

「いえ、それは……。ただ、彼が犯人だと疑うに足る情報を頂けましたら、必ず起訴して有罪にしてみせます」

刑事ドラマなどで得た知識を駆使して、秋穂は必死にそれらしいことを言う。

「だから絶対にあいつが犯人ですって。石田が雪絵を殺したに決まっています！」

由衣が金切り声を上げる。周囲に座る数人が、いぶかしげな視線を向けてきた。

「どうしてそう思うのか、詳しくうかがっていいですか。まず確認ですけど、あなたは石田涼介の高校の先輩で、安里雪絵さんとは中学、高校の同級生だった。間違いないですね」

「たんなる同級生じゃありません。雪絵と私は親友だった。あの子はいつもそばにいてくれる、最高の友達だったんです」

「そして、雪絵さんと石田は交際していた」

由衣は痛みに耐えるような表情であごを引いた。

「いつからどんなきっかけで二人の交際がはじまったか、ご存じですか」

「……付き合いだしたのは三年くらい前。雪絵が高校三年生のとき。きっかけは……私」

「あなたがきっかけ?」

秋穂が聞き返すと、由衣は気を落ち着かせるかのように再び紅茶を飲んだあと、暗い顔で語り出す。

「私たちがいた高校に、あいつが入学してきたんです。あの顔でしょ。かなり話題になった」

思春期真っ盛りの高校生の中に、あそこまで造形が整い、妖艶な雰囲気を纏っている少年が現れれば当然だろう。

「うちの学校、あんまりガラが良くなくて。最初の頃、石田はよく上級生の男子から虐められてた」

自分の彼女が石田に惹かれたとかの下らない理由で」

「ひどい……」

秋穂がつぶやくと、由衣は大きくかぶりを振った。

「ひどくなんてないですよ。あいつはすぐに反撃にでましたから」

「反撃?」

「そう。スクールカースト上位の三年生の女子たちに取り入って、その子たちを骨抜きにしたの。そうして、自分を虐めた男子たちを、逆に孤立させていった。噂だと、何人かの女子と体の関係になったとか」

「……雪絵さんもその一人だったの?」

88

「違います」由衣の表情が険しくなる。「雪絵はそんな子たちとは全然違いました。本気で石田の

ことを心配していたんです」

「心配って、具体的にはどんなことを?」

「よく知りませんけど、石田の家って早くに母親が死んで、父親とも折り合いが悪いらしくて、ほ

とんど金を持ってなかったんですよ。だから、食事とかもまともに取っていないのか、痩せ細って

いたんです」

秋穂は救急処置室で見た涼介の、肋骨の数が数えられるほどに痩せ細った上半身を思い出す。

「それが可哀(かわい)そうだっていうんで、雪絵はお弁当を作ってあげるようになったんです。あの子、母

子家庭で、自分とお母さんのお弁当、毎朝作っていたから、そのついでにって。そうしたら、石田

の奴よっぽど嬉しかったのか、『雪絵先輩、雪絵先輩』ってやけに懐いてきて。雪絵ってなんてい

う……、すごく母性本能が強いから、それが嬉しかったみたいです」

「それで、二人は交際をはじめたのね」

秋穂の言葉に、由衣は鼻の付け根にしわを寄せた。

「石田と会ってから半年ぐらいして、雪絵が相談してきたんです。石田から告白されたんだけど、

どうすればいいかって。私は軽い気持ちで『付き合っちゃいなよ』って言いました。石田の面倒を

見るときの雪絵が幸せそうだったから。でも、……間違いだった。あいつと付き合ったせいで、雪

絵はボロボロになっていった」

「ボロボロって、どうして?」

重要な手掛かりの予感に、秋穂は前のめりになる。

「まず、石田と付き合いだしたことで、雪絵が女子からの虐めのターゲットになりました。なんていうか、『共有財産』だった石田を独り占めした、みたいな感じになって」

共有財産という、人物を形容するにはあまりにも不適切な単語に、頬が引きつる。

「石田は恋人として、雪絵さんを守ってあげなかったの?」

「守る?」由衣は鼻を鳴らす。「あいつにそんな甲斐性(かいしょう)なんてあるわけないじゃないですか。あいつは『守られる』だけですよ。あいつは雪絵と付き合いだしたあとも、他の女子との縁を切ったりしませんでした。それどころか、何度も雪絵に見せつけるみたいに、他の女とべたべたしたりしていました」

「雪絵さんはそれでよかったの?」

「いいわけないでしょ。雪絵はすごく悩んでいましたよ。別れようとしたこともあります。でも、石田の奴、『本当に愛してるのは雪絵先輩だけです』とか言って。そのたびに、雪絵もほだされちゃって……。あのとき、強引に別れさせておけばよかった。そうすれば、雪絵が吸い尽くされることもなかったのに」

テーブルの上で固められた由衣の両拳が、ぶるぶると震え出した。

「吸い尽くされるって、なんのこと?」

秋穂の問いに、由衣は「金ですよ」と吐き捨てた。

「石田の奴、雪絵から金を搾り取っていたんです」

「金って……」予想外の言葉に秋穂は絶句する。

「さっき言ったでしょ、あいつは金がなかったって。食費だけでなく、学費とか、教科書代とか、

90

「そういうのも全然足りなかったんですよ」

「まさか、それを雪絵さんが出していたの？　雪絵さんの家って、そんな裕福だったの？」

「全然、裕福なんかじゃありませんよ。お母さんがパートで働いて、なんとか家計を支えていたんです。雪絵も奨学金とかもらって大学に進学しました。でもあの子、石田に貢ぐためにほとんど授業にもいかないで、ずっとバイトしていたんです。そのうち、キャバクラとかの水商売も。そのせいで、私とも疎遠になっちゃって……」

「バイト代を全部、石田に渡していたっていうこと？　いくら恋人のためとはいえ、普通そこまでしないでしょ」

由衣は弱々しく首を横に振った。

「普通じゃなかったんですよ。石田も、そして……雪絵も」

由衣は数秒、黙り込んだあと、小さく首を横に振った。

「つまり、石田は最初から雪絵さんを利用するつもりで交際を申し込んだと？」

「たぶん、違います。石田はたしかに計算高くて小狡い悪人だけど、本当に雪絵にぞっこんだったはず。あいつは雪絵といるとき、本当に幸せそうだった。雪絵を信頼しきってた。すぐそばで見てきた私には分かる」

「雪絵は本当に優しくて、困っている人がいたら放っておけない性格だったんです。そして、石田は息をするように人の善意につけ込む悪魔だった。最悪の組み合わせだったんです。というか、そういう雪絵の性格を見抜いて、石田は近づいていったんでしょうけどね」

秋穂が「それなら……」と言いかけると、由衣が片手を突き出してきた。

「もともと利用しようとして近づいてくるより、自分にとって一番都合のいい人を本気で好きになる方が怖いと思いませんか。あいつは本能的に獲物に近づいて、その人の栄養を干涸びるまで吸い尽くすんですよ」

おどろおどろしい口調に寒気をおぼえつつ、秋穂は「そんな、寄生虫みたいな」と冗談めかす。

しかし、由衣の顔がほころぶことはなかった。

「みたいじゃなくて、あいつは寄生虫よ。人間の形をしためちゃくちゃ大きな寄生虫。一度、獲物を捕まえたら、べったりとくっついて、その人の生き血を少しずつゆっくりと吸っていくんです。本人が痛みを感じないくらい、ゆっくりと」

無意識に、秋穂は喉を鳴らして唾を飲み込んだ。

「それで、雪絵さんは一生懸命バイトをして、石田の学費や生活費を稼いだの」

「それだけじゃない。あいつの一人暮らしの為の家賃、引っ越し代、さらにはあいつの借金の連帯保証人にまでなった」

秋穂が言葉を失っていると、由衣は皮肉っぽく唇を歪めた。

「でもね、一番恐ろしいのはあいつが金をたかっていたことじゃない。雪絵が喜んで自分から、あいつに貢いでいたことです」

「喜んで……」秋穂はその言葉をくり返す。

「ええ、卒業してから半年ぐらいして会ったとき、雪絵は疲れ果てて痩せ細っていたけど、石田の話をするときだけ、本当に幸せそうだった。痛々しくて見ていられないくらい幸せそうで……、石田に貢ぐことが生きる目標になってたんです」

「で、でも、結局は別れられたんでしょ」

「はい、私が相談しましたから。雪絵にとって、石田以上に大切な人、安里千代さんに。雪絵のお母さんです」

由衣は硬い表情のまま話し続ける。

「私の話を聞いた千代さんは、すぐに石田と別れるように言いました」

「それで、別れたの?」

「そんな簡単じゃなかったみたいです。雪絵、完全に洗脳されているような状態だったから。絶対に嫌だって騒いで、修羅場だったって聞きました。本当に流血沙汰になって、千代さんは怪我をしたらしいです」

由衣はカップを持つと、すでに冷めているであろう紅茶を一気に呻った。

「母親に怪我をさせて我に返った雪絵に向かって千代さんは、『もし別れられないなら、石田を刺して自分も死ぬ』って言いだしました。本当に包丁を持ち出して、石田を探しにいこうとしたとか。雪絵がなんとか止めたらしいけど」

「それは……、止められてよかったわね」

「……よくないですよ」由衣は低くこもった声で言う。「そのとき、本当に石田が刺し殺されていれば、雪絵があんなことにならなかったのに。あのとき、誰かが石田を殺しておけば……」

ぶつぶつとつぶやく由衣の様子に恐怖をおぼえた秋穂は、唾を飲み込む。

「そのあと……、どうなったの?」

「雪絵と喫茶店に行った千代さんは、そこに石田を呼び出して、別れるように迫ったらしいです」

「そこでも、修羅場になったの?」

「うぅん」由衣はかぶりを振る。「石田はすぐに『はい、分かりました』って同意したらしいです。雪絵は本心では、石田が『絶対別れません』とか言ってくれることを期待していたんですよ。けど、母親が出てきただけであっさりと別れることを決めたうえ、ひどい罵声を浴びせてきた石田を見て、ようやく目が覚めた。自分はただ利用されていただけだって」

「罵声……?」でもさっき、石田も雪絵さんのことを本当に愛していたって……」

強い違和感が秋穂を襲う。これまでの話を聞く限り、涼介と雪絵の関係は極めてウェットで、複雑に絡み合ったものだった可能性が高い。そんなすぐに気持ちが冷めるものとは思えなかった。

「そこが石田の恐ろしいところですよ」ひとりごつように由衣がつぶやく。「石田と別れてから、雪絵は少しずつもとに戻っていきました。ある程度、借金とかはありましたけど、お母さんと力を合わせて少しずつ返していっていました。雪絵ってまだ幼稚園児だった頃に両親が離婚して、それ以来、お母さんと二人で支え合って生きてきたんです。石田と別れてからは、さらに強い信頼関係で結ばれていたっていうか、本当に理想の母娘って感じでした。私もよく、夕食とかにお呼ばれしてたんです」

「じゃあ、雪絵さんはまた幸せに過ごしていたんだ」

「ええ……、一年前まで」

「一年前に、なにがあったの?」

「なに言っているんですか。千代さんが死んじゃったじゃないですか」

「死んだ……」

秋穂が「どうして？」と質問する前に、由衣はつらそうな口調でしゃべり続ける。

「こっちが見ていられないくらい、雪絵は悲しんで、苦しんで、……壊れちゃいました。当然ですよね。ずっと自分のそばにいたお母さんがいきなり、あんなことになっちゃったんですから。そこからの雪絵の生活は……悲惨でした」

「悲惨って、具体的には？」

「うつ病になってほとんどバイトもできなくなって、借金の返済が滞るようになりました。それで、あまりよくないところからお金を借りるようになって……」

「それって、闇金とかってこと」

「たぶん、そうだと思います。その頃には私が連絡しても、ほとんど返事してくれなくなっていたから、たしかじゃないですけど。ただ、当然そっちの方の返済もできなくなっていって、借金が雪だるま式にってやつですかね」

「闇金なら、弁護士とかに頼めば助けてくれるんじゃ……」

「冷静に考えたらそうなんでしょうけど、あの頃の雪絵はそこまで頭が回らなくなっていたんだと思います。私が自宅に押し掛けて、なんとか会ったときも目が虚ろで、ほとんどしゃべらなくなっていましたから」

重度のうつ病でよくみられる症状だ。半年前の私と同じ症状。秋穂は唇を嚙む。

「あとは、よくある話ですよね。借金が返せない若い女がどんな仕事をやらされるか」

「……風俗ね」

嫌悪感で顔を歪めながら秋穂は言う。由衣は口を固く結んで答えなかった。秋穂は大きく息を吐

くと、カップに残っていたココアを呷る。ねばつくような甘味を残しながら、冷めきったココアが食道を落ちていった。

涼介と雪絵の関係については分かった。あとは……。秋穂はココアでべとつく唇を開く。

「でも、どうしてあなたは石田が雪絵さんを殺したと思っているの？　だって、二人は円満に別れたんでしょ」

「円満？」由衣は小馬鹿にするように鼻を鳴らす。「さっき言ったじゃないですか、石田は寄生虫だって。あいつが全て吸い尽くす前に、おとなしく獲物を逃がすわけがないんですよ。円満に別れたと見せかけて、あいつはずっと雪絵と千代さんを恨んでいたんですよ。そして、復讐をしたんです。あいつは、雪絵を不幸のどん底に落としてから殺したんです」

熱に浮かされたようにまくし立てる由衣を見て、秋穂はこれまでの証言の信用性に不安をおぼえる。

たしかに涼介と交際したことは、安里雪絵が不幸になった原因の一つだったのだろう。しかし、だからと言って涼介が雪絵を殺害したと断定するのは、話が飛躍しすぎている。

「落ち着いて。石田は『真夜中の解体魔』だと疑われているの。『真夜中の解体魔』の被害者は雪絵さんだけじゃない。雪絵さんへの復讐が動機だとしたら、犯人像に合わないでしょ」

「なんでそうなるの？　意味わかんない。あいつこそ『真夜中の解体魔』ですよ。最初の事件で雪絵の心をバラバラに壊して苦しめたあと、今度はあの子を殺して、体を……バラバラに……」

興奮のためか言葉を詰まらす由衣を眺めながら、秋穂は息苦しさをおぼえる。自分はなにか根本的な勘違いをしている。そんな予感が心の芯を急速に冷やしていった。

96

「最初の事件で、雪絵さんの心をバラバラにって……、どういう意味……？」

口から零れた声が、自分でもおかしく感じるほどに震えている。

「なに言っているんですか？」

由衣がいぶかしげな視線を送ってきた。

『真夜中の解体魔』の最初の犠牲者って、雪絵のお母さんじゃないですか」

6

「どういうことなの⁉」

病室に入るなりベッドに近づいた秋穂は、夕食をとっている涼介に詰問する。

「え？　なにがですか？」

「安里千代さん、あなたの元恋人の母親が、『真夜中の解体魔』の第一の被害者だったことよ」

表参道のカフェで由衣の話を聞いたあと、秋穂はその足で臨海第一病院へと戻り、涼介の病室を訪れていた。

「ああ、なんだそのことですか。　訊かれなかったから言わなかっただけですけど、知らなかったんですか？」

不思議そうに小首をかしげる涼介の横っ面を張り飛ばしたいという衝動に、秋穂は必死に耐えた。

「被害者の名前まで知っているわけないじゃない。　訊かれる前に言うべきことでしょ。事件の真相

をあばくために重要な情報なんだから」

「そんなに怒らないでくださいって。せっかくの美人が台無しですよ。いや、言い訳に聞こえるかもしれませんけど、先生は当然知っていると思っていたんですよ。だって、雪絵先輩が最初の被害者である千代さんの一人娘ってことは、きっとマスコミが大々的に報じているでしょ。事件について調べようとしている先生が、そのことを知らなかったことの方が、僕にとっては驚きなんですよ」

理路整然とした説明に、秋穂は言葉に詰まった。たしかに、マスコミはその手の情報を報じているだろう。しかし、婚約者を喪ってからというもの、秋穂は徹底的にニュース報道を避けるようにしてきた。

『真夜中の解体魔』についてのニュースだけではなく、他の殺人事件、事故についてのニュースでさえも、目にすると強い動悸と吐き気に襲われ、過呼吸発作を起こすようになっていた。精神科の主治医にはPTSDだと診断され、精神状態を改善させるためにも、可能なかぎりそのような情報から距離を取るようにと指示をされていた。

「でも、その調子だと、由衣先輩と首尾よく話をすることができたみたいですね。先輩、僕のことを悪く言っていたでしょ」

いたずらっぽい笑みを浮かべると、涼介は箸で焼き魚の身を崩した。

「ええ、あなたが間違いなく『真夜中の解体魔』だって言っていた」

「あ、やっぱりそうですか。で、先生はどう思いました?」

涼介に訊ねられ、秋穂は自分の胸の内を探る。たしかに、由衣から聞いた情報は、涼介こそ『真夜中の解体魔』であるという疑惑を濃くするものだった。しかし、だからといって、目の前の少年

が婚約者の仇だという確証を得られたわけではない。

「……まだ分からない。個人個人の立場によって物事の見え方は違ってくるもの。由衣さんが言っ
たからって、あなたが犯人だっていう先入観は持たないようにしたいと思っている」

「さすがは先生、的確な判断だと思います」

涼介は冗談めかして言うと、七分粥の上に焼き魚の身をのせて掻き込んだ。

「でも、最初の被害者が雪絵さんの母親だってことを言わなかったことで、あなたが『真夜中の解
体魔』である可能性は高くなったと思う」

「だから、それは先生が知っているものと……」

「そうじゃない」秋穂は涼介のセリフを遮る。「あなたには、雪絵さんと千代さんを殺すだけの動
機があるってことよ」

「え、なんで?」

心から不思議そうに言いながら、涼介は切れ長の目を大きく見開いた。

「なんでって、あなたは雪絵さんの母親に無理やり別れさせられて……。それに、自分の支配下に
置いていた雪絵さんが自由になるのも許せなくて……」

「それって、由衣先輩が言ったんでしょ。先生、先入観を持たないんじゃなかったんですか? そ
れはあくまで、由衣先輩から見た一方的な光景でしかありませんよ」

「違うって言うの? 千代さんを恨まなかったの?」

「そりゃ、全然恨まなかったと言えば嘘になりますよ。僕と雪絵先輩を無理やりにでも別れさせよ
うとしたんだから」

秋穂が「じゃあ……」と言いかけると、涼介は掌を突き出してきた。

「最後まで聞いてください」と言いかけると、涼介は掌を突き出してきた。

「……いい機会だなと思ったんです。たしかに、雪絵先輩と別れるのは嫌だった。本当につらかった。けど、

「ダメになるって、なにが?」

「雪絵先輩と僕、二人ともですよ」

涼介は天井辺りに視線を彷徨わせる。その美しい横顔には、哀愁が漂っていた。

「僕は本当に雪絵先輩のことを愛していました。あんなに僕のことを愛してくれたのは、ママの他には雪絵先輩だけだったから」

「なに言っているの? あなた学校で、何人もの女子をはべらせていたって聞いたわよ」

「彼女たちは、僕を性欲の対象として近づいてきただけですよ。あの人たちにとって僕は人間じゃなく、自分の欲求を満たすための人形、いわば大人の玩具でしたよ」

「あなた……、それでよかったの……?」

生々しい告白に秋穂が動揺すると、涼介は自虐的な微笑を浮かべた。

「よかったもなにも、それ以外に僕が生きていく道はないですからね。見ての通り僕は身長も小さいし、筋肉もない。勉強はかなり頑張っているつもりですけど、それでもすごく優秀ってわけでもありません。人付き合いもうまい方じゃないから、子供の頃からかなり虐められてきました」

秋穂は内心でつぶやく。

それが虐められる主な原因ではないだろうな。

生物は自分とは異なる個体を排除しようとする本能がある。息を呑むほどに美しい外見を持つ涼介が『異物』として自分とは異なる個体を排除しようとするのも仕方がない。特に男子にとっては、決して容姿では勝てない涼

介は、目障りな存在だったはずだ。

「そんな僕にとって、唯一の武器はこれだったんですよ」

涼介は自らの顔を指さす。

「僕が自分を差し出せば、ほとんどの女性は喜んでくれます。集団の中心にいる女性に取り入って居場所を作り、守ってもらう。それが僕の生き方なんですよ」

いつからこの少年は、そんな歪んだ処世術を駆使して生きてきたのだろう。憐憫の情が胸に湧き上がる。

「けど、雪絵先輩は違った。彼女だけは僕を人形ではなく、一人の人間として見てくれました。雪絵先輩がはじめて弁当をくれたとき、僕は言ったんです。『ありがとうございます。で、なにすればいいですか?』って。そうしたら先輩は、『いいから食べなさい』って叱ってくれました」

そのときの味を思い出しているのか、涼介の唇がわずかに動いた。

「そのあとも、雪絵先輩はなにかにつけて僕のことを心配してくれました。よく弁当を作ってきてくれたし、他の女子たちとの関係も、僕が弄ばれているだけだって、心配してくれました。それまで、僕にそんなことを言ってくれる人、誰もいなかったから、本当に嬉しかったです」

「でも、雪絵さんと交際しはじめたあとも、他の女子と親密な様子を見せつけていたんでしょ」

「それって、由衣先輩が言ったんですか?」

からかうように言われ、秋穂ははっとする。先入観を持たないつもりだったのに、いつの間にかまた由衣の言葉が真実だと思い込んでいた。

「実際は違ったの? 雪絵さんとの交際後、あなたは他の女子と関係は持たなかったの」

「いいえ、違いません。たしかに雪絵先輩と付き合いだしてからも、他の女子と寝てました。でも、仕方なかったんですよ。それしか、雪絵先輩を守る方法はなかったんだから」

「どういうこと?」

「由衣先輩、こう言っていませんでした? スクールカースト最上位の女子たちにとって、僕は

『共有財産』だったって」

「ええ……、言っていたわね」

「そんな僕が雪絵先輩と付き合いだして、他の女子との接触を絶ったらどうなると思います?」

「……虐められるでしょうね」

「虐めなんて甘いものじゃないですよ。僕に弁当を作って来てくれるだけで、陰湿な嫌がらせを受けていたんですから、付き合いだしたりしたら、どんな危害を加えられるか分かったもんじゃない。僕が通っていた高校は、本当に治安がよろしくなかったんですよ」

「じゃあ、雪絵さんを守るために、他の女子と関係を持っていたって言いたいの?」

「その通りです」涼介は大きく頷いた。「交際をエサに、僕にいいように利用されている哀れな女性。雪絵先輩を守るためには、彼女をそう見せないといけなかったんです」

「そこまでするなら、最初から雪絵さんと付き合わなければよかったじゃない。あなたが他の女性と親しくしているのを見て、雪絵さんだってつらかったはずでしょ」

雪絵さんと付き合っているのを見て、当然の感想を口にすると、涼介の表情が険しくなった。中性的で美麗な顔に浮かぶ怒りの色に、秋穂は軽く身を引く。

「僕たちの関係は、そんなに薄っぺらいものじゃありませんでした。雪絵先輩は僕にとって全てだ

102

った。きっと彼女も同じ気持ちだったはずだ。まるで家族のように、親子のように僕たちは固い絆で結ばれていたんです」

涼介からは普段の軽薄な雰囲気が消え去っていた。淡々と静かに語るその口調は厳かですらあり、彼が心から語っていることを感じさせる。気圧された秋穂は、「で、でも⋯�⋯」と口ごもる。

「あなたはそのあと、雪絵さんの母親が出てきたら、あっさりと別れたんでしょ。それとも、それも由衣さんの一方的な言い分だっていうの?」

「⋯⋯たしかに僕は雪絵先輩と別れました。彼女のお母さんと三人で会ったとき、僕はすぐに別れることを受け入れました」

涼介の顔に悲痛な表情が浮かんだ。

「でも、僕は雪絵先輩を捨てたんじゃない。彼女を救いたかっただけなんです」

「救いたかったって、なにから?」

「⋯⋯僕からですよ」

「あなたから?」

「そうです。僕と雪絵先輩はあまりにも深く結びつきすぎました。彼女は僕に尽くすことに歓びを

おぼえ、僕はママを亡くして以来の無償の愛に、ひたすら甘え続けました」

由衣の話では、安里雪絵は母性愛に溢れた女性だったということだ。それが母の愛情に飢えていた涼介と出会い、パズルのピースが嵌まるかのようにがっちりと結合してしまったということだろうか。

「最初の頃は、食事を作ってくれたり、勉強をみてくれるくらいだったんです。けどそのうち、雪

絵先輩は僕に経済的な支援をしてくれるようになりました。生活費、学費、実家から出るための引っ越し代と家賃」

そこは由衣から聞いた話と同じだ。涼介の言葉の信憑性を測りながら、秋穂は小さく頷く。

「最初は嬉しかったですけど、さすがにあまりにも大きなお金をくれるようになってきて、戸惑いはじめました。雪絵先輩も母子家庭で、決して裕福というわけではありませんでしたから、きっとバイトで稼いできたはずです。それで無理をしたのか、彼女はどんどんやつれてきました」

「なら、お金はいらない、受け取れないって言えばよかったじゃない」

「何度も言いました」涼介は弱々しく首を横に振る。「でも、そのたびに雪絵先輩は、『心配しないで。私が好きでやっているんだから。私があなたを助けてあげる』って微笑んで、僕を抱きしめてくれるんです。それが凄く幸せで……、本当に幸せすぎて……、それ以上、なんにも言えなくなっていたんです。そのままじゃダメだって、分かっていたのに……」

完全な共依存だ。秋穂は唇を固く結ぶ。

「そんな状態を見かねて、千代さんが出てきたのね」

「ええ、そうです。喫茶店に呼び出されて、いきなり『娘と別れなさい』と言われました」

「腹が立ったんじゃないの?」

秋穂は意識を集中させて、涼介を凝視する。安里千代を殺す動機に繋がる情報だ、どんな些細な反応も見逃すつもりはなかった。

「そりゃね。いかに母親だって、僕と雪絵先輩の間に入ってくるのは決して許せない。最初はそう思いました」

「最初はってことは、そのあと気が変わったってこと?」

秋穂が訊ねると、涼介は哀しげにため息をついた。

「すぐに『絶対に別れません!』って言おうと思ったんですよ。けど、その前に千代さんは雪絵先輩を指さして、『あなたのせいで、この子はこんなにボロボロになっているのよ』って、泣きながら叫んだんです。その瞬間、はっと気づきました。僕という存在が雪絵先輩を苦しめている。僕が消えないと、雪絵先輩は壊れてしまうってね」

喉の奥から言葉を絞り出すように、つらそうに涼介は語り続けた。

「それに、僕には雪絵先輩しか、雪絵先輩には僕しかいない。ずっとそう思っていたけど、違ったんです。雪絵先輩には母親という、僕以上に強い絆で結ばれた人がいた。一人ぼっちの僕とは違っていたんだってね」

「……その母親から、雪絵さんを奪い取ろうとは思わなかったの」

「できればそうしたかったですよ。でも、僕と千代さん、どちらと一緒にいた方が雪絵先輩が幸せになれるか、明らかじゃないですか。僕は彼女を壊しかけ、そんな僕から千代さんは雪絵先輩を守ろうとしている。だから……」

「だから、身を引くことにしたっていうの? でも、あなたは最後、雪絵さんにひどいことを言ったんでしょ」

「ああ、別れてやるよ。金をくれるから恋人ごっこをしてただけだ。金が稼げなきゃ、あんたみたいなブス、価値がないんだよ。ったく、調子に乗りやがって。二度とその不細工な面、見せんじゃねえぞ」

唐突に乱暴な口調で吐き捨てたあと、涼介は道化じみた仕草で肩をすくめる。

「こんな捨てゼリフを残して、すぐに喫茶店を出ました。そうじゃないと、泣き出しちゃいそうでしたから」

涼介は哀しげに微笑むだけだった。

「悪役を演じることで、雪絵さんを自分から解き放った？」

いまの説明は、由衣から聞き出した事実と齟齬はない。果たして、涼介は真実を述べているのだろうか？

雪絵について語る涼介の口調はどこまでも熱い感情を孕んでいて、それが口先だけのものとはとても思えなかった。

「これで分かってもらえましたか。僕は千代さんを恨んでいるどころか、感謝すらしているんです。そんな理由で千代さんを殺した雪絵先輩を僕から守ってくれたんですから」

「……それが本心かどうか分からない。お母さんを殺せば、また雪絵さんを自分のものにできると思ったのかもしれない」

「そんなわけないじゃないですか」涼介は大仰に両手を広げる。「そんなことはしていない」

「そんなわけないじゃないですか」

なら、そのあと、雪絵先輩に会っているはずです。けど、僕はそんなことはしていない」

「……雪絵さんのお母さんが一年前に、『真夜中の解体魔』に殺されたことはいつ知った？」

「事件が起きてから少し後ですかね。雪絵先輩とのトラブルについて知った刑事が、僕のところに話を聞きにきたんで。まあ、本当に形だけの事情聴取って感じでしたけど」

「なんでお母さんが殺されたのを知って、雪絵さんに会わなかったの？　一番大切な人を喪った元

恋人を自分が支えてあげようと思わなかったの?」

「思いましたよ」涼介は押し殺した声で言う。「そりゃ、すぐにでも雪絵先輩に会いたいと思いましたよ。でも、ぎりぎりで踏みとどまりました。傷心の雪絵先輩に僕が会ったら、元の木阿弥、いや、前以上に僕たちはお互いに依存しあうと思ったから」

「賢明な判断ね。ちなみにあなた、最近、雪絵さんがどんな生活をしていたか知っている?」

「最近? 大学に通っていたんじゃないですか?」

小首をかしげる涼介に、秋穂は「そうね」と静かに答える。

「誰よりも大切に想っていた女性が借金を返すために風俗店で働かざるをえなくなっていたと知ったら、目の前の少年がどれだけのショックを受けるのか、想像もできなかった。

これは黙っておこう。少なくとも、事件が解決するまでは。

秋穂は腕時計に視線を落とす。間もなく、時刻は六時になるところだった。今夜は夜勤だ。まだ訊きたいことは残っていたが、この辺りで引き上げるとしよう。

「今日はここまでにしましょ」

パイプ椅子から腰を浮かした秋穂は出入り口に向かう。引き戸のノブを摑んだとき、背後から「先生」と声が聞こえてきた。振り返ると、涼介が真剣な眼差しを向けてきていた。

「先生にとって、この事件を解くことは『復讐』だって言っていましたよね」

小さく頷くと、涼介は「僕もです」と力強く言った。

「僕にとって雪絵先輩は、世界で一番大事な人でした。彼女をあんなふうにした犯人を絶対に許せません。絶対に誰がやったかをあばいて、そいつに罪を償わせます。……どんな手段を使っても」

涼介の双眸に昏い炎が灯るのを見て、背中にぞわりとした震えが走った。

「僕と先生の目的は一致しているはずです。だから、なんとしても犯人を見つけましょう。そのためには、どんな協力も惜しみません」

「……まだ、あなたが『真夜中の解体魔』じゃないと信じたわけじゃないのよ」

「もちろん分かっていますよ」

涼介が屈託ない笑みを浮かべるのを見て、秋穂は病室をあとにした。廊下を進みながら、涼介、そして由衣から聞いた話を頭の中で反芻する。

由衣の話から浮かび上がってくる石田涼介という人物は、独占欲が強く、反社会的な人格を持つナルシシストで、自らのもとから去った雪絵と、そのきっかけを作った千代に強い恨みを持っていた。その一方で涼介自身は、心から愛していたゆえに雪絵との別れを決断したが、その後も彼女のことを想い続けていたと言っている。どちらが本当なのだろうか？

……いや、どちらも正しいのかもしれない。

秋穂は歩きながら、こめかみに手を当てる。

人間の想いというものは、一つの解が定まっているような単純なものではない。量子力学に示されるミクロの世界で生じている現象のように、様々な感情が重なり合って存在している。

シュレーディンガーの猫という言葉が頭に浮かぶ。

誰にも見えない箱の中、五十％の確率で死んでいる猫。誰かが箱を開けて『観察』するまで、その猫は生と死が重なっている状態になっている。

涼介と由衣、どちらが正しいかではなく、二人が語った内容の共通項を見つけるべきなのだ。

「共通項……、安里雪絵さんへの執着」

無意識に唇の隙間から言葉が漏れる。

正と負の違いはあるものの、涼介が雪絵に強い想いを抱いていたことは間違いない。

愛情と憎しみは表裏一体。強く愛していたからこそ、誰かのものになる前に殺して独占したい。

そんなことを考えてもおかしくないと感じるほどに、これまでに目の当たりにしてきた涼介の言動は、不安定に見えた。重なり合い、揺蕩っている愛憎。それが涼介という『箱』の中に存在しているのではないだろうか。

秋穂はエレベーターに乗って、救急部のある一階へと到着する。

やはり、石田涼介こそが『真夜中の解体魔』、婚約者の仇である可能性は否定できない。しかしその一方で、何者かが深夜に涼介の部屋に侵入し、重要な証拠品である雪絵からの手紙を処分したことは間違いない。

涼介の雪絵への想いと同様に、彼が『真夜中の解体魔』であるか否かもいまは重なり合っている。それを『観察』により一つの事実に収束させる必要がある。しかし、これからどうすれば、それが可能なのだろう。秋穂は救急部の扉を開けて中へと入る。

「やあ、小松先生」

明るい声がかけられる。見ると、今日の日勤に当たっていた救急部長の矢内太郎が、軽く手を挙げていた。年齢は五十歳を超えているはずだが、ユニフォームに包まれた体は引き締まっており、袖から覗く腕は太くて筋肉が浮き出ている。頭髪に白髪が目立つことを除けば、三十代でも通じそうなほどに若々しかった。

「お疲れさまです、矢内先生。引継ぎする患者さんはいますか?」

上司にして、救急救命としての基礎を自分に叩き込んでくれた尊敬するべき師に声をかけながら、秋穂は救急室の奥に並んでいる空のベッドを眺める。

「ついさっき、急性胆嚢炎の患者を外科に引き取ってもらったから、いまは誰もいないよ」

「それじゃあ、引継ぎはなしでいいですね。お疲れさまでした」

頭を下げる秋穂に、ホットライン直通の院内携帯を手渡した矢内は、「ちょっといいかな」とあごをしゃくって、部屋の隅を指す。

「はい、なんでしょう?」

看護師たちから少し離れた場所に移動しながら秋穂が訊ねると、矢内は声を潜める。

「あの患者の状態はどうだ? 石田涼介君、『真夜中の解体魔』の状況は」

まだ、彼が『真夜中の解体魔』だと決まったわけじゃありません。舌先まで出かかったその言葉を、秋穂は必死に飲み下す。

「……特に問題なく回復しています」

「警察病院への移送はまだ難しいかな?」

「難しいと思います。胸腔と心嚢にドレーンが入っている状態ですから。もし移送に抵抗して暴れたら、ドレーンが抜けることも考えられます。それが、主治医としての私の判断です」

秋穂が警戒しつつ答えると、矢内は申し訳なさそうに頭を掻く。

「いや、主治医の判断が最優先されるべきなんだが、院長から何度も移送はまだかってせっつかれていてね」

「院長から?」

「病棟の一番奥とはいえ、警察官がいつもいると患者さんや面会にくる人たちが不安になるから、できるだけ早く転院させて欲しいらしい」

「いくら殺人事件の容疑者とはいえ、病院の都合で命を危険に晒すわけにはいきません」

矢内は慌てた様子で、「分かってる。それは分かっているよ」となだめるように言ってきた。

「もちろん、患者の安全が第一だ。ただ、状態が安定したら、できるだけ早く移送をして欲しいというのが院長からの要請だ。あの人もなかなかつらい立場だから、悪く思わないでくれ」

「つらい立場って、どういうことですか?」

「どうやら、警察が圧力をかけてきているようなんだ」矢内はさらに声を小さくする。

「圧力って、うちは民間病院じゃないですか。警察がどうやって圧力を?」

「昨日、院長と話をした刑事が、このままだと『真夜中の解体魔』がここに入院しているって情報を記者に流すって、暗に言ってきたらしい。そうなったら大事だ。大量のマスコミが病院前に押し掛けて診療に支障がでるだろうし、入院患者やその家族からクレームも殺到する」

容易にその状況が想像でき、顔が引きつってしまう。

きっとあの刑事だ。秋穂の脳裏に美濃部の顔が浮かぶ。あの刑事なら、そんな卑劣な脅しも躊躇なく行うだろう。

「院長としてはそのリスクを避けたいだけなんだ。理解してくれ」

食いしばった歯の隙間から「分かりました」と声を絞り出す秋穂を、矢内が不安げに見つめる。

「小松先生、大丈夫かな? あまり調子が良くなさそうだよ。やはり、まだ入院患者を担当するの

は早かったんじゃないか？　もしよかったら、他のドクターに……」

「大丈夫です！　できます！」

思わず声が裏返る。看護師たちが何事かと視線を向けてくる。

「す、すみません……」

目を大きくしている矢内に謝罪する。彼は気を取り直すように小さく咳ばらい（せき）をした。

「大丈夫ならそれでいいんだ。ただ、くれぐれも無理はしないように。君はまだ復帰したばかりなんだから。危険だと私が判断したら、申し訳ないが主治医を代わってもらうからそのつもりで」

秋穂は小さく頷く。矢内は「じゃあ、夜勤頑張って」と出入り口へと向かっていった。

このままでは近い将来、涼介の主治医を外されてしまう。そうなれば、涼介はすぐにも警察病院に搬送されるだろう。警察は彼を送検することで、『真夜中の解体魔事件』の捜査を終える。涼介という最大の手がかりを失った自分は、誰が婚約者の仇なのか分からないまま、悪夢に囚われ続けることになる。

残された時間は少ない。急がなくては。

秋穂は手にしている院内携帯を強く握りしめた。

第二章　シュレーディンガーの少年

1

大丈夫だろうか？　バレていないだろうか？

サングラスをかけた秋穂は、体を小さくしながら部屋を見回す。

長椅子がいくつか置かれただけの殺風景な部屋に、数人の男たちが座っている。ほぼ全員が視線を避けるかのように俯いて、居心地が悪そうにスマートフォンをいじっていた。

秋穂は目だけを動かして、壁に視線を向ける。そこには、セーラー服やバニーガール、メイド服などを着て、煽情的なポーズをとる女性の写真がいくつも貼られていた。

浅野由衣に話を聞いた翌日の午後十時過ぎ、秋穂は新宿歌舞伎町にある風俗店の待合室にいた。

今朝、夜勤が終わって自宅に帰った秋穂は、すぐにシャワーを浴びてベッドに入りたいという欲求に耐えつつノートパソコンを起動し、『コスチュームヘブン』という名前の風俗店のホームページを見た。

イメージクラブと呼ばれる、様々なコスチュームを着た女性が男に性的サービスをするその店こ

そ、生前の安里雪絵が勤めていた風俗店だった。

ホームページを読み込んで、どのようなシステムなのかをなんとか把握した秋穂は、何十分も躊躇したあと店に電話をして、必死に低い声を使って予約を取った。

女性であることを悟られないよう、コートでボディラインを隠し、マスクとサングラスをして、髪は野球帽に押し込んである。明らかに怪しい外見だが、誰もが必死に他人の目を避けようとしているこの空間では、それほど目を引いていないことが幸いだった。

「松井様」

出入り口の扉が開き、ブラックスーツの従業員が、秋穂が使った偽名を呼ぶ。秋穂は「はい！」と声を裏返しながら立ち上がった。

「お待たせしました。セイラちゃんです」

黒服がわきにどくと、メイド服を着た小柄な女性が満面に笑みを浮かべて入ってくる。

「こんばんは、セイラです。今日はご指名、ありがとうございます」

セイラと名乗った女性は、スキップするような軽い足取りで近づいてきた。

どう反応すればよいのか分からず、棒立ちになっている秋穂の手を取ったセイラは、「行きましょう」とコケティッシュに小首をかしげると、そのまま出入り口へと向かう。

「ゆっくりお楽しみください」

従業員の慇懃な言葉とともに送り出された秋穂は、導かれるままに狭い廊下を進み、階段を降りていく。下の階につくと、セイラが「このお部屋ですよ」と扉を開けた。

淡い間接照明に照らされた六畳ほどのスペースには、セミダブルのベッドと透明のシャワールー

ムが設置されている。部屋から漂ってくる濃厚な性の匂いに圧倒されている秋穂の手を引き、部屋に入れたセイラは「いらっしゃいませ、ご主人様」といたずらっぽく言った。

「ご主人様!?」

驚きの声をあげると、セイラは秋穂のコートを脱がせて、ハンガーにかけながら小首をかしげる。

「あれ、嫌でしたか? メイド服を選んだから、そういうプレイをご希望だと思ったのに」

メイド服を選んだのは、どれかコスチュームを選ばなくてはならなかったので、最初に表示されていたものを適当に選んだだけだった。

「二人っきりになったんだから、恥ずかしがることありませんよ。ほら顔を見せて、ご主人様」

硬直している秋穂の顔から、セイラはそっとマスクをはぎ取る。

「あ、ご主人様、かなり若いんだ。お肌、綺麗。唇も柔らかそう」

嬉しそうに言ったセイラは、いきなり顔を近づけてくると、秋穂と唇を重ねた。「うっ!?」とくぐもった声を漏らす秋穂の唇の隙間に、セイラが舌を侵入させてくる。柔らかく温かい舌が、マッサージでもするかのように、口腔内をまさぐっていく。

秋穂がとっさに顔を背けると、セイラは不服そうに唇を尖らせた。

「気持ちよくなかったですか?」

「そんなことないけど……」

「じゃあ、最初にこっちを舐めて欲しいとか?」

セイラはゆっくりとひざまずくと、秋穂が着ているジーンズの股間に頬を擦り付けようとする。

「いいですよ。本当はシャワーを浴びてからなんですけど、ご主人様は二時間コースを選んでくれ

たから、なんでもしてあげます。あ、でも、本番はなしですからね」

ベルトを外そうとしてくるセイラに恐怖をおぼえた秋穂は、その場から飛びずさると、サングラスと野球帽をはぎ取った。

「わ、私、女なの」

「あ、やっぱりぃ」

甘い声で言うセイラに、秋穂は「やっぱり!?」と目を見開く。

「さっき、声を聞いたとき、そうじゃないかと思った。体も男にしては華奢だし、唇もすごく柔らかかったし」

艶っぽい流し目をくれるセイラに、秋穂はなんと答えてよいのか分からなくなる。

「女の子でも、私は全然構わないよ。お店としても、私が良ければ文句言わないって。ご主人様、綺麗な顔しているし、スタイルもいいから、いっぱい奉仕させていただきますね」

「待って。そういうことをしに来たわけじゃないの」

両手を胸の前で振ると、セイラの顔から営業スマイルが消えた。

「こんな店に来て、『そういうこと』をしないっていうのも、けっこう失礼じゃない。せっかくサービスしてあげようと思ったのにさ」

甘ったるい態度が消え、声もハスキーになる。秋穂は「ごめんなさい」と首をすくめた。

「まあ、いいよ。それじゃあさ、あんたはなんでこの店に来たの？　私になんか用？」

セイラは部屋の奥に移動すると、ベッドに腰掛ける。さっきまでの少女のような態度は一瞬で消え失せ、大人の女の横顔になっていた。

116

「あの、この子を知ってる?」

秋穂はジーンズのポケットからスマートフォンを取り出して操作する。画面にセーラー服を着た少女の写真が表示された。先日、由衣からもらった、安里雪絵の学生時代の写真だった。

「あっ、ウーミンじゃん」画面を見たセイラが声を上げた。

「ウーミン?」

「そう、ウミちゃん。この子の源氏名。同僚はみんな、ウーミンって呼んでた。なに? もしかしてあなた、ウーミンのお姉さんかなにか?」

「え? いえ、そういうわけじゃ……」

「じゃあ、なんであの子のことを知りたいわけ? わざわざ変装してこんな店に来てさ」

「それは……」

なんと言えばよいか分からず口ごもると、セイラは肩をすくめた。

「言いたくないなら、いいよ。相手のことをあまり詮索しない。それが、この業界の掟だからね。ま、そんなところに突っ立ってないで、とりあえず座りなって」

セイラはベッドを叩く。秋穂が躊躇していると、彼女の顔にいやらしい笑みが浮かんだ。

「そんな警戒しないでよ、襲ったりしないよ。やらなくても金をもらえるなら、わざわざ肉体労働する意味ないでしょ」

「じゃあ、……失礼します」

秋穂はおずおずと隣に腰掛けると、セイラはベッドのそばにあるナイトテーブルの引き出しを開ける。中にはローションやティッシュペーパー、ハンドタオルなどとともに、数十個のコンドーム

が詰め込まれていた。

引き出しからタバコの箱とライターを取り出したセイラが、「吸っていい?」と横目で視線を送ってくる。本当なら隣で喫煙などして欲しくはないが、これから話を聞く相手の機嫌を損ねるわけにはいかなかった。秋穂は小さくあごを引く。

タバコを咥えたセイラは、慣れた手つきで火を灯し、うまそうにふかしはじめた。

「で、ウーミンのことだったよね。最初に言っとくけど、あの子がどこにいるかって質問なら、知らないからね。一ヶ月くらい前から、急に店に来なくなっちゃったからね」

彼女は、雪絵が殺されたことを知らないようだ。それも当然か。このような水商売では、よほど親しくない限り、自分の素性を教えたりはしないだろうから。

「セイラさんは、雪……ウミさんとは親しかったの?」

「親しいってほどじゃないよ。あの子がここに勤めはじめた頃は、ちょっと世話焼いてやったりしたけどね。どうやったら客を喜ばせられるかとか、無理やり本番しようとする男にはどう対処するかとか。この店じゃ、私もかなりのベテランだからさ。あんたも、それが分かっていたから私を指名したんでしょ」

図星を突かれ、秋穂は言葉に詰まる。たしかに勤務歴が長い方が雪絵のことを知っている可能性が高いと考え、予約する際、今夜指名できるキャストの中で最もベテランの女性をと頼んでいた。

「あんたさ、何歳?」

「私? 三十一歳だけど」

「ああ、私より三つ年上か。私はさ、もう九年間もこの店に勤めているんだ。十九歳からずっと、

118

男のあそこを咥えて生きてきてるの」

生々しい告白に、秋穂はなんと言っていいのか分からなかった。

「だから、ここで働く子を何百人とみてきた。親の借金、ホストに貢ぐため、学費や奨学金の返済、海外留学したいから。みんな、色々な理由でお金が必要で、それなりに闇を抱えていた。まあ、中には純粋にエロいことが好きで、趣味と実益を兼ねてみたいな子もいたけどさ」

セイラがくゆらせた煙が、天井に向かっていく。

「でもね、ウーミンの抱えている闇はけた違いにヤバかった。それに気づいてから、さすがの私も怖くなって、あの子とは距離を取りはじめたぐらいにね。だからさ、あんたがあの子に貸した金を取り戻したいとかなら、諦めた方がいいよ。あの子にはかかわらない方がいい。人生の酸いも甘いも味わったお姉さんからの忠告だよ」

セイラは哀愁ただよう表情を浮かべると、「なにしてんだろうね、あの子」とつぶやいた。

「……亡くなった」

秋穂がつぶやくと、セイラの動きが止まる。タバコから灰がポロリと落ちた。数秒固まったあと、セイラは「そっか、死んだんだ」と力なくかぶりを振る。

「あんまり驚いていないのね」秋穂はセイラの横顔を見つめる。

「そうだね、そんな驚いてはないね。いつかはこうなると思っていたから」

「え？　どういうこと!?」

秋穂がベッドから腰を浮かすと、セイラは灰皿にタバコを押し付け、火を消した。

「どうもこうも、あなた、ウーミンの腕を見たことないの？　リストカットの跡がバーコードみた

いについてたよ」

その光景を想像し、頰が引きつってしまう。

「それに、たぶんヤバいクスリにも手を出していたんじゃないかな？ ときどき、目の焦点が合ってなくて、呂律（ろれつ）が回らなかったし。なんか、徹底的に自分を壊していっているって感じだった」

「なんでそんなことに……？」

「さあ、さっき言ったように私たちって、あんまり他人の事情に踏み込まないからさ。ただね、お母さんが急に死んじゃったとか言ってたかな？ なんか、家に帰ったら死んでいたとか なんとか」

セイラが新しいタバコに火をつけるのを眺めながら、秋穂は絶句する。雪絵の母親は『真夜中の解体魔』の犠牲者だ。つまり、帰宅した雪絵はバラバラに解体された母親の遺体を目撃したことになる。ずっと支え合ってきた母親が切り刻まれ、放置されている光景。わずか二十歳だった雪絵の心が壊れてしまうのも当然だ。

遺体を目撃していない私でさえ、心にひびが入り、その傷痕はいまも癒えることなく膿み続けているのだから。

「まあ、そんな感じだったから、いつ自殺してもおかしくなかったんだよ。私たちとしてもなんとか止めたかったんだけど、最後まで心を開いてもらえなかったな」

セイラは口をすぼめて煙を吐き出した。

「……自殺じゃない」

秋穂がぼそりとつぶやくと、セイラは「え？」と目をしばたたかせる。

「自殺でも病死でもない。ウミさんは殺されたの」

120

セイラは大きく目を見開く。その手から零れたタバコが床に落ちた。

「誰がウミちゃんを殺したの？　もしかして、あのストーカー!?」

拾ったタバコを灰皿で揉み消しながら、秋穂は「ストーカー？」と眉間にしわを寄せる。

「そう、しつこくストーキングしていたあの男がウーミンを殺したんでしょ!?　そうなんでしょ!?」

「ちょっと落ち着いて。ウミさんは誰かにストーキングされていたの？　詳しく教えて」

「詳しくって、客の男がウーミンに付きまとっていただけだよ」

雪絵に付きまとう……。秋穂は慌ててスマートフォンを操作すると、病室で撮影した涼介の写真を表示する。

「そのストーカー、この子じゃない？」

「えっ、誰、この子？　すごい美形じゃん」

「そんなことどうでもいいから、教えて。この子がウミさんに付きまとっていた男じゃないの？」

「違う違う。私も二、三度見かけただけだし、サングラスをかけてたからはっきり顔は分からないけど、こんな可愛くて華奢な子じゃなかった」

雪絵にはストーカーがいた。そして、それは涼介ではなかった。まさか、その男こそ『真夜中の解体魔』……？

「そのストーカーのことを教えて！　できる限り詳しく！」

勢い込んで秋穂が言うと、セイラの表情に警戒の色が浮かんだ。

「……あなた、もしかして警察かなにか？　これって、尋問だったりするの？」

どう答えるべきか秋穂は悩む。由衣に話を聞いたときと同様に『警察関係者』と名乗るべきだろうか？　しかし、目の前の女性のようにアンダーグラウンドで生きている者たちは、公権力に対して反感や恐怖を持っていることが少なくない。秋穂はゆっくりと首を振る。

「違う、警察じゃない」

「じゃあ、なんでウーミンのこと調べているの？　なんか、ウーミンを殺した犯人を探しているみたいじゃない。やだよ、私。おかしなトラブルに巻き込まれるの」

「ウミさんを殺した犯人が、私の婚約者も殺したかもしれないの」

息を呑んで絶句するセイラに向かって、秋穂は喋り続ける。

「私の婚約者はウミさんと同じような殺され方をした。でも、このままじゃ犯人は捕まらないかもしれない。だから、なにか犯人に繋がる手がかりがないか、大切な人の仇を討つ方法はないのか必死に探しているの」

もう小細工などするつもりはなかった。この店で多くの闇を見てきたこの女性から情報を引き出すためなら、全てをさらけ出してもいい。そんな気分になっていた。一気にまくし立てた秋穂は、セイラの反応を待つ。

数十秒、難しい顔で考え込んだあと、セイラは「ん」とタバコの箱を差し出してきた。

「いいから吸いなって。少しは落ち着くかもよ。じゃなきゃ、話さない」

「いえ、私、タバコは……」

「思い切り吸い込んでみな」

仕方なくタバコを一本摘まむと、フィルターを咥える。すかさずセイラがライターで火を灯した。

122

言われた通りに煙を肺いっぱいに吸い込もうとする。しかし、その前に気管支が激しい拒否反応を起こした。胸の奥から咳がこみあげてくる。体を折り、目に涙を浮かべながら咳の発作に耐える秋穂の手からタバコを取り上げたセイラは、見せつけるようにそれを吹かした。

「タバコくらいでむせ返るなんて、お子様だね」

小さな笑い声をあげたセイラは、秋穂の顔に煙を吹きかけてくる。

「そんな……、ことより……、ストーカーの、話を……」

咳き込み続けながら秋穂が言うと、セイラは口角を上げた。

「まあ、同じタバコを吸った仲になったことだし、話してあげるよ。タバコぐらいでこんなになる奴が、警官のわけもないしね」

天井に向かってのぼっていく紫煙を、セイラは目を細めて眺める。

「三ヶ月くらい前からかな。ウーミンがシフトに入ると、同じ男がいつも予約を入れてくるようになったんだ。しかも、あんたみたいに二時間コースでさ。ウーミンって体はなかなかだったけど、全然愛想ないし、テクの方もいまいち。そのうえリストカットしまくっていたでしょ。ほとんど指名されることがなかったんだ。だから馴染みの客ができてよかったと思ってた。……最初はね」

「最初はってことは、あとでなにかトラブルがあったの?」

「その客が来るようになってから、あの子、おかしくなったんだ。なんていうか、前以上に不安定になって、リストカットの回数も増えちゃって……。だから、借金取りかなんかなのかとも思っていたけど、それもおかしいよね。何万円もプレイ代金を払って、借金の催促するわけないしさ」

「ウミさんに入れ込んだストーカーだったの?」

「分かんない」セイラは力なく首を振る。「もしストーカーに付きまとわれているなら、力になるってウーミンに言ったんだよ。」私もそういう経験、ないわけじゃないからさ。そしたらあの子、『うるさい！ ほっといてよ！』って控室でキレまくってさ。それ以来、みんなあの子を避けるようになった。腫れ物にさわるような、ってやつかな」

ため息をついたセイラは、「私も含めてね」と付け足す。その横顔には、後輩を見捨ててしまった後悔が浮かんでいた。

「そのあと、どうなったの？」

秋穂の問いに、セイラは気怠そうに答える。

「先月、またその男がウーミンを指名しているときに、プレイルームからヘルプコールが入ったの」

「ヘルプコール？」

聞き返すと、セイラはベッドのわきの壁に埋め込まれたボタンを指さした。

「客から暴力振るわれたり、強引に犯されそうになったら、そのボタンを押すの。そうしたら、ボーイが助けに来てくれる」

「……そんなものが必要なの？」

かすれ声で秋穂が訊ねる。セイラは「めっちゃ必要」と唇の端を上げた。

「じゃあ、ウミさんはその男に……暴行を受けたってこと？」

「ウーミンはそう言ってたね。無理やりヤラれそうになったって。けど、怪しかったんだよね」

そのときのことを思い出しているのか、セイラは額に指を当てて目を閉じる。

「警報が鳴ったとき私、すぐそばの部屋で一仕事終えたばっかりだったから、なにがあったのかっ

124

て見たんだよ。そうしたらさ、男がボーイに部屋から連れ出されていたんだけど、そいつ、服を着

てたんだよね。スーツをしっかりとね」

「性的なサービスを受けていなかったっていうこと？」

「そうとは限らないね。いろいろな性癖があるし。特に、この店に来るような男はさ」

セイラの唇に妖しい笑みが浮かぶが、すぐに真顔に戻る。

「ただ、あのときの男の態度は、興奮しすぎてウーミンを襲おうとしたって感じじゃなかった。

『俺は絶対に諦めない』って捨て台詞を吐いて、出て行ったしさ」

「絶対に諦めない……」

秋穂はその言葉をつぶやく。繰り返し高額な金を払って指名した男。彼はいったい何を『諦めな

かった』というのだろう。

雪絵の命を奪い、その体を切り刻むこと……。

おぞましい想像に体の底から震えが湧き上がってくる。

「私が知っているのはそれくらい。そのあと男は二度と現れなかったし、ウーミンも店に来なくな

った。どう？　私の話、役に立ちそう？」

「ありがとう。すごく参考になった」

想像以上の情報を得ることができた。雪絵に付きまとっていたストーカー。事件の真相に繋がる

鍵だ。なんとしても正体を摑まなくては。

もしかしたら、その男こそ『真夜中の解体魔』かもしれないのだから。

家に帰って、今後のことを考えよう。そう思って立ち上がった秋穂の手を、セイラが摑む。

「ちょっと、どこに行くつもりよ」

「どこって、帰るんだけど……」

「なに言ってるの。あなた、二時間分のサービス料を払ったでしょ。ここで帰られたら、客を満足させられなかったって、私の評価が落ちるのよ。あと一時間半はこの部屋にいてもらうからね」

「一時間半って……」

秋穂は戸惑っていると、セイラはベッドを指さした。

「横になって。気持ちいいことしてあげるから」

「いや、それは……」

秋穂は胸の前で両手を振る。

「違うって。時間までマッサージしてあげるってこと。頂いたお金の分は気持ちよくなってもらわないとね。ほら、さっさとうつぶせになる」

促された秋穂は怖々と指示に従うと、「それじゃあ、失礼しますね。ご主人様」と芝居じみた口調で言いながら、セイラが首を揉んでくれた。

「なによ、あなた。首、ゴリゴリじゃない。ああ、背中全体、鉄板が入っているみたいに固くなってる。なんの仕事しているの?」

「えっと、まあ立ち仕事を……」

「そうなんだ。立っていると、筋肉固まるよね。あとで、ふくらはぎも揉んであげるよ」

凝り固まった筋繊維を押しほぐしていくセイラの指が心地よかった。思わず、秋穂は目をつぶる。

「寝ちゃってもいいからね。時間になったら起こしてあげるからね」

126

「……ありがとう」

涼介が搬送されてきてから、いや、婚約者を喪ってからずっと体の奥底にわだかまっていた強張（こわば）りがほぐされていくような気がした。秋穂は睡魔に抗うことなく目を閉じる。ふと瞼の裏に、先日忍び込んだ涼介の部屋が浮かび上がってきた。

ああ、そうだ。一応、あのこともおかないと。

「ねえ、ナイトテーブルの引き出しに避妊具がいっぱい入っていたでしょ」

あくびを噛み殺しながら秋穂は訊ねる。

「うん。まあ、こういう場所だと色々な場面で使うからね。それがどうしたの？」

「もし、個人の部屋にもっと大量の避妊具が用意されていたら、なんのために使うと思う」

「大量って、何百個もってこと？」

秋穂が頷くと、セイラは「そんなの決まっているじゃん」と呆れ声で答えた。

「ここと同じさ。仕事に使うんだよ。個人でそんなにゴムを持っているなら、そいつは間違いなく体を売ってるよ」

2

「ストーカー……ですか」

涼介が端整な顔をしかめる。風俗店でセイラから話を聞いた翌日の昼下がり、秋穂は涼介の病室

を訪れて、昨夜聞いた情報を共有していた。

「心当たりはない？　あなたと交際していたとき、雪絵さんに迫っていた男とか知らないの」

「知りません。その男が雪絵先輩となにを話していたのか、バイト仲間は聞いていないんですか？」

「聞いていないみたいね」

秋穂は言葉を濁す。元恋人が借金を返すために風俗店に勤めていたことを伝えれば、涼介がショックを受けると思い、雪絵はカフェでバイトをしていたということにしていた。

「少なくとも、僕と付き合っている間に、雪絵先輩がストーキングされていたということはないと思います。その働いているバイト先で、目をつけられたんじゃないですか？」

秋穂は曖昧に頷く。客の男が風俗嬢に恋愛感情を抱き、ストーカーと化す。いかにもありそうなことだ。ただ……。

「ただ、その男は単なるストーカーじゃなくて、『真夜中の解体魔』かもしれない」

「その男が雪絵先輩を殺したっていうことですか？」

涼介の顔に、痛みに耐えるかのような表情が浮かんだ。秋穂はわずかにあごを引く。

「けど先生、それっておかしい気がします。その男が雪絵先輩のストーキングをはじめたのって、三ヶ月前なんですよね。でも、一年以上前に雪絵先輩のお母さんは『真夜中の解体魔』に殺されているんですよ。時系列が合いませんよ」

「そうなのよね。ただストーカーが事件にまったく関係していないとは思えないし……」

秋穂があごに手を当てて考え込むと、涼介が低い声でつぶやいた。

128

「……もしかしたら、三ヶ月前じゃなかったのかも」

「え、どういうこと?」

「たしかに、そのストーカーが直接雪絵先輩に接触したのは三ヶ月前だったんでしょう。けど、ストーカーって本来、その人の前になかなか現れないのが普通だと思うんですよ」

「じゃあ、雪絵さんが気づかなかっただけで、もっと前からストーキングされていたってこと?」

「あり得ない話じゃないと思うんです。雪絵先輩って、なんと言うか……おおらかで、あんまり警戒心がないタイプでしたから」

おおらかで、警戒心がない。セイラから聞いた雪絵とは全く違う印象に、秋穂は口を固く結ぶ。

おそらく涼介とセイラ、どちらも正しいのだろう。

母親を殺され、解体された遺体を目の当たりにしたことで、安里雪絵の人格は砕け散り、別人と化してしまった。これまでに聞いた情報を集約すると、きっとそういうことなのだろう。

雪絵ほど急激な変化ではなくても、きっと自分も同じ道を辿りつつあるという確信が、恐怖を掻き立てる。最愛の人を奪われた絶望、怒り、悲しみが自らの人格を蝕み、じわじわと腐らせていることを秋穂は自覚していた。

涼介に「大丈夫ですか?」と声をかけられ、秋穂は我に返る。

「あ、なんでもないの。もし、雪絵さんが本当はもっと前、お母さんが殺される前からストーキングされていたとしたら……」

「僕に対する態度でも分かるように、雪絵先輩のお母さんってかなり過保護だったんです。それって、……ストーカーにとってあっても雪絵先輩を守ろうっていう、強い意志がありました。それって、……ストーカーにとってなにが

「は邪魔ですよね」

「まさか、雪絵さんに近づくためにお母さんを殺したっていうの?」

「その可能性はあると思うんです。そのストーカーこそ、『真夜中の解体魔』で、奴の本当の標的は雪絵先輩だった。だから、彼女に近づくために邪魔な母親を先に排除した」

「でも、『真夜中の解体魔』は最終的に雪絵さんも殺しているのよ」

涼介の顔がつらそうに歪む。秋穂は反射的に「ごめん」と謝罪した。

「謝らないでくださいよ。先生は事実を指摘しただけなんだから。そうですね……、『真夜中の解体魔』は雪絵先輩を殺すつもりじゃなかったのかも。たんに先輩に好意を持っていて、親しくなりたかっただけだった……」

「でも、雪絵さんに拒絶されて、命を奪うことにした?」

「状況から考えたら、それが一番、あり得そうなシナリオだと思うんです。または、真逆か……」

低くこもった声で言いながら、涼介が顔を伏せる。不吉な予感をおぼえつつ、秋穂は「真逆?」と聞き返した。

「『真夜中の解体魔』は雪絵先輩を、骨の髄まで恨んでいたのかも。だからこそ、最も大切なお母さんのバラバラ死体を雪絵先輩に見せつけ、苦しむだけ苦しませてから殺した……」

おぞましい内容に寒気をおぼえ、自らの両肩を抱いた秋穂は目を疑う。俯いている涼介の口元が綻んでいた。

「なにが……おかしいの……?」

声がかすれてしまう。ゆっくりと顔を上げた涼介は、秋穂を見つめた。底なし沼のように昏い双

眸で。

「僕から雪絵先輩を奪った奴は絶対に許さない……。絶対に思い知らせてやる……。生まれたことを後悔させてやる……」

憑かれたような口調で、涼介がつぶやく。恐ろしいまでに美麗な顔に酷薄な笑みを浮かべるその姿は、秋穂の目には異形の怪物のように映った。

いますぐこの場から逃げ出せという本能からの警告を無視し、秋穂は震える唇を開く。

「僕からって……、あなたと雪絵さんは別れていたんでしょ」

「そんなの関係ないんですよ。雪絵先輩が生きてくれていることが僕の悦びだった。彼女がいなくなった世界に、価値なんてない」

自らの手の届かないところにいたとしても、ただ生きてくれているだけでよかった。純愛、もしくは執着に満ちたその言葉が秋穂の鼓膜を揺らす。

安里雪絵からの手紙が消え、彼女にストーカーがいたという証言を聞いたことで、無意識に涼介に対する警戒が薄くなっていた。彼を『真夜中の解体魔』の容疑者から外しかけていた。

しかし、それは間違いだ。やはり、この石田涼介こそ『真夜中の解体魔』の第一容疑者だ。この少年に心を許してはいけない。

「だから先生、引き続き調査をお願いします。いい感じに情報が集まっていますので、この調子でいきましょう」

涼介の暗い微笑が消え、その代わりに屈託ない笑みが浮かぶ。

「……フェアじゃない」

怖気を押し殺しながら秋穂がつぶやくと、涼介は「え?」と小首をかしげた。

「あなたと私は対等な協力関係を結んでいるはず。なのに、私だけが調査に這いずり回って、あなたに情報提供している」

「しかたないじゃないですか。僕はいま、この病室に閉じ込められているんですから。それに、こんなチューブが心臓に突き刺さっているんですよ」

涼介は入院着の裾から伸びるドレーンチューブを指さす。

「心臓じゃなくて、心嚢。それに、抜こうと思えばいつでも抜ける状態よ」

秋穂はベッド柵にぶら下がっているプラスチック容器に視線を向ける。ドレーンチューブに接続されたその容器には、ほんの数ミリリットルだけ、赤い血液が溜まっていた。

「え、そうなんですか? なら、すぐに抜いてください。すごく邪魔なんです」

「抜いたら、あなたは警察病院に移送されるけど、それでもいいの?」

涼介の顔が引きつるのを見て、秋穂は鼻を鳴らす。

「救急車で搬送中に暴れてチューブが抜けたりしたら、あなたは命を落とすかもしれない。だから、まだ警察病院には移せない。そういう名目で、なんとか移送を防いでいるのよ。我慢しなさい」

「……分かりましたよ」涼介は桜色の唇を尖らせる。「けど、僕は動けないのは仕方ないでしょ」

「動けなくても情報はよこせるでしょ。あなたは間違いなく、事件に深くかかわっているんだから」

場合によっては、犯人として。秋穂は胸の中で付け足した。

「雪絵先輩について知っている情報は全て話しましたよ。他になにを話せばいいんですか?」

132

芝居じみた仕草で肩をすくめる涼介を見つめながら、秋穂は質問を考える。たしかに、被害者である安里雪絵の情報はかなり集まった。なら、次はなんの情報を集めるべきだ。

ついさっき見た、底なし沼のような双眸が脳裏に蘇り、秋穂は身を震わせた。

この子だ。正体不明の不気味な存在である石田涼介、この少年の真の姿をあばくことこそ、事件の真相に近づく鍵だ。この少年が哀れなスケープゴートなのか、それとも『真夜中の解体魔』か、はっきりさせなくては。

「⋯⋯なんでも答えるのね」

あごを引いた秋穂が上目遣いで視線を向けると、涼介は「はい！」と快活に答えた。

「なら教えて。あなたの部屋にあった大量のコンドーム。あれは何に使うものなの？」

涼介の顔から、潮が引くように笑みが消えていく。

「⋯⋯それについては、訊かない約束だったはずです」

「なんでも答えるって言ったじゃない」

「⋯⋯それ以外なら答えます」

「なら、私の予想を言ってあげる。あなた、⋯⋯売春していたのね？」

涼介が歯を食いしばる。奥歯が軋む音が部屋の空気を揺らした。秋穂は自分の予想が当たっていたことを確信する。

「あなたほどの美形なら、お金を払ってでも関係を持ちたいっていう女性がいくらでもいるでしょうからね」

「⋯⋯女性だけじゃないですよ」

涼介は唇を歪めた。その言葉の意味を理解して、秋穂は言葉を失う。

やけに粘度の高い沈黙が部屋に満ちる。息苦しさをおぼえた秋穂は「……ねえ」と涼介に声をか

けた。

「なんで……、そこまでしてお金を稼ぐの？　普通のバイトでも、生活できるぐらいのお金は入っ

てくるでしょ」

秋穂は涼介の住処を思い出す。かなり年季が入った、木造アパート。大して家賃も高くはないは

ずだ。

「……生活できるぐらいじゃダメなんですよ。それじゃあ、僕の目標には全然足りない」

蚊の鳴くような声で涼介が言う。秋穂は「目標ってなに？」と聞き返した。

「アメリカに行きたいんです」

「アメリカ？　アメリカに行ってなにをするつもりなの？」

「この顔を生かした仕事に就きたいですね。ああ、そんな顔しないでください。先生がいま想像し

ているようなことじゃありません。まっとうな仕事ですよ。僕は役者になりたいんです」

「役者？」

「そうです。顔が武器になる仕事で、最初に思い浮かぶものじゃないですか。アメリカはショービ

ジネスの本場です。そこで成功する。それこそが僕の夢なんです」

「……そんなに甘いものじゃないと思うけど」

目を輝かせる涼介を見て、思わず苦言が口をついてしまう。

「あれ？　もしかして僕が、自分の容姿にうぬぼれて、軽い気持ちでアメリカに行こうとしている、

現実が見えていない馬鹿なガキだと思っていますか？　分かっていますよ、甘くないことは。それこそ、血反吐を吐くぐらいの努力が必要だってね。だから、何年間もずっと、演技と英会話の勉強をしています。稼いだ金のうち、渡航とあちらでの生活にかかる金、あとちょっとした趣味にかかる費用以外は、ぜんぶそのレッスンに使いました。いまじゃ、ネイティブ並みに話せますよ。それを利用して、最近は海外の富裕層に対しても『お仕事』をしたりしていたぐらいだから」

投げやりな様子で言うと、涼介は妖しい流し目をくれる。

「そうだ。もしご希望でしたら、先生のお相手をしてもいいですよ。先生なら、初回サービスで定価の半額で僕を好きにさせてあげます」

不意に涼介が手を伸ばして秋穂の耳に触れた。振り払おうとするが、水面に波紋が走るかのように、耳朶から下腹部に向かって広がっていく官能の波に体が動かない。

「ね、すごいでしょ、僕のテクニック。チップを多めにくれる上客に悦んでもらえるように、色々と研究したんですよ」

「……なんで、そこまでして、わざわざアメリカに行こうとするの。あなたなら、日本の芸能界で成功することも十分に可能だったでしょ」

息を乱しながら秋穂が声を絞り出す。

「日本じゃダメなんです。僕はこの国から出たかった」

それ自体が一つの生命体であるかのように指を複雑に動かしながら、涼介は秋穂の耳に淫靡（いんび）な刺激を与え続ける。

「これまでの僕の人生は苦痛に溢れていました。僕は汚泥の中で這いずり回りながら生きてきたん

です。この国で、僕は完全に『異形の存在』として迫害され続けて来たんです」

涼介の指に力がこもる。秋穂の口から、小さく「あっ」と声が漏れた。それが苦痛の悲鳴なのか、快感からの喘ぎなのか、秋穂自身にも分からなかった。

「人生をリセットするんです。過去を捨てて、この国から脱出したいんですよ。僕にとって、唯一の心残りが雪絵先輩と遠く離れることだった。けど、彼女がいないこの国に未練なんかない」

「アメリカに行ったからって、完全に受け入れられるとは限らない」

「そうでしょうね」あっさりと涼介は肯定する。「僕はアメリカでも『異形』なのかもしれません。けど、人種のるつぼであるあの国では、『異形』として排除されているのは僕だけじゃない。僕と同じように、迫害されている人々がたくさんいるはずだ。僕はその中で生きていきたい」

同じ苦しみを共有できる仲間が欲しい。その想いが、アメリカに行きたいという欲求へと変換されているのだろうか。秋穂が甘い痺れ（しび）れが走る脳を必死に動かしていると、涼介が身を乗り出して耳元に口を近づけてきた。

「だから、僕が雪絵先輩を殺していないと証明する必要があるんです。僕の夢を応援してくれた彼女に報いるため、そして仇を取るために。どんな手段を使ってもね。そのためなら、どんなサービスでもしますよ。このチューブが抜けない程度でしたら」

涼介の囁きは小声にもかかわらず、エコーがかかっているかのように、やけに頭の芯に響いた。

「どうですか、先生。婚約者が亡くなってからずっと、ご無沙汰なんじゃないですか」

その言葉を聞いた瞬間、金縛りが解けた。官能の波が、怒りの炎に呑み込まれる。

紙風船が割れるような、小気味いい音が部屋の空気を揺らした。

「二度と彼のことを口にしないで！　さもなければ、すぐにでもあなたを警察病院に送り込む」

涼介を平手打ちした秋穂は、息を乱しながら警告をする。張られた頬を押さえた涼介は、呆然と口を半開きにしていた。

「……ごめんなさい。調子に乗りました」

妖艶な雰囲気から一転して、首をすくめ、怯えが浮かぶ瞳でこちらをうかがう涼介の姿は、迷子の子犬のようだった。あまりの変化に混乱し、頭痛がしてくる。

この少年はいったいなんなのだろうか。目の前にいるというのに、まるで蜃気楼のように正体が摑めない。たしかに、石田涼介は『異形』だ。油断をすれば、心を丸ごと呑み込まれかねない。

「あの……、先生、許してくれますか」

「安心しなさい。転院なんてさせない。あなたは事件解決のための最大の手がかりなんだから」

それに、あなたが真犯人なら、手元に置いておかないと復讐を果たせない。

秋穂が胸の中で付け足すと、涼介は力なくかぶりを振った。

「いえ、ただ先生に許して欲しいんです。謝りたいんです。傷つけるつもりはなかったんです」

「傷つけるつもりはなかったって……」

「僕にとって、あれが唯一できるお礼なんです。これまで、先生には隠していたけど、もう僕が売春していることがばれたなら、もういいかなって。先生にお礼をしたいなって思って……」

いまにも泣き出しそうな顔で、涼介がぼそぼそと釈明する。

本当にそうなのかもしれない。その美しさゆえ、周りの人々から弄ばれ続けた少年。彼にとって性的な関係を持つことこそ、他人から迫害を受けないための手段だったのかもしれない。

強い同情心が怒りを収めていく。涼介の術中にはまっているだけかもしれないという疑念を、秋穂は頭を振って打ち消した。

「いいよ、許してあげる」

ため息まじりに言うと、涼介の顔がぱっと輝く。秋穂は「ただし」と続けた。

「二度と私の婚約者のことを揶揄したりしないと約束しなさい」

「はい、分かりました」

「それに、事件が解決したら、もういまの『仕事』からは足を洗いなさい」

涼介の顔が「え……」と曇る。

「まじめに働くのよ。バイトでもなんでもいい、それほど一気に稼げなくても、コツコツとお金を貯めていくの。いろいろ人間関係で苦労するかもしれないけど、それについては正しい方法で対処しなさい。この国には、できる限り理不尽な経験をする人を少なくするための制度が備わっている。完璧な制度ではないかもしれないけど、それをうまく利用して世間を渡っていくことも、社会経験の一つになるから。分かった?」

涼介は不満げに「……分かりました」と答えたあと、胸の前で両手を合わせた。

「そうだ、それなら先生が僕を雇ってくださいよ。お医者さんって給料いいんですよね」

「あなたね、言ったでしょ、いまの仕事は……」

「夜のお相手をするって意味じゃありません。僕、お手伝いさんになりますよ。先生の部屋を片付けたり、ご飯を作ったり。一人暮らし長いから得意なんです。逆に、先生ってそういうの苦手でしょ」

「……なんでそう思うのよ」

138

涼介の言う通りなのだが、それを見透かされたことが癪にさわった。

「分かりますって。これまで、いろいろな女の人の家にお邪魔しましたからね」

涼介は小悪魔的な笑みを浮かべる。

「考えとく」

苦笑する秋穂の頭に、目の前の少年がエプロンをつけて料理をしている姿が浮かぶ。それも悪くないかもしれない。そんな思いが胸をよぎった。大切なものを『真夜中の解体魔』に奪われた者どうしが、寄り添い、傷を癒していく。復讐ではなく、そんな穏やかな日常こそが悪夢から自分を解放してくれるのかもしれない。そんな予感があった。

「約束ですよ。指切りです」

涼介は少年のように無邪気に言いながら、小指を立てる。秋穂は苦笑しながら、涼介と小指を絡めた。

時計に視線を落とすと、話しはじめてから一時間近く経っていた。状態は安定しているとはいえ、相手は重症患者だ。あまり無理をさせるのはよくない。それに、いままで集めた情報について、自宅でゆっくりと頭をまとめたい。

この少年が『真夜中の解体魔』か否かがはっきりするまで、いま交わした約束は夢物語でしかないのだから。

秋穂が立ち上がろうとしたとき、院内携帯が着信音を立てた。白衣のポケットから取り出した携帯電話の液晶には『矢内部長』と表示されていた。首をひねりながら秋穂は『通話』のボタンを押す。聞きなれた上司の声が聞

こえてきた。

『やあ、小松先生。繋がったということは、いま院内にいるんだね。どこかな?』

秋穂は一瞬迷う。この病室にいると伝えたところで問題はないのだが、そうすれば涼介の話題になるだろう。

「ロッカールームですけど、なにかありましたか?」

『今日は救急のシフトは入っていないから、石田涼介君の回診に来たってことだよね。いまから病室に向かうところかな?』

せっかく避けた話題に、あっさりと矢内が触れる。

『それなら、いまから向かってくれ。私も二、三分で着くから、先に病室で待っているよ』

「え、病室ってなんでですか!?」

思わず声が大きくなる。ベッドに横たわった涼介が、不安げな眼差しを向けてきた。

『いやね、彼の病状を知りたいと、刑事さんが訪ねてきているんだよ』

「なんで部長のところに!?」

『主治医の君は今日のシフトに入っていなかったから、受付の職員が不在だと思って私に連絡を取ってきたんだ。それで、いまから石田君の様子を見に行くことになってね。念のため、君にも連絡を入れてみたんだ』

「どうして刑事を彼に会わせないといけないんですか!?」

『刑事さんがなかなかしつこくてね』

近くに刑事がいるのか、矢内の声が小さくなる。

『どういう状態なのか、詳しく説明するように求めてくるんだよ。ただ、私は患者を直接診てはいないから、とりあえず診察してという流れになった。院長からもいつ転院できるかせっつかれているし、たしかに一度、診ておいた方がいいと思ったんだ』

秋穂はベッド柵にぶら下がっているプラスチック容器を見る。底に数ミリリットル血液が溜まっているだけだ。この程度の出血量なら、ドレーンチューブを抜去してもまったく問題ない。

もし診察した矢内がそう告げれば、すぐに刑事はチューブを抜いて警察病院への転院を求めてくるだろう。院長もそれを望んでいる以上、明日にも転院になるはずだ。

「急に刑事なんかがきたら、彼が驚いて暴れ出すかもしれません」

『だから、君に立ち会ってもらいたいんだよ。それじゃあ、先に病室に行って待っているよ』

回線が遮断された。秋穂は呆然と立ち尽くす。

「どうしたんですか、先生？」

おずおずと訊ねてくる涼介を無視すると、秋穂は必死に頭を働かせる。

どうやって移送を止める？　刑事が相手なら、専門用語で煙（けむ）に巻いたうえ、主治医の権限でなんとでもなった。しかし、相手が矢内では、それは無理だ。

どうする、どうする、どうすればいい……。

頭を抱える秋穂の視界に、点滴棒にぶら下がっている点滴バッグが飛び込んでくる。目を見開いた秋穂は、襲い掛かるように涼介の腕を掴むと、袖をめくった。

「なにするんですか!?」

怯えた様子で涼介は手を引こうとする。秋穂は「動かないで！」と一喝すると、涼介の上腕につ

いている点滴ルート固定用の透明パッチを乱暴にはがすと、静脈から点滴を引き抜いた。プラスチック製の細いチューブの挿入されていた傷口から、わずかな血液が点滴液とともに溢れ出す。

「これで押さえておきなさい」

ハンカチを涼介に押し付けた秋穂は、ぽたぽたと水滴がしたたり落ちる点滴チューブの先端を掴み、空いている方の手で、血液を溜めるプラスチック容器の蓋を開けた。

チューブの先端を容器に差し込んだ秋穂は、点滴ラインの摘みを全開にして、容器内に点滴液を流し込む。底に溜まっていた血液と点滴液が混ざりあい、淡い紅色の液体の水位が上がっていく。

そのとき、背後からかすかに声が聞こえてきた。

複数の男の声。おそらく、矢内と刑事たちがやって来て、扉の外にいる制服警官に労いの言葉でもかけているのだろう。

摘みを操作して液を止めた秋穂は、チューブを容器から抜き、すばやく蓋を閉める。同時に、扉が開く音が聞こえてきた。

「おや、小松先生。早かったね」背中から矢内の声が響く。

「はい、前もって石田さんに刑事さんが来ることを伝えた方がいいと思い、急いできました」

息を弾ませながら振り返った秋穂の頬が引きつる。矢内の後ろに、固太りしたいかつい中年男、警視庁捜査一課の美濃部が立っていた。その隣には、倉敷の姿も見える。

よりによってこの男……。

異常なほど涼介に執着している刑事の登場に、秋穂は唇を噛む。

「はじめまして、石田君。救急部長の矢内といいます」

矢内が近づいてくる。涼介は警戒心を露わにしながらも、「どうも……」と会釈した。

142

「おや、点滴がどうかしたのかな？」

秋穂が手にしている点滴ラインに気づいた矢内が、首をかしげる。

「石田さんの点滴ラインが漏れていたので、抜去しました」秋穂は慌てて答えた。

「ああ、そうなのか。けど、点滴はもういらないんじゃないかな？」

「そうなのか。けど、搬送されてかなり経っているし、抗生剤も内服でいいと思うよ」

「かなり外傷があるので、感染予防で抗生剤を点滴しています」

少しでも重症に見せかけるため点滴を続けていたことを、なんとか誤魔化そうとする。

秋穂が「はい、そうします」とつぶやいたとき、大股に美濃部が近づいてきた。

「よう、石田。元気そうじゃねえか」

美濃部は分厚い唇の片端を上げる。涼介は無言で目を伏せた。

「すぐにでも人を殺して、バラバラに解体できそうなくらい元気そうだ」

「おかしなことは言わないでください！ あなたの面会を許可したおぼえはありません」

秋穂が抗議すると、美濃部は「おお、怖い」と大仰に肩をすくめた。

「ちょっとした軽口じゃないですか、先生。そんなカリカリしないでくださいよ。面会謝絶ってい

うから、いまにも死にそうかと思っていたら、思いのほか元気そうで安心したんですよ」

「あなたと会うことで精神的に不安定になって、状態が悪化する可能性があると判断したんです」

「先生、そいつの外見に騙されちゃいけませんぜ。そんなやわな奴じゃない」

小馬鹿にするように言った美濃部は、矢内に視線を向ける。

「部長先生のご意見はどうですか？ このガキは面会謝絶って状態ですかね？」

矢内は口元に手を当てると、涼介を見つめた。秋穂は唾を飲み込んで、上司の言葉を待つ。

「いや、面会謝絶とは言えないと思う。短時間なら、あなた方と話をするのも問題ないだろう」

美濃部が勝ち誇るように口角を上げる。矢内は「ただし」と続けた。

「もし、彼と話をするなら、医師の立ち会いが必要だ」

美濃部が「ああっ!?」と脅しつけるような声を上げる。しかし、長年、救急の現場で修羅場を経験してきた矢内は、まったく動じる様子を見せなかった。

「彼が重症患者であることは間違いない。ひどく興奮したり、怯えたりして血圧が上昇すれば状態が悪化するかもしれない。それを防ぐためにも、医師の立ち会いをさせて頂く。それが不服なら、面会は許可できません」

覇気のこもった宣言に、美濃部は苦虫を嚙み潰したような表情になる。

「分かりましたよ。ったく、面倒くせえ。で、部長先生。こいつはいつ転院できそうなんですか？」

「心嚢に挿入しているチューブが抜去できたらでしょうね」

「それは、どうなれば引っこ抜くことができるんです？ いますぐに抜いちゃ、だめなんですか？」

「心嚢内からの出血が少なければ、すぐにでも抜去可能ですが……」

矢内はゆっくりとひざまずくと、ベッド柵にぶら下がっているプラスチック容器を眺める。点滴液でかさ上げしたことがバレないだろうか。息をすることも忘れそうなほどの緊張をおぼえ

つつ、秋穂は矢内の判断を待つ。涼介もこわばった表情を浮かべていた。

「一五〇ミリリットルか……」

ぼそりとつぶやいた矢内は、振り返って美濃部を見る。

「さすがにいま抜ける状態ではないですね。まだ、一日にこれだけ出血しているとなると、チューブを抜いたらまた心タンポナーデを起こして致命的になるリスクがあります」

気づかれなかった……。秋穂が安堵の息を吐くと、美濃部は大きく舌を鳴らした。

「じゃあ、いつになったらそのチューブを抜けるんですか」

「それはなんとも。ただあと一週間以上、出血が続くとは思えませんね」

「つまり、一週間以内には警察病院に搬送できる状態になるってことですね」

「断言はできませんが、その可能性が高いと思いますよ」

「それくらいなら待つことにしましょう。ここでも、話は聞けるから」

美濃部は大股にベッドに近づくと、横目で秋穂を睨んできた。

「これから、このガキと大切な話をするんで、先生は出て行ってもらえますかね」

「なに言ってるんですか？　尋問するときは医師がつく必要があるって……」

「それは部長先生にお願いします」

秋穂のセリフを美濃部が遮る。矢内は「私が？」と眉根を寄せた。

「ええ、そうです。医者が誰かついていればいいんでしょう？　それなら、部長先生にお願いします。この女医さんじゃだめだ」

「なんで私じゃだめなんですか。石田さんの主治医は私なんですよ」

秋穂の抗議に、美濃部は鼻を鳴らす。

「主治医だからですよ。それに、あんたは女医だ」

侮蔑を孕んだ態度に、秋穂の頬が引きつった。

「どういう意味ですか?」

「あなたはこのガキと接触しすぎているんですよ。この男は天性のジゴロだ。こいつといると男も女も籠絡されちまう。とくに、こいつの一番得意としているのは、あんたみたいな年上の女だ。虜（とりこ）にならないように気をつけなよ。さもなきゃアイドルみたいな顔と、チワワみたいな態度で骨抜きさ。それに……」

美濃部は猥雑（わいざつ）な笑みを浮かべる。

「あっちのテクも超一流だって噂だ。まさか先生、そっちのサービスまで受けちまいましたか?」

頭に血がのぼっていく。怒鳴りつけようと震える唇を開いたとき、「やめなさい!」という覇気のこもった声が部屋に響いた。それまでのおっとりとした態度が嘘のように、矢内が険しい表情で美濃部を睨みつける。

「彼女は一流の医師で、私の大切な部下です。それ以上、侮辱するつもりなら、うちの病院から正式に警察へ抗議します」

「ああ、ちょっと調子に乗りました。こいつに気を許したせいで、サイコロステーキにされたガイシャを知っているもんで、心配になったんですよ。誠に失礼いたしました、小松先生」

慇懃（いんぎん）無礼な態度で深々と頭を下げる美濃部を前に、秋穂は拳を握りしめることしかできなかった。

「ただ、私のような無神経な男といると、小松先生をまた怒らせてしまいかねない。というわけで

「部長先生、立ち会いをお願いいたします」

美濃部は媚びるように言う。矢内はしぶしぶといった様子で「分かりました」とあごを引くと、横目で秋穂に視線を送ってきた。

矢内はしぶしぶといった様子で「分かりました」とあごを引くと、

「ここは私に任せなさい」

「でも……」

反論しかけた秋穂を、矢内の鋭い眼差しが射貫く。これ以上食い下がれば、涼介との関係を感づかれるかもしれない。仕方なく、秋穂は出入り口に向かった。扉を開けて廊下に出て、早足で廊下を進んでいく。そのとき、背後から足音が聞こえた。振り向くと、倉敷が小走りに追いかけてきていた。

「小松先生、待ってください」

「なんの用ですか？　石田さんの尋問をするんでしょ」

「残念ながら、俺は邪魔だからあなたと話をするように美濃部さんに言われまして」

頭を搔く倉敷に、秋穂は冷めた視線を注ぐ。

「特に話すことはありません」

美濃部のように傲慢ではないが、この男も刑事であることには変わりない。下手に話をしてぼろを出すリスクを取る必要はない。

「そんなこと言わないでくださいよ。あなたと話せなかったら、美濃部さんにどやされるんです」

縋りつくように倉敷に言われ、秋穂は小さくため息をついた。

「いったい、なにが知りたいんですか？」

「そうですねぇ……。石田は自分が『真夜中の解体魔』ではないと、まだ言っているんですか？」

「それこそ、私ではなく石田さんに直接聞くべきことじゃないですか。いまごろ、美濃部さんが彼を問い詰めているはずです」

「ええ、そうでしょうね。けど、石田は話さないはずです」

倉敷の声から、軽薄な調子が消え去る。

「やわに見えますが、石田は裏社会で泥水をすすって生きてきた男です。特に、美濃部さんのようなタイプをね。だから、あなたに訊くんです」

「なんで私に？」

「石田があなたに心を許しているからですよ。さっき石田は、あなたに助けを求めるような眼差しを向けていた。これまでのあいつなら考えられないことです。俺もあの少年をなんとか助けようとしてきましたけど、一度もあんなふうに頼られたことはありませんでした」

的確な分析だ。自分で言うように、この男は涼介のことをよく理解している。それなら……。

数秒考えこんだあと、秋穂は「分かりました」と頷く。

「少しだけならお話ししてもいいです。ただ、ここで話すような内容じゃないです」

秋穂は「こちらにどうぞ」と、すぐわきにある『病状説明室』と書かれた扉を開けた。文字通り患者やその家族に病状を説明する際に使う小さな部屋。デスクとパイプ椅子だけが置かれた殺風景な空間に入った秋穂は、デスクを挟んで倉敷と向かいあって座る。

「石田さんは、自分は無実だといまも私に訴え続けています」

なんの前置きもなく秋穂が言うと、倉敷は「そうですか」と頷いた。

148

「捜査は進んでいるんですか？　彼が『真夜中の解体魔』だっていう、明らかな証拠はでました？」

風俗店で安里雪絵についての情報を手に入れたが、まだ事件の真相に近づいたと言えるような状況ではない。なんとか警察が持っている情報を手に入れたかった。

「すみません、さすがにそういうことは言えないんですよ」

舌が鳴りそうになる。美濃部とは違い、この男なら与しやすいと思ったが、そう簡単にはいかないらしい。

「石田は事件について、なにか言っていませんか？」

秋穂が次の訊ねるべき内容を考えているうちに、逆に倉敷から質問が飛んできた。

「……今回の事件の被害者、たしか安里雪絵さんでしたっけ？　その人を心から愛していた、殺すはずがない。そう言っていました」

秋穂はどこまで伝えてもいいか、慎重に考えながら話す。

「愛憎は表裏一体といいますからね。元恋人を殺すことで自分だけのものにしようとしたのかもしれない。俺が必死に立ち直らせようとしたのに、あいつの心には全く響いていなかったんですね」

「立ち直らせようとしたっておっしゃっていますけど、彼に売春をやめさせることもできていないじゃないですか」

苛立って皮肉を口にすると、倉敷の目がすっと細くなった。

「ほう、そこまでご存じなんですか」

失言に気づくが、すでに遅かった。倉敷はあごを引き、探るような視線を向けてきている。

「よほどのことがない限り、あいつは自分が体を売っていることを口にしたりしない。先生はどうして、そのことを知ったんですか」

「もちろん、石田さんから教えてもらったんですよ」

声が震えないよう、喉元に力を込める。涼介の部屋に忍び込んだことが刑事にバレたら、手が後ろに回ってもおかしくない。

「なるほど、石田からですか。先生はあいつからかなり信頼されているようだ」

秋穂が安堵の息を吐くと同時に、倉敷は「ただし」と続けた。

「油断は禁物ですよ。石田の可愛らしい顔と態度に入れ込んだ奴らは、男も女も干涸びるまで吸い尽くされる。たしかにあいつは体を売っていた。けど、性的関係を持ってその対価を貰うなんて単純なものではありませんでした。あいつは客と、疑似恋愛関係になるんですよ」

「疑似恋愛?」

「恋人……いや、ペットのように甘えて、被害者の庇護欲と独占欲をこれでもかと煽るんですよ。そのうえで、他の『疑似恋人』との関係を仄めかす。そうなった被害者たちは、なんとか石田を自分だけのものにしようとして、全力で貢ぎ、気を引こうとします」

「そんなことを彼が……?」

「ええ、そうです。しかも恐ろしいことに、石田は意図的にというよりも、無意識にそういう態度を取り、被害者たちを翻弄しているふしがある。あんな外見をして、奴は生まれついての捕食者なんですよ」

「あ、あの、捕食者って、そこまでは……。たんに、石田さんに惚れて、色々とプレゼントするだ

「ええ、そうとも言えますね」

倉敷は押し殺したトーンで言う。……ただ、プレゼントするのは自分の『全て』ですけど」

「文字通り全てですよ。俺が知っている中では、石田の気を引くために風俗店に勤めて稼いだ金を渡していた奴とか、持っていたマンションを売った奴もいましたね。あとは、石田を取り合いになって、女同士で刃傷沙汰になったことすらありました。幸い、死者は出ませんでしたがね」

淡々と語られる内容に言葉を失っている秋穂の前で、倉敷は唇の端を上げる。

「よく『魔性の女』とか呼ばれる女性がいるじゃないですか。石田はまさに『魔性の少年』ですよ。しかも、特級の『魔』を秘めた怪物だ。最初に出会ったときから、俺はそれに気づいていました。

先生も油断していると、あいつに取り込まれますよ」

ほんの十数分前、涼介に耳朶を愛撫されたときに走った甘い痺れを思い出し、秋穂の背中に冷たい震えが走る。もしかしたら、気づかないうちに自分も、涼介の『獲物』になっているのかもしれない。

「最初から気づいていたなら、なんで倉敷さんは彼を更生させようとしたんですか？　本質的にそこまで危険な少年を」

言葉を探すように、倉敷は数秒視線を彷徨わせた。

「奴が『本質的に』危険だからこそ、ですかね」

禅問答のようなセリフに、秋穂の鼻の付け根にしわが寄る。

「つまりですね、石田は別に悪意を持っているわけではないからですよ。逆に、あいつはどこまで

も純粋な子供なんです。ただ、あまりにも美しいその外見と、母性本能をくすぐるその態度に、周囲の人々が勝手に惑わされ、破滅していくんです」

「うまく人との接し方をおぼえさせることができたら、彼が更生する可能性があると？」

「更生どころか、社会に強い影響力をもつ人物に成長するかもしれない。そんな期待を持っていました。それにあいつの家庭環境に同情したという こともありますね。まあ、すべて俺の見込み違いでしたけど。まさか、あそこまであいつの本質が『悪』だとは思っていませんでした」

「家庭環境って、親に虐待されていたんですか？」

「うーん、かなり複雑なんですよ。石田から母親の話は聞きましたか？」

「はい」秋穂は頷く。「彼が小学生のときに亡くなったって」

「たんに死んだだけじゃない。石田の母親は自殺したんです。そして、遺体を発見したのは、小学生だった石田でした」

悲惨な話に言葉を失う秋穂の前で、倉敷は話し続ける。

「その数年前から母親はうつ病を患っていたらしく、子供だった石田はできるだけ寄り添って過ごしていたそうです。そんな母親が自ら命を絶ったことに、子供の石田がトラウマになるほどの衝撃を受けるのは当然ですが、それ以上にショックを受けた人物がいました」

「それは……、誰ですか？」

「石田の父親ですよ」倉敷は弱々しく首を振った。「もともと、あまり子供には興味がなかった男だったらしいですが、妻が亡くなり石田と二人暮らしになってからはもっとひどくなりました」

「暴力をふるったりとか？」

152

「直接的な暴力はなかったようですね。ただ、徹底的に石田を避けるようになり、ほとんど親としての役目を放棄したらしいです」

「ネグレクト……」

「それです。けれど、小学生ながらかなりしっかりしていた石田は、親の面倒なしでも最低限の生活をすることができていた。だから、児童相談所に気づかれることなく生活を続けました。……自分を徹底的に拒絶する男と一緒にね」

まだ幼い子供にとって、それがどれだけつらいことか、秋穂には想像すらつかなかった。

「さすがにそんな父親と同じ屋根の下にいるのが苦痛だったのか、中学になるころには石田は自宅に寄り付かなくなります。そして、あいつは自分の武器に気づいたんですよ」

「顔……ですね」

「そうです」倉敷は大きく頷く。「あの異常なほどに整った外見をもってすれば、女の家に寄生することなんて造作もないことでした。しかもいまどきはネットで、そういう出会いも容易にできます」

「ネットでって、相手は未成年ですよ!?」

秋穂が目を剝くと、倉敷は弱々しい笑い声をあげた。

「もちろん違法です。けど、ネットのアンダーグラウンドには、違法行為の情報が溢れているんですよ。薬物、詐欺、犯罪仲間の募集、そして……売春」

嫌悪感に秋穂の顔が歪む。

「もちろん石田もすぐには、いまのようにジゴロの真似事ができたわけではありません。最初の頃

は半グレ集団のボスの女に囲われ、それがバレて半殺しの目に遭ったりもしていました。その頃で

すかね、俺がはじめてあいつに会ったのは。哀れな少年を、そんな生活から抜け出させてやりたい

と思いました。けれど、その時点であいつは大人を信用しなくなっていた。あいつはその後、経験

を積んで、ジゴロとしての腕を上げていきました。女を……、いや自分の身体に興味をもつ奴らを

たぶらかす方法を身に付け、いつの間にか、被食者から捕食者へと成長していったんですよ」

「それは、生きるために仕方なかったんじゃないですか。女を……、いや自分の身体に興味をもつ奴らを

ら、わざわざ殺す必要なんてないじゃないですか。殺したらその人物に寄生することもできないし、

罪に問われる大きなリスクを負うことになる。道理に合いませんよ」

一気にまくし立てた秋穂は、倉敷に無言で見つめられ、はっと我に返る。しかし、もう遅かった。

「つまり、先生は石田が『真夜中の解体魔』ではないとお考えなんですね」

「いえ、それは……」なんと答えてよいか分からず、秋穂は口ごもる。

「先生、気をつけてくださいよ。さっき美濃部さんが言ったとおり、石田は他人を操る達人だ」

倉敷がまっすぐに目を覗き込んでくる。

「石田の生まれ育った環境には、たしかに同情の余地が多々ある。けれど、その環境で石田は自ら

の本質である『悪』を熟成し、怪物と化した。決して油断はしないでください。さもないと、……

あなたもバラバラにされますよ」

喉を鳴らして唾を呑み込む秋穂に、倉敷は腹の底に響く声で言う。

「あいつは間違いなく、『真夜中の解体魔』です」

154

3

街灯に照らされた道を歩いていく。午後七時過ぎ、江東区の住吉駅から徒歩で十分ほどの閑静な住宅街。夕食の時間帯だけに、辺りにはかすかに食欲を誘う香りが漂っていた。

片手で腹を押さえながら、秋穂は歩を進める。午後六時までの救急部での日勤が終わってすぐに、ここに向かったので、昼食からなにも口にしていない。ハードな救急業務をこなした体が、カロリーを欲していた。

でも、そんな暇はない。下っ腹に力を入れて空腹をごまかし、顔を上げる。数十メートル先に、目的地が見えた。こらえきれず小走りにそこに近づいた秋穂は、コンクリートブロックの塀の奥に立つ建物を見る。二階建ての一軒家。その外壁はコンクリートの打ちっぱなしになっており、やけに大きな窓が目立つ、前衛的な建築物。土地の値段も考えれば、二億円は下らないだろう。

秋穂は二メートルはあろう門扉にかかった表札を見る。風雨に晒され、ほとんど手入れされていないのか、その文字はかすれていたが、目を凝らすとうっすらと『石田』という文字を読み取ることができた。

石田涼介の実家。昨日、倉敷との話を終えて病状説明室を出ると、ちょうど涼介の尋問を終えた美濃部が、矢内とともに廊下を進んでくるところだった。

「あ、美濃部さん、石田から話は聞けましたか?」

そう訊ねた倉敷を睨みつけた美濃部は、いまいましげに吐き捨てた。

「あの野郎、なにも喋らねえ。偉そうに『黙秘します』って言ったあとは、マネキンみたいに無反応になりやがった。もっと絞り上げてやりたかったんだが、それ以上は許可できないってよ」

「重症患者にあまり負担を与えることは、よくないですからね」

しれっとした口調で矢内が言うと、美濃部は苛立たしげに頭を掻き、「本部に戻るぞ」と倉敷を連れて帰っていった。

刑事たちが姿を消し、「じゃあ、あとはよろしく」と去っていく矢内の背中を見送った秋穂は、すぐに涼介の病室へと戻り、彼に実家の住所を訊ねた。涼介の原点は、その家庭環境にある。倉敷との会話でそのことを知った秋穂は、次に取るべき行動に気づいていた。

涼介の父親に会わなくてはならないと。

最初、涼介は住所を伝えるのを渋ったが、二十歳未満が入院する際はなにか不測の事態が起こった際の連絡先として、実家の住所が必要だと説得し、なんとか聞き出すことに成功していた。

門扉の向こう側にそびえ立つ家を眺めると、胸の中に苦い感情が湧いてくる。

ここまで裕福な家に生まれた子供が、体を売らなくてはならないほどに困窮するなんて……。

門扉についているインターホンのボタンを押す。軽い電子音が鼓膜を揺らすが、返答はなかった。

留守？　顔を上げた秋穂は、二階の隅の部屋の窓から明かりが漏れていることに気づき、続けざまにボタンを押した。一分以上、連続して電子音を響かせたところで、根負けしたかのように『う

るさい！』という怒声がインターホンから聞こえてくる。

「石田 劉生（りゅうせい）さんですね」

156

秋穂はうながさず、涼介から聞いていた父親の名前を呼ぶ。数秒の沈黙のあと、警戒心で飽和した声が聞こえてくる。

『……誰だ?』

「私は臨海第一病院救急部の医師で、小松秋穂といいます。息子さんのことでお話が……」

『息子なんかいない!』

音量の限界を超えたのか、声がひび割れる。耳に痛みをおぼえつつも、秋穂は食い下がった。

「石田涼介さんはあなたのご子息のはずです。彼の状態について、保護者であるあなたに報告する義務があるんです」

『そんな奴は知らない。俺の息子は、何年も前に死んだ! 分かったら、さっさと帰れ!』

荒々しくまくしたてる声を聞いて、秋穂は違和感をおぼえる。なぜかその口調に、怒りだけでなく、恐怖が混じっているように聞こえた。

このインターホンの向こう側にいる人物は、なにを恐れているのだろう? 思考を巡らした秋穂はゆっくりと口を開いた。

「……警察が来たんですね」

インターホン越しに伝わってくる息を呑む気配に、秋穂は確信した。この男はすでに、息子が連続殺人犯として拘束されていることを知っていると。

『なんの……話だ。もう、切るぞ……。いいな……』

「もしあなたに話が聞けないなら、ご近所の方にお話をうかがわなくてはなりません。それでもいいんですか?」

もちろん、そんなことをするつもりがなかった。家族でもないものに、担当患者の情報を漏らすなど、完全な守秘義務違反だ。

かすかに、唸るような声が聞こえてくる。あと一押しだ。そう判断した秋穂は、インターホンに口を近づけた。

「仕方ないですね。それでは、とりあえずお隣の家を訪ねてみようと思います」

『待て！　待ってくれ！　分かった、話を聞く！』

泡を食った声とともに、ガチャリと錠が外れる音が聞こえてくる。遠隔で開錠が可能になっているようだ。秋穂はそっと門扉を開ける。

敷地内に入った秋穂は、玄関前まで続いている飛び石を踏んで進みながら、周囲を見回す。かなり広い庭だが、まったく整備がされておらず、膝丈の雑草に覆われていた。奥には、錆びたブランコが鎮座している。近くでよく見ると、コンクリートむき出しの外壁も、老朽化しているのか染みが目立った。

廃墟みたい……。そんな感想をおぼえながら進んでいくと、玄関扉がゆっくりと開いた。わずかな隙間から、顔を覆いつくすほどにひげを蓄えた男の姿が見える。恐怖をおぼえ、秋穂は足を止めた。

「あの……、石田劉生さんですか？」

腰を引きながら訊ねると、男は「早く入れ」と、あごをしゃくった。

危険ではないだろうか？　一人で来たのは失敗だっただろうか？　ここで引き返すわけにはいかない。涼介が警察病院へ移送されるまで、一瞬躊躇をおぼえるが、

158

つまりは手掛かりと、容疑者が同時に手元から消えるまであと数日しかないのだ。

秋穂は震えそうになる足に力を込め、玄関に近づいていく。石田劉生が無言で扉を開ける。秋穂は「失礼します」と会釈をして建物に入った。玄関の常夜灯しか灯っておらず、室内は薄暗かった。

パンプスを脱ごうとすると、劉生が扉の錠を閉めた。ガチャリという金属音が、やけに大きく響く。

口腔内から急速に水分が失われているのをおぼえながら、素早く周囲を観察する。玄関は二階まで吹き抜けになった開放感のある造りになっているが、明かりがついていないため天井辺りに闇が揺蕩っていた。大理石の床には、毛足の長い絨毯が敷かれているが、掃除が行き届いていないのか薄暗い中でも汚れが目立った。

「さて……」

気怠そうにつぶやきながら劉生が振り返る。病的なほどに痩せた男だった。頬骨が目立つ顔はひげに覆われ、肩にかかるほどの頭髪は脂や垢が浮いている。しわの寄ったシャツから覗く腕や首は、細く筋張っていた。風呂にほとんど入っていないのか、皮膚はやけに乾燥して黒ずんでいる。

ホームレスにしか見えないこの男が、こんな豪邸に住んでいることに強い違和感をおぼえる。おそらく、かなり精神的に不安定な状態のようだ。胸の中で恐怖が膨らんでいった。

「こ、ここに来ることは友人に伝えてあります」

秋穂は上ずった声を上げる。劉生は「ああん?」と片眉を上げた。

「もし、私と連絡が取れなくなったら、警察に通報するようにその友人には言ってあります」

これもはったりだった。万が一襲われても逃げられるよう、身構えつつ秋穂は相手の反応を待つ。

劉生は顔を突き出すようにして近づいてきた。反射的に飛びすさった秋穂とすれ違った劉生は、廊下を進んでいく。

「あんたが押しかけて来たんだ。帰りたいならさっさと消えろ」

「か、帰りません」

慌てて劉生のあとを追った秋穂は顔をしかめる。すえた臭いが鼻先をかすめた。それは、進めば進むほど濃くなっていく。

「ここだ」

廊下の最も奥にある扉を開いた劉生は、壁のスイッチを入れて電灯をつける。その瞬間、これまでとは比べ物にならないほどの濃厚な腐臭が壁のように迫って来た。

秋穂は思わず口元に両手を当てる。食事をしてこなくてよかった。もし胃が膨れていたら、間違いなく嘔吐していただろう。涙で滲む目でその部屋を見回す。

二十畳はあろうかという、広々としたリビングダイニング。応接セットの前には巨大な液晶テレビが置かれ、キッチンのそばにはアンティーク調のダイニングテーブルが鎮座している。しかし、そのテーブルの上には、大量の食べ終わったインスタント食品の容器や、アルコール飲料の缶などが山積みになり、床にまで散乱していた。L字ソファーの前にあるローテーブルも似たような状態で、絨毯にはカップ麺の汁によるものと思われる染みが目立った。

キッチンのシンクには大量の食器が詰め込まれていて、ハエがたかっていた。

劉生はソファーに近づき、ローテーブルに置かれていたビール缶を振って中身が入っていることを確認すると、迷うことなくそれを口に流し込んだ。

胃が痙攣しているような嘔気に必死に耐えつつ、秋穂は臭いをできるだけ感じないよう、口呼吸をしながらソファーに近づく。

「座っていいぞ」

「遠慮します」

秋穂が細かく首を振ると、劉生は空になった缶を無造作に投げ捨てた。

この豪邸に住み続けているということから、劉生には一定以上の財産があるのは間違いないだろう。にもかかわらず、こんな生活をしているということは、やはり精神のバランスを欠いているに違いない。おそらくは、専門的な治療が必要な状態だ。

なにがこの男をここまで壊したというのだろう。

脳裏に無邪気な笑みを浮かべた涼介の姿が浮かぶ。秋穂は激しく頭を振った。

違う。劉生がネグレクトにより、涼介を壊したはずだ。この男が息子に何をしたのか。かつて、何があったのか、なんとしても聞き出さなくては。

「お時間をとって頂いてありがとうございます。さっき申しましたように、私はご子息の主治医を務めて……」

「俺に息子なんていない！」

突然の激昂に秋穂が硬直すると、劉生は目元を覆って肩を震わせはじめた。

「息子は死んだんだ……。もう、死んだんだ……」

「あの、息子さんは亡くなっていません。うちの病院に搬送されたときは重体でしたが、私が処置をして救命することができました」

次の瞬間、劉生が顔を跳ね上げ、血走った双眸を秋穂に向けた。

「あんたか!? あんたが涼介を助けたのか!」

「は、はい……」

怯えた秋穂が声を震わせると、劉生はソファーから立ち上がり、そばにあったビール缶を投げつけてきた。缶は大きく外れたが、ビールの雫が秋穂の頬を叩く。腐敗しているのか、それはやけに粘着質で悪臭を放っていた。

「なんてことをしてくれたんだ! あいつを助けるなんて! あの人殺しを、あの悪魔を地獄に落とすチャンスだったのに……」

「近づかないでください!」

秋穂は鋭く言うと、バッグからスマートフォンを出して掲げる。

「それ以上近づいたら、警察に通報しますよ!」

喉元に力を込め、恐怖で声が震えそうになるのを必死に抑え込む。息をするのも憚られるほど空気の張り詰めた空間で、秋穂と劉生は視線を激しくぶつけ合う。もしここで目を逸らしたりしたら、劉生に襲われ、殺されるかもしれない。そんな恐怖が血流にのり、全身の細胞を冒していた。

数十秒後、先に目を伏せたのは劉生だった。ソファーに力なく座り込む。

「なんで……、なんであいつを助けたりしたんだ……」

嗚咽まじりの声を絞り出すその姿は痛々しく、思わず視線を外しそうになってしまう。

「まだ、息子さん……、涼介さんが殺人犯と決まったわけではありません。警察は彼こそが『真夜

中の解体魔」だと断罪していたかもしれませんけど、冤罪の可能性もあるんです」

警戒しつつも、慰めるように声をかけると、劉生は駄々をこねる幼児のごとく首を振った。

「違う。あいつは間違いなく人殺しだ。……涼介は弟を、俺の息子を殺したんだ」

「な、なにを言って……」

「あいつは、妻の、瑠香の連れ子だ。妻は大学生のとき涼介を妊娠したが、相手の男に逃げられた。

だから、銀座でホステスをしながら、涼介を育てていた。そして、俺と会って結婚したんだ」

「じゃあ、あなたの息子っていうのは……」

「もちろん、涼介なんかじゃない」劉生はわずかに目を細めた。「俺は心から妻を愛していた。本

当に美しい女性だった」

あれだけの美形である涼介の母親だ。よほど美しい女性だったのだろう。こんな家に住む富豪が、

夢中になるほどの。秋穂は混乱する頭で、必死に状況を整理する。

「瑠香は俺の子を妊娠し、出産した。男の子だったよ。妻に似て本当に可愛い子だった」

「あなたは、その子だけを可愛がり、涼介さんを拒絶したんですか?」

父親にネグレクトを受けていたという話を思い出し、秋穂は訊ねる。しかし、劉生は苛立たしげ

にかぶりを振った。

「そんなことはしてない。たしかに妻と俺の間にできた子供を可愛がったが、涼介にも俺なりに十

分な愛情を注いでやったはずだ。……あいつが息子を殺すまでな」

劉生の声が、黒い憎悪を孕みはじめる。秋穂は「なにがあったんですか?」と唾を呑み込んだ。

「一歳の誕生日の直前に、息子が死んだんだ。十年前のことだ」

「まさか、涼介さんがそれをしたと」

「そうに決まってる！　休日の昼下がり、息子が昼寝をはじめたので、俺と妻はリビングにいた。そうしたら、涼介がやってきて言ったんだ。『赤ちゃんが息してないよ』って。慌てて子供部屋に行ったら、息子はもう……冷たくなっていた」

「なんでそんなことに？」

「知るか！　すぐに救急車を呼んだが、息子は助からなかった。医者からは原因不明だと言われたよ。けどな、俺はすぐに分かったんだ。涼介がやったってな」

「でも原因不明だって……」

「あのとき涼介は息子といたんだ！　あいつがやったに決まっている！」

脂が浮かぶ髪を掻き乱す劉生を見て、秋穂は奥歯を嚙みしめる。

乳児突然死症候群。健康状態に問題がなかった乳児が突然死する、原因不明の病態。その不幸に見舞われた親は、あまりにも唐突に子供を喪った現実を受け入れられず、精神に不調が生じることが少なくなかった。

きっと、目の前の男もそうだったのだろう。誰かのせいだと思わなければ、心が壊れてしまいそうだったのだ。そして、涼介に息子の死の責任を被せた。

「俺だけじゃなく、瑠香もひどいショックを受けてうつ病になり、寝込むことが多くなった。あいつのせいで、家族がぼろぼろになったのに……」

劉生は歯ぎしりをする。不快な音に秋穂は顔をしかめた。

「あなたは、涼介さんが弟を殺したと奥さんに言っていたんですか？」

164

「当然だろう！　すぐにあいつを捨てるべきだって、ずっと言い続けたんだ。あいつさえいなくなれば、また俺たちは幸せな家族を作れるはずだったんだ！」

口角に泡を溜めながら叫ぶ劉生に、秋穂は冷たい視線を注ぐ。

たしかに、次男が突然死したことが、涼介の母親のうつ病の引き金だったのだろう。しかし、彼女を地獄の底へと引きずり込んだのは劉生に違いない。

命を懸けて育ててきた長男が人殺しだという言葉を、夫から日常的に浴びせかけられる。そんなわけがないと信じていても、繰り返し浴びせかけられた言葉は毒のように心を蝕み、最愛の息子への疑いが湧いてくる。

美しく愛しく、そして常に寄り添ってくれる存在が、人殺しかもしれない。母親の愛を独り占めするために、新しく生まれたライバルの命を奪ったのかもしれない。そんな疑念に常に苛まれれば、うつ病が悪化していくのも仕方がない。

「……それで、奥さんは自殺したんですね」

秋穂が低い声で訊ねると、劉生は「違う！」と怒鳴り声を上げた。

「妻を殺したのも涼介だ。あいつが学校から家に帰ったら、妻は手首を切って死んでいた。……ここで……」

鼻をつく悪臭が、腐乱死体から漂っているような錯覚に囚われて一瞬怯むが、秋穂は腹に力を込めて嫌悪感を押し殺す。

「やっぱり奥さんは自殺じゃないですか。なんで涼介さんが殺したことになるんですか」

「あいつが息子を殺さなければ、妻が死ぬことなんてなかった。全部、あいつのせいなんだ！」

ここで……。鼻をつく悪臭が、腐乱死体から漂っているような錯覚に囚われて一瞬怯むが、秋穂

のリビングで」

あまりにも強引な論理展開に、抑えつけたはずの嫌悪感がまた膨らんでくる。

「だから、奥さんが亡くなったあと、涼介さんを虐待したんですか？ この家にいる彼を完全に無視して、義理とはいえ父親の義務を放棄したんですか？」

「虐待……？」劉生は濁った目をしばたたく。「そのあとのことなんか知らない。あんな奴、妻がいなければ俺には関係ない。いや、あいつだけじゃない。全部俺とは関係ないんだ……。もう、なにもかもが終わったんだ……。あいつの、あのガキのせいで……」

焦点を失った目で空中を眺めながら、ヒッヒッとしゃっくりをするような笑い声をあげる劉生を見て、なにを言っても無駄だと悟る。乳児だった息子を喪い、そして最愛の妻が自ら命を絶ったこの男も完全に壊れてしまったのだろう。

もはや、この男から聞き出せる情報はない。なら一秒でも早く、この瘴気に満ちた部屋から消えたかった。「お邪魔しました。失礼します」と会釈をして、踵を返す。劉生が反応することはなかった。

嘔気がわだかまる胸元を押さえながら、秋穂はリビングダイニングをあとにする。

背後から追いかけてくる奇妙な笑い声が、秋穂には嗚咽のように聞こえた。

首元から熱を奪っていく夜風が、胸のむかつきをいくらか希釈してくれる。滓のように肺の底に溜まっていた空気を吐き出した。

石田劉生との話を終えてから、すでに一時間ほど経っている。石田家をあとにした秋穂は、その

まま徒歩と電車を乗り継ぎ帰宅していた。

自宅マンションは晴海駅から徒歩で十分ほどのところにある。時刻は午後九時過ぎ。夕方は帰り

のサラリーマンが多く行き交う道も、いまは閑散としている。

秋穂は路地へと入る。ブロック塀でできた迷路のようなこの路地は自宅への近道だった。

街灯の薄い明かりに照らされた道を歩きながら、秋穂はあごに手を当てる。劉生と話すことで、

涼介の身の上を知ることができた。

母親が自ら命を絶ったあと、涼介はあの豪邸に、完全に壊れてしまった義理の父親と二人で住ん

でいた。廃人と化し、さらに自分に対して恨みを持っている男と同じ屋根の下にいるという耐えが

たい環境。だからこそ彼は、家を出て一人で生き抜かなくてはならなかった。

唯一の武器である美貌を駆使して。

石田涼介という少年が、なぜあのように屈折し、そして社会の闇にひっそりと隠れるように生き

なくてはいけなかったのか理解できた。しかし、最も知りたいことはいまだに霧の中だ。

「涼介君が『真夜中の解体魔』なのか……」

つぶやきが夜の空気に溶けていく。そのとき、かすかに足音が鼓膜をくすぐった。秋穂は足を止

め、振り返る。しかし、路地が伸びているだけで、人影は見当たらなかった。

気のせいか……。再び歩き出して十数秒すると、また足音が聞こえてくる。さっきよりもはっき

りと。素早く振り返るが、やはり誰もいない。

複雑に入り組んだこの路地は、ブロック塀や電柱の陰など、身を隠す場所が多い。何者かがそこ

に隠れて、こちらをうかがっている。その確信が心臓の鼓動を加速していった。

変質者だろうか？　しかし、比較的治安が良いこの地域で、そんな事件が起きたという話は聞いたことがない。それに、周囲のブロック塀の向こう側には民家が立ち並んでいる。大声を上げれば、すぐに騒ぎになるはずだ。そんなところで、女性を襲おうとするとは考えづらかった。

でも、もし暴行が目的ではなかったとしたら……。そこまで考えたところで、背骨に冷水を注ぎ込まれたかのような心地になる。

「真夜中の……解体魔……」

口から零れた声は、自分でもおかしく感じるほどに震えていた。

涼介が無実だとしたら、数日前に涼介の家に忍び込んだ際、鉢合わせしかけた人物こそ『真夜中の解体魔』だったはずだ。『真夜中の解体魔』は、涼介をおびき寄せるために使用した安里雪絵の手紙を処分した。しかし、それだけでは証拠隠滅は不十分だった。

私がその手紙を目撃しているから……。

恐怖が胸の中で爆発する。秋穂は正面に向き直ると、おそるおそる足を動かしはじめる。それと同時に、また背後から小さな足音が聞こえてきた。追跡者をまこうと、目につくたびに側道へと飛び込んでいく。同じ造りの路地をがむしゃらに駆けていくうちに、自分がどこにいるのか分からなくなっていった。

運動不足の体が悲鳴を上げる。肺に痛みが走り、足が鉛のように重くなっていく。

ずっと同じ場所をぐるぐると走り回っている気がする。早鐘のような心臓の鼓動が、パンプスがアスファルトを叩く音とともに鼓膜にまで響き、追跡者を引き離せたのか、それともすぐ背後にまで迫っているのかさえ分からなかった。

乳酸が蓄積し、脳の命令を拒否しはじめた足が縺れる。大きくバランスを崩すと同時に、両側に連なっていたブロック塀が消えた。片側二車線の車道が横たわり、荷物を運ぶトラックなどが行き交っていた。闇が揺蕩う細い路地に、人の姿はなかった。倒れたまま振り返る。

帰宅途中のサラリーマンらしき男性が不思議そうに秋穂を見ながら、通り過ぎていった。

ふらふらとおぼつかない足取りで歩きながら、秋穂は顔を上げる。数十メートル先に、自宅マンションが見えた。

路地を脱出してから三十分近くが経っていた。大通りに出た秋穂はその後、人通りの多い道を選び、常に背後を警戒しながら大きく迂回をしてここまで辿り着いた。

本当に誰かに追われていたのだろうか？　もしかしたら、私の妄想だったのではないだろうか？この感覚は知っていた。半年前、婚約者を喪ったことを受け入れられず、現実と自分との間に濁った膜が張っていたときと同じ症状だ。実家の家族と精神科の主治医に支えられ、ようやくここまで回復したというのに、また病状が悪化してきているのかもしれない。

もう手を引いた方が良いだろうか？　殺人事件、しかも猟奇的な連続殺人事件に、自分のような素人が首を突っ込むなど、どだい無理だったのだ。

あとは警察にすべて任せて……。そこまで考えたとき、秋穂の脳裏に二人の男の顔が浮かんだ。

一人は愛しい婚約者、そしてもう一人は現実離れしたほどの美を湛えた中性的な少年。頭にかかっていた靄が晴れていく。

そうだ、愛した人の仇を討たなくては、あの少年が『真夜中の解体魔』かどうかを明らかにしなければ、私は救われることはない。悪夢という檻を壊し、再び羽ばたくことはできないのだ。

落ち着け。もしさっきの尾行してきたのが『真夜中の解体魔』だとしたら、相手は警戒しているということだ。つまり、涼介は冤罪で、私が真相に近づいていることを意味する。

思考を巡らせはじめた秋穂は、はっとしてかぶりを振る。

いまはまず、身の安全を確保することを優先しなくては。秋穂はマンションのエントランスに入り、鍵でオートロックを解除する。開いた自動ドアを通ってエレベーターに向かおうとしたとき、また背後から足音が響いてきた。振り返ると、閉まる寸前の自動ドアの隙間に若い男が体をこじ入れ、侵入してきていた。

立ち尽くす秋穂に、男は小走りに駆け寄ってくる。

この男が『真夜中の解体魔』？　悲鳴を上げようと口を開くが、恐怖に喉が痙攣して声を出すことができなかった。目の前まで近づいてきた男が、ジャケットの懐に手を入れる。これまでの人生が走馬灯のように、脳裏を流れていく。なぜか、両親や婚約者に交じって、ベッドの上ではにかむ涼介の姿も映し出された。

男が懐から手を抜く。秋穂は固く目を閉じた。

「小松先生ですね。私、こういうものです」

やけに愛想の良い声が響き渡る。秋穂が「え……？」と呆けた声を出して薄目を開くと、ビジネ

スマイルを浮かべた三十がらみの男が、両手で名刺を差し出していた。そこには『週刊広聞　桐生　誠』

と記されていた。

「おもに凶悪事件について取材をしている桐生といいます。以後、お見知りおきを」

「凶悪事件……」

頭の中で警告音が鳴る。桐生と名乗った男は、顔を突き出すようにしてきた。

「はい、その通りです。現在は、『真夜中の解体魔事件』を追っています。それについて、ぜひ先生にお話をうかがいたいと思いまして」

「なんの……ことですか？　なにをおっしゃっているのか分かりません」

動揺が声を震わせる。桐生は人差し指を立てると、メトロノームのように左右に振った。

「とぼけてもだめですよ。もう調べはついているんです。『真夜中の解体魔』が大怪我をして入院していて、先生が主治医を務めているって」

「なんでそれを……？」

涼介の情報については、病院の職員の中でもごく一部の者しか知らず、徹底した緘口令が敷かれている。そう簡単に情報が漏れるはずがなかった。

「まあ、こういう仕事をしていると、色々とツテがあるんですよ」

凶悪事件専門の記者のツテ……。そこまで考えたとき、いかつい中年男の顔が意識をよぎった。

「もしかして、あの刑事が情報を漏らしたの？」

「さあ、なんのことやら」

桐生は唇の端を上げる。それはもはや肯定したも同然だった。

涼介の移送を阻む意趣返しとして、美濃部はこの男に情報を流したということか。いや、もしかしたらこれは警告かもしれない。これ以上、涼介の移送の邪魔をするなら、マスコミをけしかけて病院を包囲させるという。

「ああ、そんなに警戒しないで下さい。すぐに記事にしたりしませんよ。ちゃんと紳士協定を結んでいるんで、情報提供者からのゴーサインが出るまでは待ちます。だから、ちょっとお話を聞かせて頂けませんか」

「……ここで断れば、『真夜中の解体魔事件』の容疑者がうちの病院に入院しているって記事を出すつもりですか？」

そうなれば、すぐに他のメディアも追随するだろう。マスコミ対応に慣れていない臨海第一病院は機能不全を起こし、多くの患者に迷惑をかけるかもしれない。

「さあ、それを決めるのは私ではなく、情報提供者ですから」

芝居じみた仕草で桐生は肩をすくめる。その横っ面を張り飛ばしたいという衝動に、秋穂は必死に耐えた。

「では、さっそくお話を聞かせて頂けますか？　ああ、安心して下さい。あなたからの情報だということは絶対に漏らしません。情報源の秘匿は、記者の義務ですからね。まずは……」

「話しません！」

秋穂は腹の底から声を出す。桐生は「……へ？」と間の抜けた声を零す。

「担当患者の情報は一切漏らせないと言ったんです。お引き取り下さい」

172

「……病院が大変なことになってもいいんですか?」

脅し文句を聞きながら、秋穂は口を固く結ぶ。はったりだ。涼介の情報が漏れてマスコミが殺到すれば、移送だって困難になる。放っておいてもあと数日で秘密裡に警察病院への転院が可能になる現状で、警察がそんなリスクを冒すとは思えなかった。

これは美濃部の単なる嫌がらせに過ぎない。なら、無視するのが一番だ。万が一、情報公開されるとしても、記事が出るのには何日かのタイムラグがあるはずだ。記事が出た時点で涼介を転院させれば、病院に取材が殺到することは防げる。

落ち着きを取り戻した秋穂は、ゆっくりと口を開く。

「あなたが記者として取材源を秘匿する義務があるように、私にも医師として患者の情報を決して漏らさないという守秘義務があります」

「なるほど。それを言われると、同じプロとして無理に話を聞くのはためらってしまいますね」

腕を組み、眉間にしわを寄せた桐生は、「そうだ」と声を上げた。

「交換条件というのはいかがでしょう。もしあなたがなにか調べて欲しいことなどがあれば、なんでも引き受けますよ。恋人が浮気しているか否か、ライバル医師を失脚させるためのスキャンダル、なんでもござれですよ」

「恋人もライバルもいません」

「例えばですよ。どんな人でも、誰かの秘密を知りたいという欲求を胸に秘めているんです。私はそれを満たしてあげますよ。記者になる前は、探偵事務所で働いていたんです。どんな聖人君子でも、裏の顔をもっている。それを丸裸にしてやりますよ」

嫌らしい忍び笑いを漏らす桐生に、生理的嫌悪感をおぼえる。　秋穂は「必要ありません」とエレベーターのボタンを押した。

「そんなことおっしゃらずに。なにか思いついたら、すぐにここに書いてある電話番号かメールアドレスに連絡ください」

桐生は強引に名刺を押し付けてくる。　秋穂は仕方なくそれを受け取ると、乱暴にジーンズのポケットにねじ込んだ。

「この住所も刑事さんから聞いたんですか?」

もしそうだとしたら、正式に抗議しなくては。

「いえいえ、そんな必要ありません。　氏名と勤務先さえ分かれば、住所を調べる方法ぐらいいくらでもあります。　配送業者を名乗って病院に連絡し、『病院から小松先生に送った書類の住所が間違っていて届けられないので、正しい住所を教えて欲しい』と言えばいいんですよ。　簡単に教えてくれました」

あまりにもゆるい個人情報のセキュリティに、秋穂の頬が引きつる。

「病院を責めないであげて下さいね。　蛇の道は蛇ってやつでね、こちらを信用させるためにいろいろなテクニックを使っているんですよ」

得意げに鼻を膨らませる桐生に、思わず舌を鳴らしたとき、エレベーターの扉が開いた。　桐生を押しのけるようにして、エレベーターに乗る。

「住所が分かっているなら、わざわざ路地で尾行する必要なかったじゃないですか。　変質者かと思ったんですよ」

174

もしくは、『真夜中の解体魔』かと……。秋穂が胸の中で付け足すと、桐生は不思議そうに首を傾けた。閉まっていく扉の隙間から声が聞こえてくる。

「尾行？ そんなことはしていませんよ。私は何時間もこのマンションの前で、あなたが帰ってくるのを待っていたんですから」

　　　　4

しゃがんだままプラスチック製の容器の蓋を外し、注射器を差し入れる。先端から生理食塩水が噴き出し、プラスチック内にわずかに溜まっている血液と混ざっていく。

「これでよし」

容器を軽く振って攪拌した秋穂は、空になった注射器を白衣のポケットに押し込んだ。

「終わりましたか？」

頭上から声が降ってくる。首を反らすと、ベッド柵から身を乗り出した涼介が覗き込んできていた。相変わらずの非現実的なまでに整ったその造形に、思わずドキリとする。

「ええ、終わった。これで、まだ心嚢内への出血が続いていることになる」

「ということは、当分このチューブは抜けないってことですか。邪魔だから、早くとっちゃいたいんですけど」

「それが抜けるってことは、そのまま警察病院に移送されて、あっちで刑事たちに一日中尋問され

「ひどい状態だったんじゃないですか？　僕はもう何年も帰っていませんけど、最後に見たときは、

反論の余地もない指摘に、秋穂は言葉に詰まった。

「ごまかさなくてもいいですよ。　僕の実家に行ったんですよね。　入院から何日も経ってから、急に実家の住所を教えて欲しいなんて言われたら、嫌でも気づきますよ」

「なにを……」

「ところで先生、僕の父親はどうでした。　まあ、正確には義理の父親ですけど」

涼介はいたずらっぽくウインクした。　こんな年端もいかない少年にいいように手玉に取られ、顔が熱くなる。

「あなたね、もうちょっと危機感を持ちなさいよ。　こんな小細工でごまかすのももう限界なのよ。　このままじゃ、あなたは本当に警察病院に連れていかれるわ。　それにね、あなたが無実だと信じたわけじゃない。　まだ、あなたが『真夜中の解体魔』の可能性もあると思ってる」

屈辱感と羞恥心を隠すように早口で言うと、涼介はすっと目を細めた。

「だって、先生しか僕の無実を信じてくれないじゃないですか。　警察病院に連れていかれたら、もう誰も僕の味方をしてくれません。　多分、弁護士もね。　僕は冤罪で死刑になっちゃいますよ。　だから、先生。　一緒にいて下さいね」

涼介は僕の味方をしてくれないなら、心を無にして黙秘するつもりですから、先生と離れ離れになるのは嫌だなぁ。　そばにいて欲しいです、先生は僕にとって『特別な人』ですから」

寂しそうな笑みを浮かべる涼介に見つめられ、秋穂は「……え」と声を漏らす。

「尋問にかんしては、心を無にして黙秘するつもりですから、先生と離れ離れになるのは嫌だなぁ。それでもいいの？」

「だって……」

なんかゴミ屋敷に住む類人猿みたいだったし。話はできました？　まだ、言葉は通じましたか？」

辛辣な評価に、涼介の父親に対する感情が滲んでいた。秋穂は「話せた」と、小さくあごを引く。

「僕のこと、めちゃくちゃに言っていたでしょ。弟を殺しただの、僕のせいでママが死んだだの」

秋穂は硬い表情で再度頷くことしかできなかった。

「どう思いました？　僕が本当に弟を殺したと思いますか？」

「たぶん、……違うと思う。弟さんは乳児突然死症候群で亡くなった。ママの愛情を独り占めするために、弟を殺したナチュラルボーンキラーだとは思わないんですか？」

「あれ、僕のことを信じてくれるんですか？　ママの愛情を独り占めするために、弟を殺したナチュラルボーンキラーだとは思わないんですか？」

からかうように言われ、秋穂は自らの胸の内を探る。これまでの状況から見れば、涼介が生まれながらの人殺しで、彼こそが『真夜中の解体魔』である可能性は十分にあるだろう。しかし、なぜかそうではないと感じていた。彼が犯人でないことを望んでいた。

——虜にならないように気をつけなよ。

先日、美濃部にかけられた言葉が耳に蘇る。

いつの間にか私は、この天使のような顔をした少年に囚われてしまったのだろうか？　婚約者の仇に、マリオネットのように操られているのだろうか？　「あぶない！」という言葉とともに、ベッドから身を乗り出した涼介が腕を伸ばし、体を支えてくれる。思いのほか筋肉質な腕の感触をおぼえながら、秋穂はバランスを崩す。軽いめまいをおぼえ、秋穂は涼介と至近距離で見つめ合う。わずかに茶色がかったその瞳に吸い込まれていくような

気がした。

「大丈夫ですか、秋穂先生」

折れた肋骨が痛んだのか、顔をしかめつつ涼介は言う。秋穂は慌てて涼介の腕から逃れた。

「だ、大丈夫」

心臓の鼓動が加速しているのをおぼえながら、秋穂が白衣の襟を整えていると、涼介が「ありが

とうございます」とはにかんだ。

「ありがとうって、なにが？」

「僕が弟を殺していないって信じてくれたことですよ。これまで、誰も信じてくれなかったのに」

「誰もって……、お母様は？」

秋穂が慎重に訊ねると、涼介は哀しげに微笑んだ。

「もちろん、ママは僕を信じてくれました。……最初はね」

涼介の顔に暗い影が差す。

「でも、あの男がママに言うんですよ。『涼介が息子を殺したんだ。あいつを捨てよう』ってね。

毎日、毎日、繰り返し、僕がいる前で」

その光景を想像し、秋穂は拳を握りしめる。

「ママは心から僕を愛してくれていました。僕のことをずっと抱きしめてくれました。けれど、そ

のうちに、僕を見るときにママの顔に恐怖が浮かぶようになっていったんです。あの男から僕が人殺しだって言い聞かされるうちに、わけが分からなく

殺したんじゃないか。本当は僕が弟を

てきたんでしょうね。日に日にママは衰弱していって、精神的に不安定になっていきました。突然、

178

僕を突き飛ばしたと思えば、はっとした顔になって『ごめんね、ごめんね』って抱きしめたり」

涼介は「いいえ」と弱々しく首を振る。

「そのときはつらくはありませんでした。それどころか、僕は幸せだったんですよ。ママは確かに衰弱していきました。赤ちゃんを喪ったことと、その犯人が僕だってあの男に言われ続けたせいで、絶望していたんです」

「……つらかったわね」

首を反らして天井に視線を向けた涼介は、懐かしそうに目を細める。

「痩せていって、哀しそうな顔をすることが多くなりましたけど、それでもママは綺麗でした。うん、さらにどんどん綺麗になっていったんです。パニックになって僕を拒絶することもありましたけど、それ以外はずっと僕に優しくしてくれました。愛してくれました。こんな顔のせいで学校でも虐められていたし、義理の父親はあんな感じでしたけど、美しいママのそばにいられただけで幸せだったんです。なのに……、あんなことに……」

涼介がなんのことを言っているのか理解し、秋穂は口を固くつぐむ。

「あの日、小学校が終わって家に帰ったんですよ。ママに会うために。そうしたら、……血塗れでした。ソファーが血塗れになっていて、そこにママが横たわっていました。手首を切ったんです」

「リストカットで動脈を切ったのね……」

「いいえ……」涼介は目を伏せる。「本当に手首を切断していたんですよ。手首を切った、血塗れで書類切断用の裁断機でね」

あまりにも壮絶な事実に、秋穂は言葉を失う。

「ママはそれまでも何度も、手首をナイフで切ったりしましたが、それでは死ねませんでした。だから、確実に死ぬために裁断機を使ったのかもしれません。もしくは、普通のナイフの痛みでは、苦しさをごまかせなくなっていたのかもしれません」

あまりにも強い心の痛みを少しでも忘れるために、体を傷つけずにはいられなくなる。その気持ちが秋穂には理解できた。

文字通り、痛いほどに。

秋穂は左手に嵌めている腕時計をそっとずらす。その下から、生々しい傷痕が姿を現した。涼介の瞳が大きく見開かれる。

半年前、最愛の人を喪った痛みに耐えきれず、衝動的に包丁を手首に当て、無造作に引いたときの傷。

「先生も……つらかったんですね。ママと同じぐらい……」

涼介は両手でそっと包み込むように秋穂の手を握ると、手首の傷口に唇を当てた。わずかに濡れた、柔らかい感触。しかし、先日耳朶を愛撫されたときのような官能の波に襲われることはなかった。かわりに胸の奥で、ほのかに暖かい炎が灯る。

一輝と婚約したとき、いつかは愛の結晶を胸に抱くと信じていた。その光景を想像したときと同じ、柔らかい暖かさ。秋穂は思わず、涼介の頭を撫でる。羽毛のような軽い感触が心地よかった。

涼介は目を閉じて秋穂の胸元に額を当てた。秋穂は拒絶することなく、そっと涼介の頭を抱きしめる。

時間がさらさらと流れていく。このまま時間が止まってしまえばいいのに。そんな想いが湧き上

がってくる。この少年をなんとか守りたい。これまで感じたことのない母性愛が血流にのって全身の細胞に溢れていく。

涼介こそ婚約者を奪った『真夜中の解体魔』かもしれない。もしかしたら、いま自分はクモの巣にかかった蝶のように、殺人鬼の罠に搦めとられているのかもしれない。

理性が放つそれらの警告は、婚約者を喪ってからずっと忘れていた優しい気持ちに洗い流されていく。

どれだけ、そのまま涼介を抱きしめていたのだろう。数十秒の気もするし、何十分も彼の髪の柔らかさに浸っていた気もする。

胸郭で渦巻いていた淡い感情が凪ぐのを待って、秋穂はそっと涼介の頭を離した。瞼をゆっくりと上げた涼介は、どこか名残惜しそうな眼差しを向けてくる。

「なんか……、ママを思い出しちゃいました……」

照れくさそうに涼介は鼻の頭を掻く。秋穂は「そんな齢じゃないわよ」と彼を睨んで、気恥ずかしさをごまかした。

胸に溜まった熱を吐き出して心を落ち着けた秋穂は、ゆっくりと口を開く。

「涼介君、私はあなたを信じる。あなたは『真夜中の解体魔』なんかじゃない。あなたは人殺しなんかじゃない」

蕾が花咲くように、涼介の顔に美しい笑みが広がっていった。

「本当ですか!? 本当に信じてくれるんですか? ママでさえ信じてくれなかったのに……」

声を詰まらせる涼介に、秋穂は力強く頷く。

「きっとあなたは『真夜中の解体魔』に操られただけ。マリオネットみたいにね。あなたは安里雪絵さんを殺してなんていないし、本当に雪絵さんを心から愛していた」

片手で口元を覆い、小さく鳴咽を漏らしはじめる涼介を、秋穂は目を細めて見つめる。

そう、母を喪った涼介にとって、安里雪絵は唯一一心を許せる存在だった。肉欲ではない、純粋な愛情を交わせる女性だった。これまでに涼介が語った雪絵への想い、そして彼女を喪ったことに対する絶望は演技ではなかったはずだ。

ただ、目の前の少年を信じているだけの理由を探しているだけだと気づきつつも、秋穂は自分に言い聞かせる。

『真夜中の解体魔』の正体に迫るための情報を。

まずは涼介を信頼しよう。そうすれば、心を開いた彼から情報をくれるはずだ。『真夜中の解体魔』の正体に迫るための情報を。

「でも、いま大切なのはあなたが雪絵さんを殺したんじゃないっていう証拠を見つけること。それを警察に納得させること」

「それは……難しいんじゃないでしょうか。僕を『現行犯』で追跡したんです。よっぽどのことがない限り、僕以外に犯人がいる可能性を検討もしてくれませんよ」

凄をすする涼介に、床頭台のティッシュペーパーを渡しながら、秋穂は口元に手を当てる。

「あなたにアリバイとかあればよかったのにね。事件当日、誰かに会っていたとか」

「それならありますよ」

凄をかみながら涼介が言う。秋穂は「ある!?」と目を剥いた。

「はい、雪絵先輩が……殺された時間。僕はある場所で他の人と会っていました」

「それこそ、あなたが犯人じゃないっていう証拠じゃない！ なんで警察に言わなかったの!?」

「言ったじゃないですか。警察なんて信用できないって。雪絵先輩からの手紙を握りつぶしたことからも分かるでしょ。あいつらは、僕を『真夜中の解体魔』に仕立て上げるためには、どんなことだってやるんですよ。もし警察に言ったりしても、間違いなく奴らはそれを握りつぶします」

そうか、涼介はまだ、手紙を処分したのは警察だと思っているのか。秋穂は胸の中でつぶやく。

あの日、涼介の部屋に押し込んできた人物が誰なのか分からないので黙っていたが、それが悪い方に働いてしまった。

「けれど、私になら言ってくれてもよかったじゃない」

責めるように言うと、涼介は俯いて、「……先生には言いたくなかったんです」と蚊の鳴くような声を絞り出した。その姿を見て、秋穂は気づく。その時間、涼介が『仕事』をしていたと。

「言いにくいのはすごく分かる。けれど、教えて。そのとき、誰と会っていたのか。その人に証言さえしてもらえれば、あなたの無実を証明することができるんだから」

秋穂がそっと肩に手を置くと、涼介は弱々しくかぶりを振った。

「僕にも分からないんです。相手はもちろん、素性を悟られたくありません。僕も商売として、その人が誰なのかなんて知ろうとしません。フリーマーケットに置いてある商品と、それを買う人。僕と客の関係なんてそんなもんなんですよ」

自虐で飽和したセリフを聞きつつ、秋穂は涼介の肩を摑む手に力を込める。

「諦めちゃだめ！ 私が絶対にその人を見つけ出してあげるから」

「無駄ですって。もし見つけたとしても、絶対にアリバイ証言なんてしてくれません。相手はいい

歳した男なんですよ。そんな奴が『私は未成年の少年を買っていた変態です』って警察に言うとでも？

僕はね、けっこう高いんですよ。僕を買えるということは、それなりに金も社会的地位も持っているに決まっている。そんな人物が、僕なんかのために未成年買春を認めるわけないじゃないですか」

「そんなことない！」

秋穂は腹の底から声を出す。涼介の体がびくりと震えた。

「絶対に私がそいつを見つけ出して、証言させてあげる。だから、手がかりを教えて。そいつを探すための手がかりを」

秋穂は顔を近づける。二人は視線をぶつけ合った。

数秒後、涼介がか細い声で言う。

「……先生、腕が痛いです」

爪が食い込むほどに強く腕を握っていたことに気づき、秋穂は「ごめんなさい」と慌てて手を引く。

涼介はこれ見よがしに腕をさすりながら、上目遣いに疑わしげな視線を向けてきた。

「見つけ出すって、どうするんですか？　警察ならまだしも、素人の先生に人探しなんてできないと思うんですけど」

秋穂は小さなため息をつく。

「そうね。だから……プロに頼もうと思ってる」

184

5

「いやあ、まさか翌日に連絡を頂くとは思いませんでした」

向かいの席に座った桐生が、グラスに入ったビールをあおる。黄金色の液体を一気に飲み干した桐生は、大きな息を吐いて口元を拭った。

「連絡したくてしたわけじゃありません」

秋穂は鼻の付け根にしわを寄せると、コーヒーをブラックのまますする。やけに苦みが強く感じた。

涼介にアリバイのことを聞いた数時間後、秋穂はお台場にある洒脱なカフェで桐生と会っていた。全面ガラス張りの窓の外には、ライトアップされたレインボーブリッジが見えた。

「つれないなぁ。あ、お姉さん、ビールのお代わりを」

桐生はわきを通ったウェイトレスに注文をする。

「居酒屋じゃないんですよ。これから重要な話をするのに、酔っぱらわれたら困ります」

「俺にとって、ビールなんて水みたいなものですよ。それより、もう夕食の時間なのに、コーヒーだけでいいんですか？　一緒にディナーでもいかがですか？」

「初対面で脅迫してきた人と、ゆっくりと食事をする気はありません」

「脅迫なんてとんでもない。あれは友好的な交渉ですよ。あなたが持っている情報を提供して頂く

代わりに、どんな調べごとでも引き受けるっていうね。先生も、俺の情報収集の腕を見込んで声を

かけてきたんでしょ」

図星を突かれて黙り込む秋穂の前で、桐生はテーブルに肘を置いて身を乗り出してきた。

「さて、それじゃあお話を聞かせて頂きましょう。俺はなにを調べればいいんですか？　恋人の浮

気ですか？　それとも、上司の弱み？」

「石田涼介のことです」

秋穂は声を潜めると、桐生の顔が一気に引き締まった。

未成年ということで警察が発表していない『真夜中の解体魔』の容疑者の氏名まで、この男は知

っている。秋穂は慎重に、桐生の反応をうかがう。

「なるほど、石田涼介の……ね」桐生は低い声でつぶやいた。「いったい、『真夜中の解体魔』のど

んな情報が欲しいって言うんですか？」

「彼が『真夜中の解体魔』じゃないっていう証拠です」

「石田涼介が『真夜中の解体魔』じゃない？　なに言っているんですか？　あいつは元恋人を殺し

た現場に踏み込まれているんですよ」

「いいえ、違います。彼は恋人のバラバラ遺体を発見した瞬間、警察に踏み込まれただけです。彼

は罠に嵌められて濡れ衣を着せられただけです」

「罠って、誰がその罠を仕掛けたと？」

「『真夜中の解体魔』です」

桐生はすっと目を細める。こちらの心の底まで見透かすような双眸。目の前の記者が、かなりの

修羅場をくぐっていることが伝わってくる。

ウェイトレスが新しいグラスをテーブルに置いた。桐生はそれを手に取り、舐めるように飲む。

「つまり、『真夜中の解体魔』は別にいて、石田涼介はスケープゴートにされただけだとおっしゃるんですか？」

「はい、私はそう信じています」

自らに言い聞かせるように、秋穂ははっきりと言う。桐生はぽりぽりと頭を掻いた。

「なぜそう信じているんですか？　あいつが、あんなに可愛い顔をしているからですか？　写真で見ただけですけど、たしかに男も女も惑わす、とんでもない美形だ」

桐生の揶揄にも動じることなく、秋穂は身を乗り出す。

「いろいろと情報を集めたからです。彼が『真夜中の解体魔』ではないという情報を」

「情報？」桐生の片眉が、ぴくりと上がる。「どんな情報ですか？」

食いついた。秋穂は内心、ほくそ笑む。記者にとって特ダネになりそうな情報はなによりも貴重だ。

「それはまだ言えません。取引材料ですから。でも、『真夜中の解体魔』の容疑者が、心を許した主治医に語った全て。すごい特ダネだと思いませんか」

桐生は険しい表情で考え込むのを、秋穂は口角を上げながら見守る。

医師が患者を救うことを使命にしているように、記者は特ダネを摑むことを生きがいにしている。

『真夜中の解体魔』として逮捕された少年の告白。そして、彼が冤罪かもしれない。きっと、この男を操り人形にすることが

エサを目の前にぶら下げられて、抵抗できるわけがない。

予想通り、わずか数秒で桐生は銃でも突き付けられたように両手を頭上に上げた。

「降参です。先生の勝ちですよ。それで、なにを知りたいんですか」

「あなたが、『真夜中の解体魔』について知っている全てです」

「全部……ねえ」桐生は首筋を掻く。「そりゃ、俺は色々と調べましたよ。それこそ死に物狂いでね。けど先生、それに見合った情報をあなたは持っているんですか? こっちが一方的に貴重な情報だけを吸い取られるのは業腹だ。まずは少しだけでも、報酬の先払いをお願いできませんかね」

「先払い、か……」

つぶやきながら秋穂は思考を巡らせる。果たして、どこまでこの男に話すべきなのだろう。できることなら、手札は残しておきたい。しかし、この男の協力なくして、『真夜中の解体魔』の正体をあばけるとは思わなかった。

昨夜、路地で誰かに尾けられた記憶が蘇る。あれは気のせい、もしくはたんなる変質者だったのだろうか。それとも、『真夜中の解体魔』……。背中に冷たい震えが走る。

駆け引きで優位に立っているように見えるが、その実、追い詰められているのは自分だ。『真夜中の解体魔』の正体をあばかない限り、自分は悪夢だけではなく、連続殺人鬼に追われる恐怖に苛まれ続ける。

いや、それどころか『真夜中の解体魔』の五人目の犠牲者として切り刻まれる可能性だってあるのだ。出し惜しみできる立場じゃない。

「実は、石田さんが入院した日……」

188

覚悟を決めた秋穂は、雪絵からの手紙を探しに涼介の部屋に忍び込んだこと。そのあとに、何者かが侵入してきて、手紙を処分したことなどを伝えた。

話を聞き終えると、桐生はすでに泡が消え去ったビールをグラスの半分ほど飲んだ。

「信じられませんね」

「信じられないって、どういう意味ですか?」

「言葉通りですよ。あなたがそんなことをしたなんて、とても信じられない。あなたは単なる主治医です。なんで石田の為に、そんな危険な行為をする必要があったっていうんですか?」

当然の疑問に、秋穂は「それは……」と言葉に詰まる。事件と自分の関係を喋れば、この記者は私のプライバシーを丸裸にしようとするだろう。それにより、半年の専門治療によってようやく安定してきた精神のバランスを大きく揺さぶるに違いない。

半年前の、婚約者を喪い抜け殻になっていたときの記憶がフラッシュバックする。痛みをおぼえるほどの動悸に、秋穂はうめいて胸元を押さえた。このままではまた過呼吸発作が起きてしまう。

秋穂は両手を椀状にして口を覆った。

「大丈夫ですか? どうしました?」

席を立とうとする桐生を、なんとか発作を抑えこんだ秋穂は片手を突き出して止める。

「……婚約者でした」

やけに摩擦係数の高い言葉を、必死に喉の奥から絞り出す。桐生は「は?」といぶかしげに聞き返した。

「『真夜中の解体魔』の第三の被害者、荒巻一輝は私の婚約者だったんです」

「被害者の婚約者って……。それが本当なら、警察も病院も、あなたが石田の主治医になるのを許可するわけがないでしょ」

「婚約のことは誰にも知られていません。彼は離婚してまだ三年ほどで、さらに私は研修医時代、彼と同じ職場で働いていました。おかしな想像をされないよう、出来るだけ交際は隠していました」

早口でまくし立てた秋穂は、強い疲労感をおぼえる。これで、また半年前の苦しみを反芻することになるのかもしれない。しかし、背に腹は代えられなかった。目の前の男の協力がなければ、『真夜中の解体魔』の正体にたどり着くこと、ずっと苛まれ続けている悪夢から解き放たれることはないのだから。

「つまり、あなたは石田が婚約者の仇であることを隠して、主治医として奴を担当したんですね。なんでそんなことを」

秋穂が黙っていると、桐生がぼそっと言った。

「復讐のため……ですか?」

体を震わせる秋穂を桐生が見つめてくる。

「婚約者の仇をとるために、石田を手元に置いた。違いますか?」

秋穂は小さな声で答える。そこまで見透かされては否定するだけ無駄だ。なら全てをさらけ出し、目の前の男を信用させよう。

「……ええ、彼を殺すつもりでした」

「主治医なら、点滴から高濃度の塩化カリウムを静脈注射して、なんの証拠も残さず殺すことができます。それをするつもりでした」

190

桐生の喉がごくりと音を立てる。

「けれど……、あなたはやらなかった」

「ええ、彼が自分は『真夜中の解体魔』ではない。罠に嵌められただけだと言ったからです。ですから、その真偽を確かめるために、リスクを承知で彼の部屋に侵入したんです」

秋穂が「納得して頂けましたか?」と訊ねると、桐生は大きく息を吐いた。

「はい、納得しました。それが本当なら、なぜあなたがあそこまで石田に入れ込んでいるのかも理解できる」

「入れ込んでいるわけじゃないです。私はただ、婚約者の仇の、『真夜中の解体魔』の正体をあばいて、罪を償わせたいだけです」

そう、入れ込んでいるわけじゃない。数時間前、涼介と心を通わせた光景を頭から振り払いながら自らに言い聞かせた秋穂は、両手をテーブルについて腰を浮かす。

「さて、どうします。私に協力しますか? それとも、いま私が言ったことを警察に伝えて、私を彼の主治医から引きずりおろしますか?」

「そんなの決まっているじゃないですか?」

桐生は不敵な笑みを浮かべた。

「もちろん協力しますよ。入院中の石田の様子を聞けるだけだと思っていたら、まさか被害者の婚約者だったなんて。しかも、石田はスケープゴートで、『真夜中の解体魔』は他の人物かもしれない。そんなスクープを目の前にして逃したら、事件記者じゃありませんって」

「いいんですか? 警察の情報提供者の意向に逆らうことになりますよ。もう、情報を貰えないか

「もしれません」

「構いませんよ」

「俺が繋がっている刑事は、あの人だけじゃない。こんなデカいネタのためなら、刑事の一人や二人、敵に回したところで帳尻はあいます。それより、もっと話を聞かせてくださいよ。まずは……」

勢い込んで質問をしようとする桐生を、秋穂は「待ってください」と止めた。

「インタビューを受けるのは、『真夜中の解体魔』の正体が分かってからです。まずは私が手の内を晒しました。今度はあなたが情報を出す番です。『真夜中の解体魔事件』の情報を」

「情報ってなにが知りたいんですか?」桐生は不満げに唇を尖らせた。

「まず、警察の状況です。捜査本部は涼介君以外が『真夜中の解体魔』である可能性は検討しているんですか?」

「しているわけないじゃないですか」桐生は肩をすくめる。「石田は現場を押さえられているんですよ。もう、捜査本部は完全に石田こそが『真夜中の解体魔』だと決めつけて動いています。石田を警察病院に移送して話を聞いたら、正式に送検して、捜査本部は解散でしょうね」

「そうですか……」

秋穂はあごに指を添えて次にするべき質問を考える。

「安里雪絵さんが殺害された時間は分かっているんですか?」

「ああ、それなら分かっている。事件当日の午後六時過ぎ、仕事を終えて帰宅しようとしていた管理人が、マンションに戻ってくる安里雪絵を目撃しています。そして日付が変わるころ、現場に踏み込んだ刑事が彼女の遺体を発見している。つまり、その六時間の間に犯行が行われた」

「六時間……。でも、遺体はバラバラにされていたんですよね。それって、どう考えてもかなり時間がかかりますよね」

「数時間は必要だと考えられていますよね。どれだけ手慣れていても」

「じゃあ、雪絵さんは帰宅直後に殺害されて、数時間かけて……解体されたということですね」

「つまり、その六時間のアリバイさえ証明できれば、涼介が『真夜中の解体魔』ではないと証明できる。計算しつつ、秋穂は質問を重ねていく。

「防犯カメラとかに、犯人の姿は映っていなかったんですか？」

「正面エントランスに防犯カメラはあったけど、事件の数日前に壊されていたらしいですね。オートロックもないマンションだし、夕方以降は管理人もいない。しかも、部屋は一階で窓は開いていた。犯人はどこからでも侵入できたということです」

「若い女性が住むマンションにしては、かなりセキュリティが甘いですね」

「金に余裕がなかったんじゃないですか。精神的に不安定になっていて、勤めていた風俗店にもあまり顔を出さなくなっていたし」

「らしいですね」

相槌を打つと、桐生が見つめてくる。秋穂は思わず、「なんですか」と身を引いた。

「いや、安里雪絵が風俗店に勤めていたことどころか、最近、出勤していなかったことまで知っているとは思わなかったんで。先生、かなりこの事件に入れ込んでいますね」

「婚約者が殺されたんです。当然でしょ。それに、どんな手段を使っても特ダネを手に入れようとしているあなただって、同じようなものじゃないですか」

「たしかにそうかもしれませんね」

桐生は肩をすくめた。

「話を先に進めますよ。安里雪絵さんを殺したのが、『真夜中の解体魔』ではないという可能性はないんですか？」

「模倣犯、コピーキャットによる犯行ってことですか？」

秋穂は小さく頷く。もし、模倣犯の可能性があるなら、たとえ雪絵殺害時のアリバイを証明できたとしても、涼介が『真夜中の解体魔』ではないとは言い切れない。もしかしたら、模倣犯が本来の犯人である涼介を罠に嵌めて排除することで、自らが新しい『真夜中の解体魔』に成り代わろうとしているのかもしれない。

「それはありません。安里雪絵を殺したのは、間違いなく『真夜中の解体魔』ですよ」

「どうして断言できるんですか？」

「安里雪絵の遺体に、マーキングがされていたからですよ。『真夜中の解体魔』のマーキングがね」

意味が分からず、秋穂は首を傾ける。

「『真夜中の解体魔』が遺体をバラバラにして、その一部を持ち帰る。それは大々的に報道されて誰でも知っています。けどね、それだけじゃないんですよ。『真夜中の解体魔』はね、遺体でオブジェを作るんです」

「遺体でオブジェを……？」

「そうです」桐生は重々しく頷く。「現場に残された遺体のパーツは、決まった形で積み上げられているらしいんです。前衛芸術作品のようにね」

あまりにもおぞましい事実に嘔気をおぼえ、秋穂は口元を押さえる。

「具体的には……どんなふうに……？」

声を絞り出すと、桐生は「さあ？」と肩をすくめた。

「それにかんしては、捜査本部はこれ以上なく厳しい緘口令を敷いています。この俺でも、解体さ
れた遺体が決まった形で積み上げられているということまでしか聞き出せませんでした」

「なんでそこまでして隠すんですか？」

「模倣犯を防ぐためですよ。連続殺人事件に模倣犯はつきものです。情報を隠すことで、『真夜中
の解体魔』を真似た殺人が起きたとしても、すぐに偽者だと分かるようになる」

「じゃあ、雪絵さんの遺体は……」

「これまでの三件と同じような積まれ方をしていたらしいですね。つまり、安里雪絵は間違いなく
『真夜中の解体魔』に殺され、切り刻まれたということです。ご理解頂けましたか？」

秋穂は「はい」と頷きながら状況を整理する。それなら、涼介のアリバイを立証することがその
まま、彼が『真夜中の解体魔』ではないという証明になる。

「一人目の被害者は、安里雪絵さんの母親である千代さん。そして、三人目の被害者が一輝さ
ん……、私の婚約者だった」

「ええ、そうです」桐生はあごを引く。「安里千代は右足首から下を奪われ、荒巻一輝は左手の薬
指を……」

そこまで言ったところで、桐生ははっと息を呑み、秋穂を見つめてきた。

「はい、彼の左手の薬指には『これ』がはまっていたはずなんです」

秋穂はネックレスにつけている結婚指輪を摘まむ。

「それはなんというか……、ご愁傷様です」

「そんな決まり文句はいいですから、二人目の被害者について、詳しい情報を教えてください」

「えっと、二人目は……」

気を取り直すように桐生は咳ばらいをする。

「村元咲子、三十二歳の主婦ですね。いまから九ヶ月ほど前に殺害されています。彼女は……子宮が消えていました」

「子宮……、ひどい……」喉からうめき声が漏れる。

「ええ、ひどいです。そして、この事件が警察の怒りを爆発させました」

「爆発？　なんでですか？」

「村元咲子の夫が現役の警察官だったからですよ。しかも、警察庁のキャリアです。そして、咲子自身も以前は警官をしていました。仲間意識が強い村社会の警察からすれば、家族を殺されたようなものです。噂じゃあ、警視総監直々に早期の犯人逮捕が厳命されたということですよ」

そこで言葉を切った桐生は、忍び笑いを漏らす。

「つまり、警察にとって石田涼介は『身内の仇』なんですよ。あなたはその人物を匿っている邪魔者ってわけだ。俺を使っての圧力なんて躊躇なく使われるぐらい、あなたは警察の怒りを買っていますよ。気を付けてくださいね」

「そんなことどうでもいいです。その村元咲子さんと涼介君にはどんな繋がりがあったんですか？」

196

苛立ちながら訊ねると、桐生は目をしばたたいた。

「繋がり？　そんなものありませんよ。村元咲子の交友関係は徹底的に洗われましたけど、石田は出てきませんでした。まあ、その代わりにヤバい情報は出てきたらしいですけどね」

秋穂が「ヤバい情報？」と聞き返すと、桐生は胸の前で手を振った。

「いえいえ、こっちの話ですよ。なんにしろ、石田涼介と村元咲子の間にはなんの接点もありませんでした」

「じゃあ、涼介君がその女性を殺す動機はなんですか？」

「動機？　ただ殺したいからじゃないですか？」

「殺したいから……？」

「ええ、そうです。たしかに普通の殺人には、怨恨や痴情の縺れ、金銭トラブルなどの動機があります。ただ、連続殺人事件の中には、そういう『普通の殺人』とは一線を画するものがあるんですよ。殺すために殺す。人を殺害することに快楽を得る異常者による殺人がね」

「連続通り魔事件とか……？」

「その通り」桐生は秋穂を指す。「三人の被害者たちの間に、これといった関係性は見つからなかった。つまり、『真夜中の解体魔』はランダムに獲物を選んでいる。それが捜査本部の見解でした」

「ランダムって……、私の婚約者は偶然、『真夜中の解体魔』に目をつけられて殺されたってことですか？」

顔の筋肉がこわばっていく。声がかすれた。

「そんな怖い顔しないで下さい。捜査本部はそう考えているっていうだけなんですから」

おそらく、桐生の言っていることは正しいのだろう。警察は『真夜中の解体魔』が無差別殺人をしていると考えている。だからこそ、一輝の交友関係を調べることに力を入れず、結果的に自分と交際し、婚約までしていたことを知られずに済んだ。

秋穂は深呼吸をくり返し、胸郭に溜まった怒りを空気に溶かして吐き出していく。

「でも、それならおかしいじゃないですか。涼介君と最初の被害者は知り合いだったんですから。しかも、雪絵さんと強引に別れさせられたっていう、動機になりそうな出来事もあった。涼介君が『真夜中の解体魔』なら、全然無差別殺人じゃありませんよ」

「その通りですね。ですから、捜査本部もそれほど石田には注目していませんでした。けれど、さすがに現場を押さえたのなら、石田が『真夜中の解体魔』だったって判断しますよ」

違和感がある。シャツのボタンがずれているような違和感。やはり、これは涼介が『真夜中の解体魔』だったなどという単純な事件じゃない。秋穂の中で確信が生まれていき、それと同時に涼介に対する疑念が薄れていく。

「石田は過去の恨みから、安里千代を殺害したが、それにより殺人の快感を覚えてしまった。その衝動を抑えきれなくなった石田は、『真夜中の解体魔』となり、無差別に人を殺し、遺体をバラバラにしていくようになった。しかし、殺人衝動に支配されるうちに最も執着している元恋人を殺す、という欲望を抑えきれず、安里雪絵を殺害した。それが捜査本部の見解です」

「あまりにも強引じゃないですか？」

「強引でも構わないんですよ。警察にとっては石田が犯人だということは確定しているんですか

「ら」

「そんな横暴な……」

「警察っていうのは横暴な組織ですよ。それに、バラバラにされた元恋人の遺体のそばにいるところを踏み込まれたのは紛れもない事実だ。いかに石田が無実を訴えたところで、確たる証拠がなければなんの意味もありません。奴は『真夜中の解体魔』として起訴され、死刑判決を受け、吊るされるでしょう」

そこで言葉を切った桐生は、挑発的な笑みを浮かべる。

「先生、あなたは石田の無実を証明することができるんですか？　警察も知らない、貴重な情報をお持ちなんですか」

「……持っています」

秋穂が答えると、桐生は獲物を前にした肉食獣のように舌なめずりをする。

「それを教えて頂けますか？　本当にあなたが言うように、石田の無実を証明できるような情報なら、とんでもないスクープだ。うちの雑誌で連載を組める」

桐生のセリフに熱がこもっていく。

「哀れな境遇の無実の少年に、連続殺人犯の汚名を着せた警察の横暴をあばき、そして『真夜中の解体魔事件』の真相に迫る。ああ、そうだ。石田に独占インタビューをすることができたら、さらに情報の価値が上がる。これだけ世間を騒がせている事件だ。きっと本を発売することもできるはずだ。そうなれば……」

情報提供を受けているはずの警察を糾弾する記事を書こうと皮算用していることに呆れつつ、秋

穂は桐生の独白を遮る。

「ただ、彼の無実を証明するためには、あなたの力が必要なんです。協力して頂けますか？」

「協力？　当たり前じゃないですか。一世一代のスクープのためだ。どんなことでもしますよ。で、俺はなにをすればいいんですか？」

両肘をテーブルにつき手を組んだ桐生は、上目遣いに見つめてくる。

秋穂は細く長く息を吐くと、安里雪絵が殺害された時間帯、涼介が『仕事』をしていたこと。しかし、その相手を見つける方法が思いつかないことなどを話した。

「なるほど、アリバイがあるってわけですか」

話を聞き終えた桐生が、低い声でつぶやいた。

「そうなんです。本当なら警察に言えばいいんでしょうけど、涼介君は警察をまったく信頼していなくて、尋問にも黙秘し続けているんです」

「それは賢明な判断でしょうね」

「賢明な判断？」秋穂は眉間にしわを寄せる。「どうしてですか？　警察なら事件当時、涼介君が一緒にいた人物を探すことぐらいできるでしょ」

「ええ、できるでしょうね。けれど、奴らは絶対にやりません」

「なんでですか!?　無実の証拠なんですよ！」

声を裏返しながら思わず立ち上がってしまう。周りの客が何事かといぶかしげな視線を向けてきた。我に返った秋穂は、首をすくめて椅子に腰を戻す。

「落ち着いてくださいよ。別れ話をしているカップルだと思われるじゃないですか。まあ、先生み

200

たいな美人と付き合っていると誤解されるのは光栄ですけどね」

けらけらと笑う桐生の態度が癪に障る。

「ふざけてないで説明して下さい。どうして警察に言っても捜査してくれないんですか。涼介君の無実を証明する決定的な証拠なんですよ」

「そんなの決まっているじゃないですか。石田の無実なんて証明したくないからですよ」

「無実を……証明したくない？」

「おや、先生、もしかして警察を正義の味方とでも思っていましたか？　違いますよ、奴らはある意味、暴力団よりも横暴な国家権力です。もし、石田が無実だったなんてことが分かったら、逮捕した警察の面子は丸潰れになる。それなのに、わざわざ苦労して捜査し、石田のアリバイを確認なんてするわけがない。　黙殺するに決まっています」

「そんな！　じゃあ、どうすればいいんですか!?」

「興奮しないで下さい。一般的には弁護士などが調査をして、その『客』を見つけ出せばいいんです。けれど、普通の弁護士はそこまでしてくれない。刑事事件専門の弁護士の中には、探偵などを雇って必死に依頼人の無実を証明しようとするやつもいますけど、そいつらはかなり高額の弁護料を取るし、連続殺人の容疑者の弁護なんていう、世間の反発を受ける事件を引き受けようとはしない。石田が雇うのは無理でしょうね」

絶望的な状況を突き付けられ、秋穂は唇を固く噛む。

「そんな怖い顔しないで下さいよ。あくまで俺は、警察も弁護士もあてにならないって言っただけです。あなただって、なんとなく気づいていたんでしょ。普通の方法じゃ、石田のアリバイを証明

「……あなたなら、あの日、涼介君と一緒にいた人物を見つけられるって言うんですか？」

桐生は残っていたビールを一気に喉に流し込み、グラスを勢いよくテーブルに置くと、不敵な笑みを浮かべた。

「蛇の道は蛇ってやつですよ」

「ええ、もちろん」

「……あなたなら、あの日、涼介君と一緒にいた人物を見つけられるって言うんですか？」

はできないって。だからこそ、わざわざ俺に声をかけてきた」

6

「本当にこれで大丈夫なんですか」

ベンチに腰掛けながら、秋穂は隣でスポーツ新聞を広げている桐生に声をかける。

「そんなに緊張しないで。大丈夫ですって」

競馬の予想をしながら適当に答える桐生に、秋穂は顔をしかめる。

翌日の午後八時前、秋穂は池袋駅西口にある公園にやって来ていた。街灯に照らされる園内では、酔っているサラリーマンや大学生、スケートボードの練習をする若者、ゲリラ演奏をするミュージシャン、手を繋いで公園の中心にある噴水を眺めるカップルなど、様々な人々がいる。あの日、涼介と一緒にいた『客』とコンタクトを取り、今夜、この公園におびき寄せると。それを聞いた秋穂は、

昨夜、お台場のカフェで話をして別れた三時間後には、桐生から連絡が入った。

スマートフォンを両手で握りしめながら「私も立ち会います!」と伝えた。最初、桐生は渋っていたが、しつこく食い下がると最終的には折れて、同行を認めてくれていた。

「本当に『客』はここに来るんですか? 間違いないんですか?」

苛立ちながら訊ねると、桐生はこれ見よがしにため息をつきながら新聞を折りたたんだ。

「そんなに興奮していたら血管が切れちゃいますよ。大丈夫、絶対に来ますから安心して下さい」

「なんで言い切れるんですか。相談した次の日に、どうして簡単に『客』を呼び出せたんですか?」

「簡単ではなかったですよ。なんといっても相手の連絡先も分からなかったんですからね」

涼介の話ではその『客』には、次に会いたいときはこちらから連絡をすると電話番号を聞かれただけで、一切相手の素性や、連絡先は聞いていないということだった。

「そこまで警戒しているということは、かなり社会的地位のある奴です。もし買春しているなんてバレたら、地位、家族、財産、全てを失ってしまうと、最大限の警戒をしている」

「そうです。だから、『客』を探せないと思った。けど、あなたはわずか一日で、おびき出せたと言っている。いったいどうやったんですか?」

「その『客』の本能に訴えるエサをまいたんです」

「エサ?」

「そうです。たしかに『客』は自分の素性を知られないよう慎重になっている。しかし逆に言えば、全てを失うリスクを取っているともいえるんです。なぜそんなことをするのか。答えは一つ。歪んだ欲求を抑えきれないからです。若い男を好きにしたいっていう性欲をね」

顔をしかめる秋穂の前で、桐生は得意げに話しはじめる。

「長年かけて築き上げてきた全てを失うリスクを背負ってまで、発散しなければいけないほどの性欲を抱えた人物だ。ならば、エサは決まっています。石田涼介ですよ」

「涼介君がエサって、どういうことですか?」

「石田涼介君とその『客』が使っていたマッチングアプリを使ったんです」

涼介の話では、その『客』とは、とあるマッチングアプリで出会ったらしい。本来は恋愛相手を探すためのものだが、中には売春の温床になっているものもあり、涼介はそれを使って金払いの良い相手を探していたということだった。

「石田のアカウントとパスワードはあなたから聞いていましたからね。それでログインして履歴を探ったら、その『客』と思われるやり取りが発見されました」

「じゃあ、そのアプリを管理している会社に連絡して、相手の身元を割り出したんですか?」

「そんなことできるわけないじゃないですか。ああいう商売にとって、個人情報の秘匿はなにより

も重要だ。もし情報漏洩(ろうえい)があったなんてことを知られたら、登録者が一気に逃げ出しますからね。明らかな犯罪行為があって、警察や弁護士がIPアドレスの開示請求をして、裁判所に認められない限り、絶対に情報を漏らしませんよ」

「それじゃあ、どうやって『客』を?」

「だから、そいつの抑えきれない性欲を利用するんです」

桐生の顔に、いやらしい笑みが広がっていく。

「あれだけの美貌を持つ石田を、『客』はそう簡単には忘れられないはずです。そして、石田の持

つ魔性は、相手の独占欲を掻き立てるものです。できることなら石田を自分だけのものにしたい。

関係を持ったことで、『客』の中にはそんな欲望が燃え上がっているはずです」

「でも、相手は慎重な大人なんですよね。いくらそう望んでいても、行動には移さないんじゃない

ですか？　のめり込めばのめり込むほど、自分の素性を知られるリスクが高くなるんですから」

「その通り」桐生は軽くあごを引く。「たしかに理性はそう判断するでしょう。けれど、胸の奥に

は歪な欲望の炎が灯っている。なら、それにガソリンをぶっかけてやればいい。そうすれば、理性

なんて簡単に蒸発しますよ」

「……あなた、いったい何をしたんですか？」

「簡単ですよ。石田のふりをして、奴のアカウントからメッセージを送ったんです。『あなたと過

ごした、あの熱い夜のことが忘れられない。ずっとあなたのことで頭がいっぱい。お金なんて要ら

ないから、もう一度抱いて欲しい。あなたのアレで僕を満たして欲しい』ってね」

あまりにも露骨な表現に、秋穂は頬を引きつらせる。

「そんなゴキブリを見るような目をしないで下さいよ。あくまで『客』の性欲を掻き立てるための

作戦なんですから。生々しければ生々しいほど、相手を思い通りに動く操り人形にすることができ

る」

「じゃあ、『客』は涼介君と会うためにこの公園にやって来るんですね」

嫌悪感を隠すことなく訊ねると、桐生は公園の中心にある噴水を指さした。

「あと十分以内に、『客』はあの噴水のそばにやってきます。あそこできょろきょろと辺りを見回

す男こそ、石田涼介のアリバイを証言できる人物です」

「その男を見つけたらどうするんですか？」

「もちろん、写真を撮ったうえで尾行しますよ。そして、どこの誰なのか丸裸にします」

桐生は足元に置いたカバンから、望遠レンズが付いたカメラを取り出すと、スポーツ新聞で隠すようにしてベンチに置いた。

「尾行って、うまくいくんですか？」

「簡単じゃないですね。相手が電車で帰ればいいですが、タクシーなんかを使ったら面倒です。まあ、すぐ近くにバイクを停めてあるので、それで追跡をする予定ですけど」

「でも、尾行に失敗したら、相手が誰なのか分からないじゃないですか」

「その場合は、撮影した写真から『客』が誰だったのかを探りますから。これだけ警戒しているってことは、ひとかどの人物のはずだ。俺の情報網ならきっと見つけ出せますよ」

「どれくらい時間がかかりますか？」

「そうですね。二週間もあればなんとか」

だめだ。秋穂は臍をかむ。二週間も経ったら涼介は警察病院へと移送されてしまう。自分の手の届かないところに行ってしまう。

それだと、涼介が『真夜中の解体魔』だとしても、復讐を果たせなくなってしまう。

彼が婚約者の仇ではないと信じたかった。しかし、まだ一抹の疑惑が胸の奥にわだかまっていた。

石田涼介が手元にいるうちに、彼が『真夜中の解体魔』ではないという確信を得たかった。

急に黙り込んだ秋穂を不審に思ったのか、桐生が「どうしました？」と声をかけてくる。

「なんでもないです」

206

ごまかすが、桐生はどこか疑わしげな視線を向けてきた。

「あの、そういえば、二人目の被害者の村元咲子さんのことを警察が調べたとき、何か良くない情報が見つかったって言いましたよね。それって、何だったんですか？」

秋穂は必死に話題を逸らす。桐生が「それは、ちょっと……」と言葉を濁した。その態度で、桐生がなにか重要なことを隠していることに気づく。

「隠し事はやめて下さい。私は知っていることを全てあなたに話したんですよ。フェアじゃありません。変に隠すと、独占インタビューを受けるって話もなしにしますよ」

「分かりました。分かりましたから落ち着いてください。別に大したことじゃないんですよ。

ただ、警察庁キャリアのスキャンダルなんで、俺が漏らしたと知られたら、警察から今後、情報をもらうのが難しくなる。オフレコでお願いします」

桐生は両手を合わせると、渋々といった様子で話しはじめる。

「事件が起きたあと、警察は念のため村元咲子の旦那のアリバイも調べたんですよ」

「旦那さんが疑われたってことですか？」

「そういうわけじゃありませんが、形式的にね。妻が殺されたら夫を疑うっていうのは定石ですから。最初は話すのを渋っていたらしいですが、問い詰められると旦那は白状したらしいです。他の女と会っていたって」

「不倫していたってことですか？」

「ええ、そうです。四年前、村元咲子と上司の勧めで見合い結婚したけれど、その後、クラブのホステスと深い仲になったらしいですね。事件が起こった日も、そのホステスの家に入り浸っていた

ってことです」

「入り浸ってって……、そんなことしたら奥さんに気づかれるんじゃ」

「みたいですね」桐生はあっさりと言う。「去年、村元咲子に浮気がばれて、かなり険悪になっていたらしいです。だからこそ、妻が殺された日も自宅にいなかった。もう、離婚寸前だったみたいですね」

「離婚寸前……」

秋穂は口元に手を当てて俯く。なぜか分からないが、それが重要な情報であるような気がした。

桐生に「ところで、先生」と声をかけられて、秋穂は顔を上げる。

「先生は、本当に石田にアリバイがあると思っているんですか？ 石田が『真夜中の解体魔』ではないと信じているんですか？」

どう答えるべきか迷っていると、桐生の表情が引き締まった。

「俺は信じていません。一応、アリバイは調べますし、もし石田が犯人じゃなかったら大スクープでありがたいです。けれど、たぶん『真夜中の解体魔』は石田涼介ですよ。昨夜、一晩中考えた結論です」

「どうしてそう言えるんですか？」思わず強い口調になってしまう。

「石田が小学生のとき、母親が手首を切って自殺したのはご存じですよね。そのとき、石田がなにをしたか知ってますか？」

「なにを……」

「切断された母親の手に頬ずりしながら、大声で泣き続けていたらしいです。義理の父親が帰って

208

きて、警察に通報するまで何時間もずっとね」

「切断された手首を、何時間も……」

突然、氷点下の世界に放り出されたかのような寒気に襲われ、秋穂は自分の両肩を抱く。

「誰がなんと言おうと、あいつは異常者ですよ。あいつなら、遺体をバラバラに解体して、オブジェにするのも納得だ。だから先生、警戒して下さいよ。あいつの可愛い面の下には、悪魔の顔があるかもしれないんだから」

そんなことない。義理の父親が、そして世間からそうやって差別されたからこそ、彼は世界を拒絶し、自らの殻の中にこもってしまったのだ。そしていま、その殻を割ることができるのは自分しかいない。

その想いこそ、涼介に掌で転がされているだけかもしれないという可能性から、秋穂は必死に目を逸らす。そのとき、桐生が「おっ」と声を上げた。

「どうしました?」

訊ねると、桐生は唇の前で人差し指を立てたあと、その指で前方を指す。そちらに視線を向けた秋穂は息を呑んだ。

きょろきょろとせわしなく辺りを見回しながら、噴水の周りを徘徊している男がいた。年齢は五十代といったところだろうか。引き締まった体を、一目でブランドものと分かるスーツで包み、白髪が交じりグレーに見える頭髪はワックスできっちりと固めてある。

「いかにもやり手って感じのおじさまだねぇ」

楽しげにつぶやきながら、桐生はわきに置いていたカメラを手に取り、望遠レンズを男に向ける。

連続して響くシャッター音を聞きながら、秋穂はゆっくりとベンチから腰を上げた。

「先生……？」

いぶかしげに声をかけてくる桐生を無視して、秋穂は何者かに操られるようにふらふらと男に向かっていく。背後で桐生がなにか言っているが、そんなことどうでもよかった。だんだんと足の動きが加速していき、男に走り寄る。

「な、なんだ……？」

動揺する男に、秋穂は無言でスマートフォンの画面を向ける。そこには、入院中の涼介の姿が映し出されていた。

薄い街灯の光の中でも、男の顔から一気に血の気が引いたのが見て取れた。間違いない、この男は涼介を知っている。秋穂はスマートフォンを男に突き付ける。

「彼を知っていますね？」

表情筋を複雑に蠕動（ぜんどう）させながら、男は助けを求めるように視線を彷徨わせた。

「九日前の夜、あなたは彼と一緒にいましたね。彼に金を払って、関係を持ちましたね」

震える唇の隙間から、男はか細い悲鳴を漏らす。間違いない、この男こそ『客』だ。涼介のアリバイを証明できる唯一の人物だ。

「彼が無実の罪で逮捕されているんです！ どうか一緒に警察に行って、涼介君のアリバイを証言して下さい。このままだと、連続殺人犯の濡れ衣を着せられて死刑になっちゃうんです。お願いだから、彼を助けてあげて下さい」

激しい興奮で、もはや自分を制御できなかった。秋穂は息継ぎすることも忘れ、ひたすらにまく

210

したて、懇願しながら、男の腕を摑む。

「放せ！　何を言っているのか分からない！」

秋穂の手を振り払った男は、身を翻すと早足で逃げ去ろうとする。

「待って！」

男を追おうとした瞬間、手首を握られる。振り返ると、鬼のような形相の桐生が立っていた。

「なに考えているんだよ！　計画がめちゃくちゃだ。あんなふうに問い詰めたら、逃げられるに決まっているだろうが」

「だって……」

「だってもクソもねえ！　いいから先生はここにいろ。もう面が割れたんだ。あとは俺が尾行して、なんとか身元を突き止めてやる。これ以上、邪魔するんじゃねえ！」

桐生は大きな舌打ちを残すと、逃げ去った『客』を追っていった。二人が人ごみに消えるのを見送りながら、秋穂は立ち尽くす。確かに、自分のせいで『客』の素性を知るのは難しくなっただろう。しかし、その代わりにとてつもなく重要な事実を確認することができた。

「涼介君は、『真夜中の解体魔』じゃない……」

口から漏れたつぶやきが、冷たい夜風にかき消されていく。しかし、腹の中で炎が灯っているかのように、体は火照っていた。

あの男の反応から、安里雪絵が命を落とし、その遺体が解体されていた時刻に、涼介のアリバイがあるのは間違いない。つまり、彼は婚約者の仇ではなかった。

そのとき、握りしめていたスマートフォンが着信音を鳴らしはじめた。液晶画面を見ると『矢内

部長』と表示されている。

部長がなんの用だろう？　首をひねりながら『通話』のアイコンに触れる。

『小松君、いまどこかな？』

上司のやけに深刻な口調が、興奮を打ち消していく。

「ちょっと用事で外出していますけど……。あの、なにかありましたか？」

『すぐに病院に戻ってきてくれ。石田君が急変した。……危険な状態だ』

明かりが落とされた暗い廊下を駆けていく。矢内から連絡を受けた秋穂は、すぐにタクシーを拾い、臨海第一病院へと戻ってきていた。

息を乱しながら廊下の突き当りまで進む。なぜか、いつも病室の前に控えていた制服警官の姿もいまはなかった。

どうして？　もう逃げ出す心配がなくなったから？　不安で胸が張り裂けそうになる。

秋穂はドアに手を伸ばす。しかし、ノブに手を触れた瞬間、熱湯にでも触れたかのように、無意識に手を引いてしまう。

この扉の向こうにどんな光景が広がっているというのだろう。矢内がペンライトで涼介の目を覗き込み、瞳孔反射の消失を確認している光景が頭をよぎり、さらに息が荒くなっていく。

秋穂は再び手を伸ばしてノブを摑むと、ゆっくりと引き戸を開いた。

蛍光灯から降り注ぐ漂白された光が、薄暗い廊下に慣れた目には眩しかった。部屋の奥に置かれ

212

たベッドの周りにはカーテンが引かれ、涼介の姿を確認することはできなかった。

秋穂はおそるおそる進んでいく。雲の上を歩いているかのように足元がおぼつかない。

左右に揺れながらベッドのそばまでやって来た秋穂は、カーテンを摑む。しかし、そこで手が動かなくなった。

この奥に涼介の亡骸（なきがら）が横たわっているかもしれない。せっかく、彼の無実を確認できたというのに、それを証明する前に彼は命を落としてしまったかもしれない。

だとしたら、私のせいだ。きっと事件の真相を追うことに集中したせいで、彼の身体の異常に私が気づかなかったからだ。主治医なのに……。

秋穂は力いっぱい唇を噛むと、カーテンを横に引いた。

ベッドに涼介が横たわっていた。瞳を閉じた涼介が。

「涼介君……」

秋穂は震える指先で涼介の頬に触れる。陶器のように滑らかな皮膚は温かかった。毛細血管を流れる血液の熱が伝わってきた。

秋穂が目を見開くと同時に、涼介の瞼もゆっくりと開いていった。

「生きてたの!?　大丈夫だったの！」

安堵でその場に崩れそうになりながら微笑みかける。しかし、涼介は哀しげに秋穂を見つめるだけだった。

「涼介君？」

様子がおかしいことに気づいた秋穂はふと足元に視線を落とし、小さな声を上げた。そこに置か

れていたはずのプラスチック容器がなくなっていた。

秋穂は涼介の体にかかっている毛布をめくると、入院着の襟を両手で摑んで左右に引く。コルセットが外され、はだけた入院着から薄い胸板が覗く。

うめき声が漏れてしまう。ドレーンチューブが抜けていた。胸骨の下、心囊内に差し込んだチューブが刺さっていた部分は、医療用のホチキスで傷が閉じられていた。

「誰がこんな……」

呆然とつぶやいた瞬間、背後から「私だよ」という声がかかる。振り向くと、険しい表情をした矢内が、美濃部と倉敷の二人の刑事を引きつれて立っていた。

「なんで部長が……。まだ、心囊内に出血が……」

ただたどしくつぶやいた秋穂は、美濃部の後ろにもう一人、誰か立っていることに気づく。

「こんばんは、小松センセ」

美濃部を押しのけるようにして前に出たその人物を見た瞬間、激しいめまいに襲われ、秋穂は大きくバランスを崩した。

「なんで……、あなたがここに……？」

とっさにベッド柵を摑んで転倒を防いだ秋穂は、蚊の鳴くような声で訊ねる。荒巻一輝の元妻、横山春江に。

「言ったじゃない。職場に抗議に行くって。あなたは『勝手にすればいい』って答えたでしょ」

目を細めた春江は、勝ち誇るかのように言った。

「だからって、なにもこんなときに……」

「なにがこんなときなんですか?」

美濃部がつかつかと近づいてくる。後ずさった秋穂の腰がベッド柵に当たった。

「倉敷が横山さんを知っていたわけです。後ずさった秋穂の腰がベッド柵に当たった。

話を聞きに行っていたわけです。そして今日、石田の状態をうかがおうと病院に来たら、受付で騒いでいる横山さんを見つけたってわけです」

騒いでいると言われた春江の眉が寄った。

「いやあ、驚きましたよ。元夫を殺した『真夜中の解体魔』がここに入院していることを嗅ぎつけて、乗り込んできたのかと思いましたから。けれど、よくよく話を聞いてみると、彼女の目的は石田ではなくてあなただった。そこでようやく、あなたが不倫をして、荒巻一輝を横山さんから奪い取ったことを知ったんです」

「違います。不倫をしたのは春江さんです。それが原因で一輝さんは離婚して、そのあと私と交際を……」

「そんなこと、どうでもいいんですよ」苛立たしげに美濃部はかぶりを振る。「大切なのは、あなたが『真夜中の解体魔』に殺された男の婚約者だったにもかかわらず、それを言わなかったことです」

「それは……、訊かれなかったから……」

秋穂が弱々しい声で釈明すると、美濃部は「訊かれなかったから?」と脅すような口調で言った。

「訊かれなかったら言わなくてもいいと思っているんですか? 自分が担当している患者が、婚約者の仇だってことを」

「違います。涼介君を一輝さんを殺してなんていません。アリバイがあるんです。いま、知り合いの記者がその男の身元を……」

「黙りなさい！」

壁が震えるほどの怒声が響き渡った。秋穂は全身を硬直させる。叫んだのは、美濃部ではなく、顔を紅潮させた矢内だった。

「君の行動は、明らかに医師としての職業倫理から外れている。医師失格だ」

尊敬する上司から押された医師失格という烙印が胸を抉る。秋穂は縋りつくように手を掲げた。

「私はただ、患者さんを助けようと……」

「なら、なぜドレーンチューブを抜かなかった」

「なぜって、まだ心嚢内で出血が……」氷のように冷たい汗が背中を伝う。

「容器に溜まっていた液体を調べた。ほとんど血液は含まれていなかったので、私がさっきチューブを抜去した。あれは点滴液だな。心嚢内での出血が続いていると見せかけるため、君がやったことだろう」

もはや反論の余地など残っていなかった。秋穂は両手をだらりと下げ、俯く。

「なぜ、こんなことをした。なぜ、婚約者の仇を自分の手元に置いておこうとした」

顔を上げるが、矢内の鋭い視線に射抜かれ、舌がこわばってしまう。

「もしかして、君は石田君に復讐するつもりだったんじゃないか」

違う。そう反論したかった。しかし、釈明の言葉は口の中で霧散してしまう。

「私は最初、涼介君を殺そうとした。いや、最初だけじゃない。もし彼が『真

216

夜中の解体魔』だと確信したら、すぐにでも復讐を果たすつもりだった。

秋穂は振り返る。迷子の子犬のような目で、涼介が見つめていた。

彼を助けたかった。家族から、社会から拒絶され、泥水をすするようにして必死に生きてきたこの少年の無実を証明したかった。だが、そのための計画は破綻してしまった。

「秋穂先生……」

助けを求めるように、涼介が名前を呼ぶ。しかし、もはやその声に答えることすらできなかった。

目を伏せた秋穂に、矢内が近づいてくる。

「家に帰りなさい。明日以降は出勤しなくていい」

「で、でも、涼介君は……」

「彼のことなら心配ない。明日の朝一番で警察病院に移送することに決まった。私が許可した」

秋穂を睨みつけると、矢内は腹の底に響く声で言った。

「君はもう、彼の主治医ではない」

第三章　人形たちの輪舞曲[ロンド]

1

　常夜灯の薄い光に浮かび上がる廊下を、両手でトレーを持ってゆっくりと進んでいく。壁の掛け時計を見ると、時刻は午前一時を過ぎたところだった。ナースシューズの足音が、やけに大きく響く。

　廊下の突き当りに近づくと、手持無沙汰な様子でパイプ椅子に腰かけていた制服警官が顔を上げる。

「ああ、看護師さん。なにかご用ですか?」

「いえ、こんな夜遅くまで見張り大変だなと思いまして」

「仕事ですから。暇なことこの上ないですけどね」

　警官は肩をすくめる。

「ココアを淹[い]れたんで、よかったらいかがですか? 甘いものを飲むと、疲れが取れますよ」

「いいんですか? じゃあ、お言葉に甘えて」

トレーを差し出すと、警官がココアの入った紙コップを手に取り、うまそうにすすり出す。数十秒で飲み干した警官は、「ごちそうさまでした」とトレーにコップを戻した。

「あの、まだなにか？」

まだ自分が見つめられていることに居心地の悪さをおぼえたのか、警官が愛想笑いを浮かべたとき、その体が大きく傾いた。

「え？　なんだよ、これ？」

戸惑いの声を上げる警官の体を、「大丈夫ですか？」と支える。

「だいじょう……大丈夫。なんでもない……」

呂律が回っていない警官の体を支えながら、空いている手でナース服のポケットから、注射器を取り出す。針についているプラスチックキャップを噛んで外すと、迷うことなく警官の太腿に突き刺した。

「なにを!?」

痛みで一瞬、意識が清明になったのか、警官が目を見開くが、構うことなくシリンジの中身を大腿直筋に注ぎ込んだ。

警官が開こうとした口を、すばやく手で覆う。掌の下でくぐもった声が上がった。

「大丈夫です。ちょっとの間、意識を失うだけですから」

耳元で囁くと、警官の目にゆっくりと瞼がかぶさっていった。

脱力した警官の体を床に横たえると、素早く扉を開いて病室に入り、ベッドに近づいていって声をかける。

220

「起きて！」

涼介は小さくうめき声を上げながら覚醒した。その目がこちらを向いた瞬間、大きく見開かれる。

「秋穂先生!?」

「そうよ。いいからベッドから降りて。もうチューブはないんだから、大丈夫なはず」

「あの、その恰好は……？」

戸惑い顔の涼介に視線を浴びせられ、秋穂は顔をしかめる。

「見れば分かるでしょ。ナース服よ。怪しまれないように変装したの。そんなことより、さっさと行くわよ」

「行くって、どこにですか？」状況が理解できないのか、涼介は目を泳がせる。

「どこだっていい。とりあえず、この病院から逃げないと」

「逃げる!?」

「なに驚いているの。このままだと、あと数時間後にはあなたは警察病院に移送されるのよ。そこできっちり尋問を受けたあと、『真夜中の解体魔』として起訴される。それでいいの？」

「よ、よくありません」

「なら、いますぐ逃げ出さないと。なんとか時間を稼いで、その間にあなたの無実を証明するの」

「本気で、僕を……信じてくれるんですか？」

戸惑いの表情でつぶやく涼介に、秋穂は笑みを浮かべた。婚約者を喪ってから一度も浮かべられなかった、心からの笑みを。

「ええ、信じる。あなたは『真夜中の解体魔』じゃない。世界中の誰も信じなくても、私だけは信

じてあげる」

　秋穂がそっと差し出した手を、涼介は嗚咽をこらえるように口を固く結んで握りしめた。

「時間がない。すぐに出ないと」

　涼介は「はい！」と覇気のこもった声を上げて、ベッドから降りた。

　二人はそっと引き戸を開ける。力なく床に倒れる警官の姿が見えた。

「この警官、まさか先生が……殺したんですか？」

「人聞きの悪いこと言わないで。ちょっと眠ってもらっただけよ。リスペリドンの水薬を飲ませて

ぼーっとさせたあと、鎮静剤を筋注して……。ああ、あとで説明してあげる」

　早口で言いながら、秋穂は顔だけ出して廊下をうかがう。人影は見えなかった。

「よし、行くよ」

　涼介を促した秋穂は、すぐそばにある非常出口のドアノブに手をかける。その瞬間、背後から

「なにをしているんですか!?」という声が響く。振り返ると、懐中電灯を持った看護師が、数メー

トル先の病室から出てきていた。

　しまった。そんな所にいたなんて。後悔するが、もはや後の祭りだった。懐中電灯の光が顔に向

けられる。視界が真っ白に染まった。

「小松先生!?」

「バレた。もはや言い逃れはできない。なら、行くしかない。

「涼介君！」

　秋穂は涼介の手を摑むと、勢いよく扉を開けて外へと出た。非常用の外階段を秋穂は全力で降り

222

ていく。

「待ってください、秋穂先生。胸が痛くて」

涼介が息を乱しながら言う。

で響くのだろう。

「男の子でしょ、我慢しなさい。あのナースはすぐに警備室と警察に連絡をしているはず。急がな

いと捕まるの。ここで逃げ切れなかったら終わりなのよ！」

必死に鼓舞すると、涼介は端整な顔を歪めながらも「分かりました」と頷く。涼介とともに非常

階段を駆け降りた秋穂は、「こっち」と病院の裏手にある駐車場へと向かった。

深夜だけあって空きが目立つ駐車場を駆け抜けながら、リモートキーのボタンを押す。電子音と

ともに、十数メートル先に停まっているフェアレディＺのテールランプが光った。

「乗って！」

秋穂はドアを開けて運転席に飛び乗る。涼介が助手席に滑り込んだのを確認し、秋穂はイグニッ

ションキーを回す。座席の下から、エンジンの息づかいが伝わってきた。

「シートベルトを！」

言うと同時に秋穂はギアを入れ、フェアレディＺを発進させる。そのとき病院から数人の警備員

が飛び出し、こちらに走り寄ってくるのが見えた。秋穂はハンドルを切り、車を駐車場の出口へ加

速させる。タイヤの悲鳴が聞こえてきた。車体が勢いよく敷地を飛び出て海沿いの大通りを走りは

じめると、助手席の涼介がはしゃいだ声を上げる。

「先生、すごかったですね。アクション映画みたいでした。このスポーツカーもかっこいいし」

「呑気なこと言わないで。これで私も完全に犯罪者になっちゃったんだから。病院をクビになるだ
けならまだしも、下手をしたら医師免許を取り上げられるかもしれないのよ」

「すみません」

横目で涼介を見ると、首をすくめて体を小さくしていた。

「謝らなくてもいいわよ。私が自分で決めたことだから。どんな手段を使っても、あなたを助ける
って」

秋穂は大きく息を吐く。

「……どうして、僕なんかのためにそこまでしてくれるんですか。やっぱり、『真夜中の解体魔』
を見つけたいからですか?」

「そうね……」

秋穂は自らの胸の内を探る。たしかに、最初は婚約者の復讐のために動いていた。しかし、涼介
と過ごしているうちに、少しずつ、自らの想いが変化していくのを感じていた。

「私とあなた、なんか似ている気がしてね」

フロントガラスの向こう側に広がる海岸線を眺めながら、秋穂はつぶやいた。

婚約者を喪い一人残された女と、心を許した女性を喪った少年。自分と涼介は似ている。いつの
間にか涼介の姿に自らの姿を重ねていた。

世界から孤立した者同士が、傷を舐め合っているだけなのかもしれない。けれど、涼介を救うこ
とができれば、悪夢から解放される。そんな気がしていた。

「僕と先生が似ている……、本当にそうなら嬉しいな……」

涼介のつぶやきが、鼓膜を優しくくすぐった。

224

「本当にここでいいの？」

暗い地下へと下る階段を、怯えながら秋穂は降りていく。

切れかけた蛍光灯の点滅で、目がちかちかする。

「大丈夫ですよ。こういう怪しい地下のお店に来るの、初めてですか」

Tシャツとジーンズ姿で前を進んでいく涼介が振り返り、からかうように訊ねてくる。

「新宿二丁目に来ること自体、はじめてよ」

病院を脱出した秋穂と涼介は、そのまま新橋に向かうと、コインパーキングに車を停めて、近くの公衆トイレで着替えをした。秋穂はそのまま車でビジネスホテルにでも向かい、そこに隠れるつもりだったが、「それだと、間違いなく警察に居場所を気づかれます」と涼介に言われ、仕方なく愛用の電車を放置することにした。GPSで居場所を悟られると涼介に指摘されたので、スマートフォンの電源も落としていた。

その後、もう日付が変わっているというのにもかかわらず、酔ったサラリーマンが多くいる新橋駅の人込みに紛れてタクシーを拾い、新宿駅まで移動したあと、顔を隠すようにしながら徒歩で新宿二丁目までやって来ていた。

「あれ？　二丁目はじめてなんですか？　最近、ゲイバーとか女性に人気ですよ。よかったら、初心者でも行きやすい店を教えてあげましょうか」

「そんなのいいから、どこに向かっているの？　絶好の隠れ家があるからって、ついてきたのに」

「すぐに分かりますって。それじゃあ、行きましょう」

涼介は迷うことなく薄暗い地下へと降りていった。

車から降りてからというもの、完全に涼介に主導権を握られている。立場が逆転していた。いままで女子中高、医大、そして救急医という人生を送って来た自分にとって、警察に追われるなどという状況は完全に想定外のものだ。感情に突き動かされるまま涼介を連れ出したはいいが、いまどのように行動するべきなのかまるで分からない。

それに対し、母親を喪って以来、涼介はアンダーグラウンドで生きてきた。倉敷の話を聞くに、警察の厄介にも何度もなっているようだ。このような修羅場での経験が自分とはけた違いだろう。いまは涼介を頼るしかない。犯罪者となり、大病院の救急医という立場を失った自分は、もはやなんの力もないのだから。

階段を降りると、薄暗い廊下が伸びていた。左右にバーやパブ、小料理屋らしき店名が書かれた扉があるが、それらの文字はかすれており、遥か昔に廃業しているのが見て取れた。

「ここは……？」

不気味な雰囲気に圧倒されながら訊ねると、涼介はいたずらっぽくウインクをした。

「見ての通り、新宿二丁目の外れにある雑居ビルの地下ですよ。なんか、ホラー映画とかに出てきそうでしょ」

「まさか、ここに隠れるっていうんじゃないでしょうね」

「うーん、それでもいいんですけどね。その辺りの店、もうずっと前から営業していませんから。

226

ただ、できればベッドぐらい欲しいですよね。さすがにこの体で床に寝るのは避けたいです。さっ

きから、胸が痛くて」

涼介はシャツに包まれた胸元を押さえる。よく見ると、その額に脂汗が滲んでいた。

「ちょっと、大丈夫？」

反射的に訊ねてから、秋穂は顔をしかめる。なんて馬鹿げた質問をしているんだ。大丈夫なわけ

がない。いくらドレーンチューブが抜けたからといって、肋骨と胸骨が骨折しているんだ。コルセ

ットで固定していてもかなりの痛みだろう。

「大丈夫ですよ、これくらい」

涼介は明らかに無理をしている微笑を浮かべると、「あっちです」と廊下の突き当りを指さす。

その扉のそばには、『髭女王の館』と書かれた看板灯が置かれていた。

「髭女王……」

うめくように秋穂が言うと、涼介は迷うことなく黒光りする合皮が張られた扉を開く。

「いらっしゃーい！」

やけに野太い声が隙間から飛び出してくる。ワインレッドの間接照明に照らされた、カウンター

席だけがある古びたバー。カウンターの中には、固太りした中年の男が深紅のドレスを纏って、タ

バコをふかしていた。濃い髭を蓄えた顔にはファンデーションが塗られ、分厚い唇には真っ赤な口

紅が差されている。

「あら、なんだ涼ちゃんなの。せっかくお客さんだと思ったのに」

「つれないなあ。僕だってお客さんだよ」

苦笑しながら涼介はカウンター席に腰掛けると、「先生もおいでよ」と手招きをする。しかし、唐突にあらわれた強烈なキャラクターに圧倒されている秋穂は、立ち尽くすことしかできなかった。

「あら、涼ちゃんがここに女の子を連れてくるなんて、珍しいわね」

「だって、マスターを見たらみんな逃げちゃうじゃない」

男は大きな笑い声をあげると、「なんだと、このガキ?」とおどけて拳を振り上げた。

「先生、こちら、このお店のマスターの紅さん。こんななりだけど襲ってきたりしないから」

やけに気の合った様子の二人のやり取りを呆然と眺めていた秋穂に、紅と紹介された男は「よろしくねー」とやけに体をくねらせて言う。

「よ、よろしくお願いします」

まだ状況がつかめないまま秋穂はおずおずとカウンターに近づき、涼介の隣に腰掛ける。

「紅さん、僕、ギムレットね」

「はいはい、了解」

紅はカウンター内の壁一面に広がっている酒瓶が置かれた棚から、慣れた手つきでジンとライムジュースのボトルを取り出した。

「ちょっと、あなた未成年でしょ」

秋穂が咎めると、涼介は目を丸くしたあと、苦笑を浮かべた。

「未成年飲酒ぐらいどうでもいいじゃないですか。それよりも遥かに重大な犯罪の容疑で追われている身なんですから」

そんなこと、他人に聞かれたら……。秋穂は体をこわばらせ、横目で紅をうかがう。しかし、彼

228

はまるでなにも聞こえなかったかのように、鼻歌まじりにシェイカーを振っていた。秋穂は「え、私は……」

「で、あなたはなにを飲む？」

ショートカクテルグラスにギムレットを注ぎながら、紅が訊ねてくる。秋穂は「え、私は……」と視線を彷徨わせた。

「あら、お子様の味覚ね。はい、涼ちゃん。ギムレット」

「それじゃあ……カンパリオレンジを」

「ここはバーなのよ。お酒を頼まないなんて失礼だと思わない」

紅がカウンターに置いたショートグラスを、涼介は親指と人差し指で摘まんで持ち上げる。やけに様になっているその姿からは、普段の少年の面影が消え、中性的な横顔は男装の麗人といった色気を醸し出していた。

「ありがと、紅さん。うまいよ」

紅は得意げに鼻を鳴らしながら、冷蔵庫から取り出したオレンジをナイフでカットしていく。

「ちょっと洗面所借りるね。汗かいちゃって、体がべとべととしてるんだ」

アルコール度数の高い透明な液体を一口含むと、幸せそうに目を閉じて味わったあと、喉を鳴らして飲み込んだ。

カクテルグラスに濡れた唇をつけた涼介は、アルコール度数の高い透明な液体を一口含むと、幸せそうに目を閉じて味わったあと、喉を鳴らして飲み込んだ。

「当然でしょ。何年、オカマバーのマスターやってると思っているの」

紅は「はいはい」と言いながら、フェイスタオルを放る。それを受け取った涼介は、奥にある化粧室へと消えていった。

「あの……」

声をかけたところで秋穂は言葉に詰まる。訊きたいことが多すぎて、何から質問すればいいのか分からなかった。

「安心しなって。警察に通報したりしないからさ」

背筋が伸びる。オレンジの果汁を搾りながら、紅が視線を送ってくる。

「涼ちゃんが殺人容疑で追われていることは知っているよ。そのとき、事故を起こして病院に入院したってこともね。この街は、そういう噂が回るのが早いんだ。特に涼ちゃんのことなら、いの一番に私の耳に入ってくる」

「あなたの耳に？　どうしてですか？」

「こんな廃墟みたいな店だけどさ、昔はかなりにぎわっていたんだよ。いまは落ちぶれても、それなりにこの街の『顔』なんだよ。それに、涼ちゃんとは特別な仲だしね」

特別な仲……。昨夜見た『客』の顔が脳裏をよぎる。このマスターもあの醜悪な男の同類なのか。

秋穂が睨みつけると、紅はおどけた仕草で両手を挙げた。

「そんな怖い顔しないで。せっかくの美人が台無しよ。あなたが想像しているような関係じゃない。

「真逆……？」

「そう。あの子、あんな顔しているから、老若男女、誰でもメロメロになっちゃうでしょ。けど、私は違う。あんなヒョロヒョロの鶏ガラみたいな子、私の好みじゃないの」

紅は舌なめずりするように、真っ赤な唇を舐める。

「男はもっと野性味がなくっちゃ。なんていうか、こう、固太りして、毛むくじゃらでさ。私のこ

230

とを壊してくれるぐらい力強くないと燃えないのよ。分かるでしょ」

「はぁ……、なんとなく」毒気を抜かれた秋穂は、曖昧に頷く。

「私は数少ない、涼ちゃんに性欲をまったく抱かない人物ってわけ。つまり、私は他の奴らと違って、涼ちゃんを一人の人間、一人の友人として見ることができる」

涼介をはじめて見たとき、あまりにも整った造形に動揺したことを思い出し、秋穂は俯いてしまう。

「あら、そんな小さくならなくてもいいのよ。女ならあの子に抱かれたい、もしくは抱きたいって感情がごく自然なことだから。けど、あなたは涼ちゃんの容姿に惑わされたうえで、彼を一人の人間として尊重している。たんに好みじゃなかっただけの私より立派よ」

紅はやけに艶っぽくウインクしてきた。

「紅さんと涼介君は、なんというか、友達……みたいなものなんですか?」

「友達というか、戦友ね」

紅は果汁をシェイカーに注ぐと、リキュールを混ぜて軽やかに振りはじめる。

「いまでこそ、私みたいな存在もある程度世間に認められるようになってきたけど、以前はひどいものだったのよ。完全に人間として扱ってもらえなかった。虐め……というか、もはや虐待を受けてきたの」

秋穂は「虐待……」とつぶやく。

「そう、虐待。そして、涼ちゃんも親から、学校から、社会から排除され、この社会の底辺へと追いやられ、体を売るしかなくなった。私と涼ちゃんは外見こそ対照的だけど、似通った境遇で生き

てきて、戦ってきたのよ」

紅は淡い橙色の液体をシェイカーからグラスに注ぐと、「お待たせ」と差し出してきた。秋穂は会釈すると、グラスに口をつける。

芳醇なオレンジの香りとともに、アルコールのわずかな苦みが口の中に広がった。

「美味しい……」

「言ったでしょ。ここで長い間、店を構えているって。銀座のバーテンダーにだって負けない腕を持っているわよ。あなたみたいなお嬢様には、趣味でやっているように見えるかもしれないけど、私みたいな『女』だって、必死に生きているのよ」

お嬢様という言葉に眉根が寄ってしまう。救急医として日夜、重症患者の対応をしてきた。その中には、内臓が潰れたり、四肢が千切れていたり、中には頭蓋骨が砕け、脳が飛び出していた患者もいた。そんな揶揄を受けるおぼえはなかった。

「ああ、怒んないでよ。ちょっとした愚痴みたいなものじゃない。こんな穴倉みたいな場所で生きていると卑屈っぽくなって、表の世界で生きている女がみんな、羨ましく思っちゃうのよ。それに……」

紅は唇に人差し指を当てると、顔を近づけてくる。思わず秋穂はのけぞってしまう。

「あなたも、『お嬢様』を卒業しはじめているみたいだしね。逮捕されたはずの涼ちゃんと一緒に行動している。しかも、涼ちゃんがここに連れてきたということは、たんにあの子に誑かされただけの馬鹿な女じゃない。あの子の共犯者っていうところかしら」

反射的に席を立ちかけた秋穂の両肩に、紅

喉の奥からオレンジの香りがするうめき声が漏れる。

が無造作に手を置いた。漬物石を載せられたかのような圧力に、秋穂の臀部が椅子に押し付けられた。手にしていたグラスから、カンパリオレンジがわずかに零れる。

「逃げなくて大丈夫。言ったでしょ、警察に通報したりしないって」

「……それは、涼介君の『戦友』だからですか？」

「それもあるけど、それ以上に知っているからね」

紅は再び艶っぽいウインクをしてきた。

「涼ちゃんが殺人犯なんかのわけがないって」

「……なんでそう言えるんですか？」

「長い付き合いだから分かるわよ。これまでつらい経験をしてきたせいで、偽悪的だし他人に心を開かないけれど、あの子の本質はとっても優しい子よ。人を殺したりできるわけがない」

アルコールのせいなのか、それとも他の理由でなのか、みぞおちの辺りが温かくなっていく。これまで、誰も涼介の無実を信じてくれなかった。自分以外の誰も。

「本当にそう思うんですか？　なにか根拠はあるんですか？」

勢い込んで訊ねる。紅は「すぐに分かるわよ」と口角を上げた。　意味が分からず秋穂が小首をかしげていると、化粧室から涼介が出てきた。

「紅さん、ありがとう。すっきりしたよ」

「あら、もう少しゆっくりしていてもよかったのに。せっかくガールズトークを楽しんでいたのに、気がきかないわね」

「先生はともかく、紅さんが『ガール』？」

涼介が顔をしかめると、紅が「ぶっ殺すぞ、このガキ」と野太い声を上げて拳を振り上げた。

「冗談だってば。そんなに怒んないでよ」

けらけらと笑った涼介は、カウンター席に腰掛けギムレットを舐めだす。

「あんた、ちゃんと代金払いなさいよ。その先生の分まで」

「えー、奢りじゃないの?」

「大変なことに巻き込まれているみたいだから、労ってやろうと思ったけど、失礼なこと言われて気が変わった」

「分かったよ。いま手持ちないからつけといて」

唇を尖らす涼介の横顔を秋穂は見つめる。これまで、これほど自然体でリラックスしている涼介を見たことがなかった。紅に対し、完全に心を許している。

胸の奥で嫉妬心が疼くのをおぼえ、自己嫌悪が襲ってくる。

ジェラシーを抱く資格なんてない。私は彼を『真夜中の解体魔』だと疑い、そして一度は命を奪おうとさえしたのだから。もやもやした気持ちをアルコールで希釈しようと、カンパリオレンジを口に流し込む。なぜか、さっきより苦みが強く感じた。

「さて」ギムレットを飲み干した涼介が、グラスをカウンターに置く。「紅さん、悪いんだけど、ちょっと身を隠したいんだ」

「はいはい、分かっているわよ。まったくこれから稼ぎ時だっていうのに、店を閉めないといけないじゃない」

「稼ぎ時って、ここに僕以外の客が入っていたのなんて、数えるぐらいしか見たことないけど」

「うるさい、ほっとけ！」

にやにやと笑っている涼介を怒鳴りつけると、紅はわきの壁にかかっている鍵の束を摑み、カウンターから出てくる。

「行くわよ。ほら、あなたもさっさとカクテル飲んで」

促された秋穂は、慌ててカンパリオレンジを飲み干すと、紅、涼介とともに店を後にする。薄暗い廊下を進み、蛍光灯が点滅する階段を二階まで上がっていく。

二階につくと、汚れが目立つ壊れかけのソファーだけが置かれたがらんとしたフロアが、非常灯の緑の薄い光に浮かび上がっていた。その奥に伸びている廊下の左右に、五つずつ扉が並んでいる。目を凝らすとソファーに二人の女性が座っていた。腰を曲げ、俯いているのですぐには気づかなかった。

「あんたたち、何時だと思っているのよ。さっさと自分の部屋に戻りな」

紅が声を張り上げる。やけに緩慢に顔を上げた二人を見て、秋穂は目を見張る。想像よりも遥かに若い。おそらく十代半ばといったところだろう。しかし、幼さが残る少女たちの表情筋は弛緩し、その瞳は眼窩にガラス玉が嵌まっているかのように虚ろだった。

「聞こえたでしょ、さっさと自分の部屋に……」

紅が再び指示しようとすると、涼介がさっと手を掲げた。

「ったく、甘いんだから」

ため息をつく紅の大きな背中を軽く叩くと、涼介は少女たちに近づいていく。

「眠れないの？」

声をかけるが、少女たちが答えることはなかった。しかし、涼介を見るその目に、わずかながら感情の光が灯りはじめる。

「分かるよ。夜が怖いんだよね。暗い部屋で一人でいると、怖くて仕方ないんだよね。なにかよくないものがやって来て、襲われるような気がするんだよね」

どこまでも柔らかい涼介の声に、少女たちがおずおずと頷いた。

「あの子たちは……？」秋穂は紅に声をかける。

「家出少女よ。いろんな事情で、家にいられなくなってここに流れ着いた子たち」

「ここに……」

秋穂が呆然とつぶやいている間も、涼介は柔らかく少女たちに語り続けていた。彼女たちの目がじわじわと焦点を取り戻していく。

「あの子たちは誰にも助けを求めることができない。だから、歌舞伎町に流れ着くのよ。唯一の持ち物を売って、命を繋ぐため」

「……自分の身体」

その言葉を口にした瞬間、耐えがたい苦みが口に広がった。紅は「そう」と気怠そうに頷く。

「けどね、あんな小娘たちがうまく立ち回れるような場所じゃない。結局は汚い大人に貪られ続け、そしてごみのように捨てられる。場合によっては薬物漬けにされてね」

「警察とか福祉はどうなっているんですか？ そういう子たちを守ってくれるシステムは？」

「あなたの言う通り、たしかにそういうシステムもある。けど、それで全員が守ってもらえるわけじゃない。完全に大人を、他人を信じられなくなって、セーフティネットを受けるのを自ら放棄す

236

る子たちは少なくないのよ」

哀しげに微笑む紅に、秋穂は呆然と立ち尽くすことしかできなかった。

「じゃあ……、そういう子は誰が助けるって言うんですか？」

「表の奴らの指の隙間から漏れてきたなら、もう裏しかないじゃない。つまり、私たちみたいな人間ね。あの子たちと同じように、社会から疎外され続けてここに流れ着いた人間」

紅は大きく両手を広げた。

「つまり、ここは私設シェルターなのよ。誰にも助けてもらえなかった、表の福祉が受け入れられるように」

「そんなところが……」

「あなたみたいな真面目なお嬢様には想像もつかないかしら？ ここは元々、小さなビジネスホテルだったのよ。最上階の六階には、大きなレストランの跡まであるのよ。たまり場になるのが嫌で、閉鎖しているけどさ。そして、ずっと前に廃業したここを私が安く買い取って、行く当てのない子たちに最低限の衣食住を提供している。少しは心の傷が癒えて、表の福祉が受け入れられるようになるくらいまでね」

「じゃあ、ここには家出少女がいっぱい住んでるってことですか？」

「家出少女だけじゃないわ。ＤＶ夫から逃れたシングルマザー。奴隷みたいな扱いに耐えられなくなった外国人の技能実習生、借金で落とされた風俗店から逃げ出した風俗嬢」

紅は指折り数えていく。

「ここはまさに社会に、人生に絶望した人間の行きつく墓場なのよ。私たちはそれを蘇らせる、いわばネクロマンサーみたいなものね」

秋穂が「私たち?」と聞き返すと、紅はあごをしゃくる。見ると、涼介が少女たちの背中を撫でていた。さっきまで人形のように表情がなかった彼女たちは両手で顔を覆い、肩を震わせていた。

「この『墓場』を管理しているのは私だけど、『生き返らせている』のは涼ちゃんなのよ。小学生のときに母親を亡くしてから、家族からも社会からも打ち捨てられて一人だけで生きてきた涼ちゃんは、ここの住人の気持ちを理解できる。みんなの絶望を呑み込むことができる」

「絶望を呑み込む……」

少女たちの顔にかすかに、ほんのかすかにだが笑みが浮かんでいくのを、秋穂は見つめ続ける。

「誰よりも絶望を知っているあの子は、他の子の絶望を覆いつくすのよ。あんな綺麗な顔の子が、自分よりもひどい状況を生き抜いてきた。それを知るだけで、ここの住人たちが生きる希望を少しだけ得ることができるの。まあ、ほとんどが仮初めの希望で、すぐに打ち砕かれてまた絶望するんだけどね」

紅は「私の顔じゃできない芸当よね」と苦笑する。

「紅さんと涼介君は、無償でこの奉仕活動をしているんですか?」

「無償」紅は鼻を鳴らす。「まさか、無償どころか持ち出しよ」

「持ち出しってことは、お金を出しているってことです?」

「まあ、私の店は見ての通り閑古鳥が鳴いているから大した金は出せないけどね。ここのメインスポンサーは、涼ちゃんね」

「涼介君がお金を!?」

思わず驚きの声を上げると、紅は唇の前で人差し指を立てた。

238

「静かに。あの子、それを知られるの嫌がるから。ねえ、お嬢ちゃん。あの子がどうやって稼いでいるか知っているでしょ」

秋穂はためらいがちにあごを引く。

「あの子はただ体を売っているだけじゃない。『客』たちに競わせて貢がせている。男も女も、あの子を自分だけのものにしようとして、金を吸われていく。人によっては破産するくらいね。そうして得た大金を、涼ちゃんはここの運営資金として提供しているの」

安里雪絵をはじめとする様々な相手から金を吸い取っていたという話を聞いたとき、それを何に使っているのか気になった。アメリカに留学するだけなら、そこまでの資金は必要ないはずだと思ってはいた。しかし、まさかこんな慈善活動に寄付をしているとは。

「あの子に貢ぎすぎて不幸になった人もいるかもしれない。けど、それでもここにいる子たちほどは、ひどいことにはなっていないはず。あの子にとっては、自分と同じように苦しんでいる相手を助けることこそが、いまの存在理由なのよ」

「でも、彼はアメリカに行って成功したいって……」

「あっちで成功すれば、日本では考えられないくらいの大金が手に入る。そうすれば、たくさんの苦しんでいる人を助けられる。それに、貧富の差が激しいアメリカには、この国より遥かに多くの、人生に絶望している人たちがいる。その人たちに寄り添いたい。それが涼ちゃんの望みなの。そんなに心の優しい子が、人殺しのわけがない。それが、私が警察に通報しない理由よ」

紅の言葉を聞きながら、秋穂は涼介たちを眺める。ひとしきり涙を流した少女たちは涼介に促されながら、廊下の奥の部屋へと戻っていった。

「彼女たち、人形じゃなくなった……」

秋穂が声を漏らすと、紅は唇の端を上げた。

「涼ちゃんのおかげで、ここから社会復帰できる子も増えていった。だから、あなたも大丈夫よ」

「私も?」

秋穂が聞き返すと、紅の顔に微笑が浮かんだ。慈愛に満ちた微笑。

「なにかを喪って苦しんでいるんでしょ。分かるわ。人生に絶望してきた子ばっかり見てきたんだから。けど、安心して。涼ちゃんの隣にいれば、きっと希望が見つかる。生きる理由をまた取り戻すことができる」

紅の分厚い掌が、秋穂の頭を撫でる。なぜか幼い日の母に撫でられた記憶が蘇り、哀愁が胸に満ちていく。

「だって、涼ちゃんが私に紹介するくらいの女だもんね。だから、なにに巻き込まれているのか詳しくは聞かないけど、頑張りなさい。応援しているからさ」

紅が手を引くと、部屋の前まで少女たちを送っていった涼介が戻って来た。

「ごめん、先生。待たせちゃって。あっ、紅さん。いま空いている部屋あるんだよね?」

「一番奥の部屋だけ空いてるわよ。はい、これが鍵。ここなら安心だから、ゆっくり休みなさい」

涼介に鍵を渡している紅に、秋穂は「あの……、私の部屋は?」と、おずおずと声をかける。

「なに言っているの。一部屋しか空いてないって言ったじゃない。二人で使いなさい。それじゃあ、私は店に戻るから」

軽く手を振った紅は、踵を返すと重い足音を響かせて階段を降りていく。

残された秋穂は、啞然（あぜん）

として立ち尽くす。

「どうしたんですか、先生。行きましょう。あまり、人に見られない方がいいですから」

屈託ない笑顔を見せたあと、廊下の奥へと進んでいく涼介に、秋穂はためらいがちについていく。

錠を外し、軋む扉を開けた涼介は、壁のスイッチを入れる。蛍光灯の漂白された光に、狭い部屋が浮かび上がった。

六畳ほどのスペースにシングルベッドとキッチン、小さなテーブル、そしてテレビが置かれた簡素な部屋。玄関のわきにはユニットバスが備え付けられている。

履いていたスリッパを脱いだ涼介は、そのままふらふらと吸い寄せられたようにシングルベッドに近づくと、そのまま倒れ込んだ。

「先生。ちょっと横になっていてもいいですか？　疲れちゃって……」

さっきまでの気丈な様子は消えさり、その顔には疲労が色濃く浮かんでいた。隠れ家について緊張の糸が切れ、アドレナリンでごまかしていた心身の負担が一気に噴き出したのだろう。

よく考えれば、瀕死の重傷を負ってから十日ほどしか経っていないのだ。それに、元恋人のバラバラ遺体を目撃し、警察に追われて大事故を起こし、さらには『真夜中の解体魔』として逮捕されるという修羅場を経験している。疲弊して当然だ。

「すみません、ちょっと休んだらベッドからどきますんで」

力ない声でつぶやく涼介の瞼は、すでに落ちかけていた。

「いいから、気にしないでしっかり眠りなさい。体力を取り戻さないと。私は床でも眠れるから」

秋穂は常夜灯を残して電灯を落とす。

「そんな、悪いですよ……。それじゃあ、僕がずれますから先生もベッドで横になってください」

「あのねえ、あなたとそういう関係になりたくて助けたわけじゃないの」

「分かってますよ。僕も肋骨が折れているんじゃ、さすがに本格的に女性を悦ばせたりはできませ

ん。ただ、……怖くて」

「……怖いって、逮捕されて死刑になることが?」

「もちろん、それもです。けど、それよりもいまは……一人で眠るのが怖いんです」

一人で眠るのが怖い。その言葉に心が揺さぶられる。婚約者を喪ってからの半年、自分も同じだった。ベッドに入って目を閉じると、どこまでも暗闇に一人取り残されたような、底なしの深淵へと吸い込まれていくような感覚に囚われた。そしてあの悪夢の予感をおぼえ、身の置き所のないような恐怖に襲われて過呼吸になるのだ。

……ああ、そうか。この子は私と同じなんだ。絶望という鎖に全身を縛られた囚人。

秋穂はジャケットを脱ぐと、ゆっくりとベッドに近づき、涼介の隣に横たわった。

「……久しぶりだなあ。この感覚」

もはや、睡魔に負けかけているのか、涼介の呂律は怪しかった。

「なに言っているの、稀代の女たらしのくせに」

「そういうんじゃないんです。本当に心を許せる人が隣にいるのは、本当に久しぶりなんです。マ

マと……雪絵先輩だけだった……」

涼介の声が震える。華奢な肩が小さく震え出した。「雪絵先輩……、なんで雪絵先輩が……」という嗚咽交じりの呻きが、かすかに鼓膜をくすぐった瞬間、秋穂はとっさに涼介の頭部を胸に抱き

242

しめた。一瞬、涼介の体がこわばるが、すぐに筋肉が弛緩していく感触が伝わってくる。

「……ありがとうございます」

涙声が胸元から聞こえてくる。

「気にしないで。この部屋が寒いから、ちょっと湯たんぽが欲しかっただけだから」

おどけて言った秋穂は、涼介を抱きしめたまま瞳を閉じる。

視界が闇に覆われる。いつものような恐怖をおぼえることはなかった。婚約者を喪って以来、感じたことのなかった平穏が胸に満ちていく。

沈黙に満たされた暗い部屋の中、二人はただ無言で抱き合い続けた。お互いのかすかな吐息が融と
け合っていく。

どれだけ時間が経っただろう。数分の気もするし、数時間、お互いの体温を感じ合っていた気もする。

この穏やかな時間を壊すことに躊躇しながらも、秋穂は目を閉じたままそっと口を開く。

「涼介君……起きてる……」

「はい……、起きてます」

小さな声が部屋の空気を揺らす。

「なんで、あなたはここにいる子たちを助けているの。この運営費、あなたがお金を出しているんでしょ」

かすかに体をこわばらせた涼介は、「紅さん、口軽いんだよなぁ」と呆れ声で言う。

「ええ、大部分は僕が出しています。彼女たちに居場所をあげたくて。彼女たちを……助けてあげ

「あなたは自分だってつらい立場のはず。なのに、どうしてそんなことができるの。稼いだお金を自分の為だけに使えば、あなただけでも幸せになれるはず」

「彼女たちのそばにいることこそ、僕の幸せなんですよ。……僕は別に慈善活動をしているわけじゃない。全部、自分のエゴなんです」

涼介の声に自虐の色が浮かぶ。

「絶望している人に寄り添うことが、あなたの幸せなの？」

「……僕は弟が死んでからずっと、ママのそばに寄り添ってきました。確かにママはつらそうでしたけど、二人の時間はとても幸せな時間でした」

涼介の声が乳房からその奥で脈打つ心臓へと、直接伝わっていく気がした。

「けど、あの日……。ママが死んだあの日、僕の中でなにかが弾けたんです。体の奥の奥にあるなにかが、砕け散る音が聞こえてきました」

「あなたは母親を救うことができなかった。だから、その代償行為として母親と同じように絶望している女性を救っているということ？」

「代償行為……。たしかにそうなのかもしれませんね。ただ、僕にとってはそれこそが生きる意味なんです。自分が歪んでいるのは分かっています。けれど、僕はこういう生き方しかできないんです。自分をどれだけ傷つけても、彼女たちのそばにいたいんです」

涼介はそこで言葉を切ると、決意のこもった声で言う。

「だから、捕まるわけにはいかない」

「大丈夫よ、あなたは私が守ってあげる」

その代わり、あなたも私を悪夢から救い出して。秋穂は心の中で囁きながら、涼介を抱きしめる。

抱きしめ返してくれる腕の強さが、その懐かしい感覚が心地よかった。

2

ジュージューという音が聞こえてくる。食欲を誘う香りが鼻先をかすめた。

秋穂は重い瞼を上げる。窓から差し込んでくる麗らかな朝日が、狭い部屋に光を満たしていた。

まぶしさに目を細めながら、秋穂はもやがかかったかのような重い頭を振る。

「おはようございます、秋穂先生」

潑溂とした声をかけられて秋穂は身をこわばらせる。視線を向けると、小さなキッチンにエプロン姿の涼介が立っていた。

ようやく自分が涼介を病院から脱走させ、新宿二丁目の雑居ビルに逃げ込んだことを思い出す。

涼介に添い寝をして、少し仮眠を取るだけのつもりだったが、緊張で消耗していたためか熟睡して朝まで眠ってしまったようだ。

「いま、何時?」

まぶしさに目を細めながら訊ねる。涼介は「八時過ぎです」と快活に答えた。

八時……、ということは五時間ぐらい眠ったということか。

「で、あなた、なにしているの?」

「見てのとおり、朝食を作っているんですよ。さっき、紅さんのところから材料おすそ分けしてもらってきました。あと、コーヒーも淹れてきたから準備しますね」

涼介はテーブルに置かれたポットを手に取ると、紙コップにコーヒーを注いだ。芳醇な香りが漂ってくる。

「はい、どうぞ。ミルクと砂糖はどうしますか?」

「いらない」

秋穂は紙コップを手に取ると、熱いコーヒーをすする。爽やかな酸味と、深い苦みが口の中に広がった。秋穂はほうと、天井に向かって息を吐く。

「もうすぐ、ベーコンエッグが焼きあがりますから、ちょっと待っていてくださいね」

鼻歌まじりに涼介はキッチンに戻っていく。秋穂はコーヒーをすすりながら、涼介の後姿を眺めた。

「涼介君、料理できるんだ」

「そりゃ、できますよ。一人暮らしが長かったですからね。それにね、寝た相手と一晩一緒に過ごしたあと朝食を作ってあげると、みんなやけに嵌まってくれるんですよ。なんか、恋人になったような気がするんでしょうね」

「そうやって貢がせていたってわけ。で、私も籠絡しようとしているの?」

「まさか。先生はそういう対象じゃありません。そもそも、先生とは本当に一緒に『眠った』だけですからね。これは、たんなる感謝の証ですよ」

「感謝ってなにに。あなたの無実を信じたこと？　それとも、病院から脱出させたこと？」

コーヒーを飲み終えた秋穂は、紙コップをつぶすと、わきのゴミ箱に投げ捨てる。

「もちろん、それもです。けど、なによりも嬉しかったのは、ママや雪絵先輩を思い出せたことで

すね。やっぱり先生は僕にとって『特別な人』です」

無邪気なセリフに気恥ずかしさをおぼえた秋穂は、「ちょっと顔を洗ってくる」と、ユニットバ

スに入る。洗面台に近づくと、洗顔料、クレンジング、化粧水、乳液の小瓶が並べられていた。お

そらく、これも涼介が用意したものだろう。

「ここまでされたら、誰でも嵌まるはずだわ」

感心と呆れが混じった声でつぶやきながら、秋穂は化粧を落とし、顔を洗う。冷たい水が目を覚

ましてくれた。

用意されていたタオルで顔を拭いた秋穂は、正面に視線を向ける。鏡のなかで、見慣れた顔の女

が微笑んでいた。秋穂はそっと手を伸ばし、自分の口元が映っている鏡の表面に触れる。指先に冷

たく、滑らかな感触が伝わってきた。

「あなたが自然に笑っているの、久しぶりに見た気がする」

秋穂は小さくつぶやく。この半年、鏡を覗き込むたびに、顔の筋肉が弛緩し、死

んだ魚のような目をした女だった。しかし、今日の彼女は、わずかながらかつての生気を取り戻し

ている気がした。

警察に追われる身であるにもかかわらず、なぜか晴れ晴れとした気持ちだった。でもその代わり、かつ

私はもう、最愛の人との絆であった救急医ではいられないかもしれない。

ての自分に戻れる予感があった。彼の死を乗り越え、未来へ踏み出すことができる予感。彼を忘れるわけじゃない。ただ、彼との思い出を大切に胸に抱え、人生を歩んでいくことができ

るのかもしれない。

「そのためには、『真夜中の解体魔』の正体をあばかないと」

鏡の中の女と見つめ合い、力強く頷いた秋穂は、自らの頬を張る。

ユニットバスから出ると、涼介がテーブルに朝食の載った皿を並べていた。

「あ、先生、すっぴんも綺麗ですね」

「あなたって、本当に根っからのジゴロよね」

秋穂は呆れ声で言うと、涼介は「なんのことですか?」と小首をかしげた。

「それより、椅子がないんで申し訳ないんですけど、ベッドに座っての朝食でもいいですか? パンにバターは塗りますか?」

「大丈夫よ、それくらいなら自分でやるから」

秋穂は皿を手に取ってベッドに座ると、ベーコンエッグにフォークを刺して口に運ぶ。塩気の強いベーコンと、目玉焼きの半熟の黄身が口で混ざり、美味だった。

「美味しいですか?」

自分の皿を持った涼介が隣に座る。お互いの肘がわずかに触れ合った。

「すごく美味しいけどさ、……そんなにくっつかなくてもいいでしょ」

「そんな冷たいこと言わないで下さいよ。せっかく二人でいられるんだから、近くにいたいじゃないですか」

248

子犬のような表情で見つめられ、秋穂は「はいはい」と肩をすくめたことでかなり懐かれてしまったようだ。どうやら、昨日助け出して以来、涼介は誰にも頼ることなく一人で気丈に生きてきた。母親を亡くし、唯一の理解者だった恋人と別れてから、涼介は誰にも頼ることなく一人で気丈に生きてきた。そんな彼にとって私は、何年かぶりに現れた素の自分を出せる存在なのかもしれない。

すでに涼介のそばにいても、官能の波に戸惑うことはなくなった。それはきっと、私が慣れたからではなく、自分の身体をエサにしなくてもそばにいてくれると、涼介が安心したからだろう。

なんとなく、気恥ずかしさをおぼえた秋穂は、わきに置いてあったリモコンでテレビの電源を入れる。ニュース番組が映し出された瞬間、秋穂と涼介は同時にうめき声を漏らした。

『連続殺人事件の容疑者が病院から脱走!! 現在も逃亡中!』

派手なテロップが上方に表示されている画面で、リポーターがマイクを持っている。その後ろには臨海第一病院が見える。

『本日未明、「真夜中の解体魔事件」の容疑者が、負傷して入院していた病院から逃亡しました。その後ろに見張りの警察官は昏睡させられた状態で見つかり、警視庁は何者かが逃亡に協力したものと考え、容疑者とその人物の行方を追っています』

自分が犯罪者として追われている。分かってはいたことだが、こうして全国ニュースとして目の当たりにすると、耐えがたい恐怖が湧き上がってきて、震えが止まらなかった。

そうか、涼介君はずっとこんな恐怖に晒されていたのか。隣に座る少年に同情の視線を向けたと

き、リポーターが言葉を続けた。

『また、昏睡状態で発見された警察官の拳銃が盗まれていたという情報もあり、付近の住民からは不安の声が……』

「拳銃!?」秋穂の声が裏返る。「どういうこと!? あなた、まさか逃げるとき、拳銃を盗んだの？」

「そんなわけないじゃないですか。病室から出たあと、倒れている警官に僕は指一本触れていなかったでしょ」

涼介は細かく首を横に振る。言われてみればその通りだ。病室から出てすぐに、非常階段に逃げ込んだ。

拳銃を奪うことなんてできるわけがない。

「じゃあ、なんで拳銃が……」

「これが奴らのやり口ですよ」涼介は憎々しげにつぶやいた。「拳銃を盗まれたことにすれば、大量の警察官を動員する口実になる。そうやって僕を逮捕したあと、所持品に拳銃を紛れ込まそうと企んでいるんですよ」

いくら何でも、そこまでするだろうか。ばれたら大スキャンダルになる。そもそも、涼介は『真夜中の解体魔』として追われているのだ。拳銃を奪ったなどと捏造しなくても、人員を動員することは十分に可能だろう。

だとすると、本当に拳銃が奪われた？　いったい誰が、どうやって？

秋穂が考え込んでいると、涼介がリモコンを手にして、音声を消す。

「どうしたの、涼介君？」

「すみません、こんなことに巻き込んじゃって」

250

俯いた涼介は、蚊の鳴くような声で謝罪した。

「先生まで警察に追われるように謝罪した。

けなのに……。もし先生の罪が軽くなるなら、いまからでも僕が出頭して……」

「なに馬鹿なこと言っているの！」

鋭い声で一喝する。顔を上げた涼介は「え？」と目をしばたたかせた。

「あなたは冤罪なのよ。まだ二十歳にもなっていないガキが、なにを格好つけてるの！　私はあなたを助けたことを後悔なんてしていない。無実のあなたを助け、私から大切な人を奪った殺人犯が誰なのか突き止める。そのためなら、どんなことでもする。これは私自身が選択したことなの」

大きく息をついた秋穂は、ふっと表情を緩めた。

「だから、謝らなくていい。私を巻き込んだことを後悔なんてしなくていい。婚約者を殺されてから、私は眠るたびに悪夢を見るようになっていた。お腹の中が腐っていくような感覚をおぼえていた。体は生きているけれど、心は死んでいるような状態だった。けれど、あなたを助けてから、『真夜中の解体魔』の正体をあばくという目標ができてから、腐敗していた心が少しずつ、息を吹き返してきたような気がするの。暗く濁っていた世界に、光が差したような気がしたの」

秋穂は涼介の頬にそっと触れる。陶器のように滑らかな感触。涼介の瞳が潤んでいき、そこから溢れた涙が秋穂の手を濡らした。

自分が涙を流していることに気づいたのか、涼介は慌てて顔を伏せると、目元を乱暴に拭う。

「でも、これから僕たち、どうすればいいんでしょう？」

「大丈夫、あなたのアリバイを証言してもらえれば、全て解決する。あなたが『真夜中の解体魔』

でないって証明できて、私も無罪放免になるはず。警察は汚名返上のために、全力で本物の『真夜中の解体魔』を追ってくれるわ」

「そんなにうまくいきますかね?」涙声のまま、涼介は疑わしげに言う。「そもそも、僕のアリバイを証明なんてできませんよ。あの日、一緒にいた男が誰だか分からないんですから」

「それなら安心して。私は知り合いに依頼して、その男と接触しているの。その人が尾行して、そいつの身元を調べてくれているはず」

「本当ですか!?」

「ええ。あとはどうやって証言させるかだけど、うまく身元さえ分かれば、なんとでもなるはず。場合によっては、あなたとの関係を会社や家族にばらすと脅してでも、絶対に証言させる」

そう、きっとうまくいく。秋穂は自分に言い聞かせるかのように言う。桐生が『客』をしっかり尾行できたかも分からないし、脅したところで証言を引き出せる確証はない。しかし、いまはあの『客』こそが最後の希望だった。

「いい時間だし、その記者に電話しましょ。きっと、『客』の身元を教えてくれるはず」

秋穂は皿をテーブルに置くと、代わりに電話の受話器を手に取った。バッグから桐生の名刺を取り出し、電話をかけようとした瞬間、涼介が横から手を伸ばしてフックを押す。

「なにするの!?」

驚いて声を上げると、涼介は無言でテレビ画面を指さした。昨夜、池袋の公園で会った『客』の男。

そこに見覚えのある男の顔が映っていた。秋穂の手から受話器が滑り落ちる。

252

秋穂は涼介の手からリモコンを奪い取ると、音声を上げていく。

『昨夜零時ごろ、渋谷区のマンションの前で男性が血を流して倒れていると通報がありました。警察が駆け付けたところ、ＩＴ会社の社長である黒崎一太さん五十四歳が胸と腹を複数回刺されており、搬送先の病院で死亡が確認されました。黒崎さんはかつて出資法違反の容疑で逮捕され、執行猶予付きの有罪判決を受けたこともあることから、警察は殺人と断定し、何か周辺にトラブルがなかったか……』

「これで、僕のアリバイを証明できる人はいなくなりましたね」

激しいめまいをおぼえる秋穂の隣で、涼介が冷めた声で……。

あの男を、顔を合わせた数時間後に……。

私と顔を合わせた数時間後に……。

あの男が殺された。

空気が重い……。ベッドに座った秋穂は、横目で隣に座る涼介を見る。

『客』だった男が殺されたことを知ってからすでに、二時間近くが経っていた。

あのニュースを見た瞬間、あまりにも衝撃的な出来事に、脳細胞がショートしたかのように思考が真っ白に塗りつぶされた。十数分は呆然と固まったあと、ようやく頭が動きを取り戻しはじめ、涼介に声をかけようとしたとき、全身に震えが走った。

俯いた涼介の瞳に、闇が揺蕩っていた。どこまでも昏い双眸で、無表情に床を見つめる美しい横顔の迫力に圧倒され、舌先まで出かかっていた励ましの言葉が霧散した。

そのまま、肺が押しつぶされているような息苦しさをおぼえながら、秋穂はただ口を固くつぐみ

続けていた。一言、もし一言なにか言葉を発すれば、石田涼介という存在が壊れてしまう。美しく、脆い硝子細工のように。そんな予感に、動けずにいた。

もう限界だ。このまま黙り込み続けていたら、私の方が先に壊れてしまう。沈黙に耐えられなくなった秋穂が口を開きかけたとき、涼介の体が細かく震え出した。

彼が泣いているのだと思った。慰めなくてはと、とっさにその華奢な肩に手を伸ばしかける。しかし、指先が彼に触れる瞬間、秋穂は反射的に手を引いた。まるで熱湯に触れたかのように。

「涼介……君……？」

自分がなにを見ているのか、理解できなかった。

涼介は笑っていた。心から幸せそうに。

闇を湛えた目を細め、口角を大きく上げるその姿は、こらえきれない愉悦と快楽を孕んでいた。あまりにも整った顔にどこまでも歪んだ妖しい笑みが浮かんでいるその様子は、凄烈なまでに美しく、そして醜かった。

涼介の口から「ひっ」という、しゃっくりのような音が漏れる。すぐにそれは部屋の壁を揺らすほどの哄笑へと膨れ上がった。

目に涙を浮かべ、端整な顔を大きく歪め、自らの両肩を抱きながら甲高い笑い声をあげる涼介の姿は、もはや人間離れしていて、秋穂は未知の怪物と狭い部屋に閉じ込められているかのような錯覚に陥る。

逃げ出したかった。いますぐにこの部屋から脱出したかった。しかし、金縛りにあったかのように体が動かなかった。

「分かっていたんだ！」

悲鳴のような声で涼介は叫ぶ。

「うまくいくわけなんかないって、最初から分かっていたんだ。いつもこうなんだ。必死になにか
に打ち込んでも、命を込めて少しずつ大切なものを作り上げても、最後の最後でばらばらに崩れる
んだ！」

首を反らして涼介は天井を見上げる。その瞳から止め処なく流れ出す涙が、蛍光灯の光をキラキ
ラと乱反射した。

「でもいいんだ……」

涼介は恍惚の表情を浮かべる。夢見る少女のような表情。

「時間をかけて……、何年もかけて少しずつ、丹念に積み上げてきたものが壊れるとき、胸の中で
音がするから。とっても透き通った、綺麗な音。薄い硝子の容器を割るときみたいな音……。それ
が聞こえたとき、中に入っていた幸せを……、何年間もその容器の中にため込んだ幸せを一気に浴
びることができるから」

まるで泥酔しているかのように呂律が回っていない口調で、涼介は話し続ける。秋穂はその様子
に見覚えがあった。救急の現場で、胆嚢炎などで強い痛みを訴えている患者に麻薬性の鎮痛剤を投
与したとき。溶けるように痛みが消えていき、その代わりに麻薬による多幸感に包まれた人々に、
いまの涼介の様子はそっくりだった。

それも当然なのかもしれない。父親からの虐待、最愛の母の死、社会からの排除、唯一の理解者
との別れ、あまりにもつらい人生を送って来た涼介は、心がばらばらに砕け散るような苦痛をうけ

たとき、大量の脳内麻薬を分泌することで『石田涼介』という人格が崩壊するのを防ぐようになったのかもしれない。

「あの日……ママが死んだ日……はじめて音が聞こえたんです。とっても綺麗な音……。いまも耳に残っている……」

涼介は耳を澄ますように目を閉じる。瞼に押し出された涙が、頬を伝っていった。深淵のような瞳が閉じられると同時に、金縛りが解ける。秋穂は涼介の両肩を掴んで、前後に揺さぶる。

「涼介君、しっかりして。まだ終わりじゃない。まだなんとかなる。諦めちゃダメ」

自らの世界に浸っているところを邪魔されたのが不快だったのか、涼介の眉間に深いしわが寄った。

「どうやってですか？　もう、僕のアリバイを証明してくれる人はいないんですよ」

「それは……」

「もういいんですよ。もう終わったんです。僕は『真夜中の解体魔』として逮捕されて、死刑になる。でも、構いません。きっと吊るされるまでは何年もあるはずだ。それまでの間、僕はあの音が聞こえたときのことを反芻して生きていきます。ママが死んだときのこと、雪絵先輩と別れたときのこと、そして今日のこと……。それが僕みたいなクズにはふさわしい人生なんですよ」

早口で涼介はまくしたてる。

「ああ、そうだ。秋穂先生、警察に僕を売ってもいいですよ。そうすれば、先生は情状酌量されるはずです。病院はクビでしょうけど、起訴は免れるかもしれません。僕にたぶらかされたけど、最後の最後で我に返ったって言えばいいんですよ。そうすれば警察も……」

256

涼介がそこまで言ったとき、パンッという音が部屋の空気を揺らした。

「いい加減にしなさい！」

涼介の横っ面を思いきり張った秋穂は、腹の底から怒鳴りつける。

「ガキがなにかっこつけているのよ！　警察にあなたを売る？　見損なわないで！」

「で、でも……」

頰を押さえて何度もまばたきをくり返す涼介の瞳からは、闇が消えていた。

「でも、じゃない！　私が人生をかけて助け出したっていうのに、なに一人で勝手に諦めてるのよ！　私は絶対に諦めない。まだなにか方法はあるはず。まだ、あなたを助けるための方法が」

秋穂はそっと手を伸ばす。また叩かれると思ったのか、涼介は身をこわばらせる。

「大丈夫、あなたは私が助けてあげる。もう、幸せを入れた容れ物が割れる音なんか聞かなくていい。ただ、あなたは普通の幸せを浴びればいいの」

秋穂は赤い跡が付いた涼介の頰を撫でた。意思の光を取り戻した涼介の瞳から涙が溢れだす。さっきのような、氷のように冷たい涙ではなく、抑えきれない感情が溶け込んだ熱い涙が。

「お母さんが亡くなってから、はじめて『音』を聞いてから、ずっと頑張ってきたんだよね。けど　もう大丈夫、……あなたは一人じゃない」

秋穂が優しく抱きしめると、涼介は声を上げて泣き出した。赤ん坊のように誰に憚ることない大きな泣き声。秋穂はその間、涼介の髪を撫で続けた。

「お母さんが亡くなってから、はじめて」胸の奥に溜めこんでいた負の感情を全て吐き出すように泣き続けた涼介の嗚咽が、やがて小さくなっていく。秋穂からそっと体を離した涼介は、何度も洟をすすり、シャツの袖で目

元を拭うと、上目遣いに視線を向けてきた。

「……すみません、みっともないところ見せて」

気恥ずかしそうに涼介は小声で言う。

「気にしないで。それより、これからどうするべきか考えないと」

「でも……、もうアリバイを証明する方法はないですよ」

「そうとは限らない。一緒にいた人の証言だけじゃなくて、防犯カメラの映像とか、誰かの目撃情報とか、そういうのでアリバイが証明されることもあるはずじゃない。それに、もしアリバイがダメだったとしても、それこそ『真夜中の解体魔』の正体を私たちで暴けばいいのよ」

「正体を暴くって、警察が一年以上捜査しても、逮捕できなかった奴ですよ」

「でも、私たちは警察の知らない情報も持っているでしょ。あなたは被害者たちのことを警察なんかよりも遥かに知ってるし、あなたをスケープゴートにした『真夜中の解体魔』がまだどこかで暗躍していることも分かっている。もう一度、事件の詳細を追っていけば、なにか突破口が見つかるかもしれない。だから、諦めずに頑張りましょ。二人で知恵を合わせるの」

秋穂が鼓舞すると、涼介は口元に手を当てて考え込む。数十秒後、涼介は顔を上げた。

「一つ『真夜中の解体魔事件』で気になっていたことがあるんですよ。どうして『真夜中の解体魔』は、解体した被害者の体の一部を持ち帰っているんでしょう」

「それは……、トロフィー代わりなんじゃないの。自分が殺したという証を集めている」

「たしかに、そう言われてますね。けど、それなら体の一部でも同じ部位にすると思うんですよ。なのに、『真夜中の解体魔』は毎回、違う部分を持ち帰っている。おかしくないですか」

258

「言われてみれば少しおかしい気はするけど、そもそも連続殺人鬼の考えることなんて完全に理解するのは不可能じゃ……」

「『真夜中の解体魔』は四人も殺したのに、まだ逮捕されていないんですよ。それだけ綿密に計画を立て、証拠を残すことなく冷静に人を殺して、解体しているんです。もしかしたら、体の一部を回収するのにも合理的な理由があるのかも」

「合理的な理由って、具体的には何よ？」

「僕も最初は分かりませんでした。けど、三人目の被害者が先生の婚約者ってことを知って、分かった気がしたんです。もしかしたら、『真夜中の解体魔』は情報を隠そうとしていたんじゃないでしょうか？」

「情報を隠す？」

「そうです。三人目の被害者である先生の婚約者は、左手の薬指を奪われていました。もしかしたら、その薬指には指輪が嵌まっていたんじゃないですか？ 先生との結婚指輪が」

「……そうよ」秋穂は小さく頷く。「籍を入れるまで、外ではつけないようにしていたけど、家にいるとき彼は結婚指輪をつけてた。そして、その指輪ごと、彼の左手の薬指は奪われた」

「つまり、『真夜中の解体魔』は被害者が先生と婚約していたことを隠したかったのかもしれない。『真夜中の解体魔』が、彼と私の婚約を隠す必要があったの？」

「なんで、『真夜中の解体魔』は被害者が先生と婚約していたことを隠したかったのかもしれない。指輪だけ盗んでも、後で気づかれるかもしれないから、左手の薬指ごと回収していった」

ばらばらに解体した人体の一部を持ち帰る理由など、想像つかなかった。

事件の核心に近づいている予感をおぼえ、秋穂は唾を呑み込む。涼介は小さく肩をすくめた。

「そこまでは分かりません」

「それじゃあ、意味ないじゃない」

「そんな興奮しないで下さいよ。たしかに第三の事件で指を回収した理由は分かりませんけど、第二の事件なら分かる気がするんです」

「第二の事件の被害者、村元咲子さんが奪われた体の一部は、……子宮」

「そうです。子宮を盗む。そこに大きなヒントがあるんです。……子宮が消えて隠せるものって何だと思います」

「隠せるもの……」つぶやいた秋穂は大きく息を呑む。「まさか、妊娠？」

「そうです、被害者が妊娠していることを隠すために、『真夜中の解体魔』は子宮を盗んだんじゃないでしょうか」

「待ってよ。咲子さんは去年、夫の不倫を知って、もうすぐ離婚する予定だったのよ。それなのに妊娠なんてするわけが……」

「え、そうなんですか？　だとすると話が変わってくるか……」

難しい顔で考え込みはじめた涼介は、はっとした表情を浮かべる。

「だからこそ、なんじゃないでしょうか。夫婦仲が破綻していて、もうすぐ離婚するはずの女性が妊娠していた。だとすると、なにが考えられますか？」

「夫の子じゃないでしょうか。夫に裏切られた女性は、心の支えが欲しくて仕方ない──」

「その可能性が高いんじゃないっていうの!?」

「だから、他の男が言い寄ってきたら、それまでなら考えられないほど簡単に落とすこと

「……なん、か、経験ありそうね」

秋穂がすっと目を細めると、涼介はごまかすように「そんなことより」と声を上げた。

「重要なのは被害者が夫以外の子供を妊娠していて、それを隠すために子宮が盗まれた可能性があるということです」

「でも、子宮がなくなっていても、司法解剖でしっかり調べれば被害者が妊娠していたかどうかぐらいは分かるわよ。血液のホルモンの値とかで」

「そうかもしれません。だとしても、これは子宮内の胎児を調べなければ分からないんじゃないですか」

涼介は言葉を切ると、もったいつけるように一拍おいてから言った。

「胎児の父親が誰なのか」

一瞬意味が分からず呆けたあと、秋穂は目を剝く。

「まさか、『真夜中の解体魔』が……？」

「そう、父親だったんじゃないかと思うんですよ」

口を半開きにしている秋穂の前で、涼介は説明を続ける。

「雪絵先輩のバイト先に通い詰めていた男が『真夜中の解体魔』だとすると、そいつは女性に対してかなり強い執着を持っているはずです。そのために雪絵先輩を守っていた母親を殺したり、自分のものにならないことが分かって……雪絵先輩を殺した可能性が高いんだから」

涼介のそばで、秋穂は必死に頭を動かす。涼介には伝えていないが、安里雪絵は風

声を沈ませる涼介の

俗店に勤めていた。そんな彼女に付きまとっていたという客が『真夜中の解体魔』だったとすると、たしかにその人物は女性に対して強い執着を持っていると考えるのが妥当だろう。

「でも、咲子さんが妊娠していたということは、彼女を自分のものにできていたんでしょ。それなら、殺す必要なんてないじゃない」

「妊娠は予定外だったんじゃないですか？　夫の不倫で弱っているところに付け込んで手に入れたが、子供まで作るつもりじゃなかった。けど、妊娠したことで被害者は、自分が離婚したあと再婚することを『真夜中の解体魔』に求めた。ただ、それは奴にはできないことだった」

『真夜中の解体魔』は既婚者……」

秋穂のつぶやきに、涼介は「そう思います」と頷いた。

既婚者の男性で、村元咲子と関係を持ち、安里雪絵に執着して店に通いつめ、そして涼介をスケープゴートに仕立てようとする人物。『真夜中の解体魔』の正体にじわじわと近づいている実感が、心拍数を上げていく。

「あとは!?　あとはなにか手がかりはないの？」

秋穂は勢い込んで訊ねると、涼介は口の前で両手を合わせた。

「どうやって、『真夜中の解体魔』はあの男を見つけたんだろう……」

「なにをぼそぼそ言っているの？　あの男って、誰のこと？」

「『客』ですよ。昨日、殺された会社社長、黒崎とかいう名前の男です。普通に考えれば、あいつを殺したのも『真夜中の解体魔』のはずだ」

秋穂は「あっ」と声を漏らす。証人が殺害され、もうアリバイを立証できないということにショ

ックを受けすぎて、誰が僕を殺したかまで思考が回っていなかった。

「黒崎が証言すれば、僕をスケープゴートにできなくなってしまう。だからこそ、殺さなければならなかった。だとしたら、これはチャンスです」

「チャンス?」秋穂は眉根を寄せる。

「そうです。これまで『真夜中の解体魔』は綿密に計画を立てて、証拠を残すことなく人を殺している。けれど今回は、そんな計画を立てる余裕もなく、緊急避難的に黒崎を殺さざるを得なかった。なら、どこかに綻びがあるはずです」

涼介は難しい顔で腕を組んで考え込んだあと、ぼそりとつぶやいた。

「……なんで、知っていたんだ?」

「え、なんのこと?」

「黒崎が、僕のアリバイ証人だということですよ。アリバイがあると僕が伝えたのは、先生だけです」

涼介がじっと見つめてくる。

「まさか、私が『真夜中の解体魔』だって疑っているんじゃないでしょうね?」

「なに言っているんですか。そんなわけないでしょ。黒崎が殺された時間帯、先生は僕を助けてくれて、一緒に逃げていたじゃないですか」

涼介は呆れ声で言う。

「そうじゃなくて、どこから『真夜中の解体魔』が情報を得たかが問題なんですよ。病室の会話が盗み聞きされたとかでなければ、先生から漏れたということになります。先生、僕にアリバイがあ

ることを誰かに伝えましたね？」

秋穂は喉を鳴らして唾を呑み込むと、小さくあごを引いた。

「……伝えた。うちに押し掛けてきた桐生っていう雑誌記者に。元探偵だって言っていたから、黒崎を探す手伝いをしてもらった」

「その記者が黒崎を見つけ出したんですか？」

「うん。マッチングアプリで涼介君のアカウントを使っておびき寄せた。私に問い詰められて逃げ出した黒崎を、桐生さんは身元を調べるって尾行していった」

「そして、その数時間後に黒崎は刺し殺された」

涼介の声がやけに不吉に部屋の空気を揺らした。

「まさか、桐生さんが……」

「ええ、きっと『真夜中の解体魔』ですよ。僕のアリバイを立証できる人物がいることを知って、そいつを殺したんですよ」

桐生とはじめて会った夜のことを思い出す。路地で誰かに追われ、必死で逃げてマンションのエントランスについたとき、声をかけられた。彼はずっとマンションで待ち構えていたと言っていたが、それが本当だったという確証は何もない。

あの男が本当に刑事から指示を受けて接触してきたかも、そもそも本当に記者なのかさえ定かではない。

もしかしたら、あの夜、桐生は私を殺そうとしていたのではないだろうか。しかし、マンションのエントランスに防犯カメラがあることに気づき、思いとどまった。

頭から冷水をかけられたかのような心地になり、秋穂は体を震わせた。

「どうしよう。だとしたら、どうすればいいの?」

縋りつくように秋穂は訊ねる。涼介はこめかみに手を当て、目を閉じた。

「秋穂先生、その記者と連絡は取れますか?」

「名刺を持っているから、電話番号なら分かるけれど……」

「なら、電話をしましょう」

「なに言っているの!?　相手は連続殺人鬼なのよ。危険じゃない」

「……時間がないんです」

涼介が言う。その声は小さかったが、やけに腹の底に響いた。

「いま、警察は全力で僕たちの行方を追っています。僕はあいつらが嫌いですけど、見くびってはいません。奴らはすぐにでも僕たちの居場所を見つけるはずです」

鬼気迫る涼介の様子に、秋穂の体に緊張が走る。

「ここが見つかったら、もう逃げ場所はありません。もし逮捕されたら、どれだけその記者が真犯人だって主張しても、警察は無視して僕を犯人に仕立て上げるでしょう。あいつらの面目を丸潰れにしたんですからね。先生だってしっかり起訴されて、場合によっては実刑をくらうはずです。そうなれば、『真夜中の解体魔』の正体をあばくことは不可能になります。あいつの勝ちです」

どれだけ自分が追い詰められているのか理解しているつもりだったが、あらためて言葉にされると、危機感がさらに膨れ上がる。

「だから、いまは攻めるべきなんです。まずはその記者に連絡を取って、様子をうかがいましょう。

もし、まだ正体がバレていないと思っているなら、隙があるはずです。そこを突くんです」

涼介は力強く言う。深呼吸をくり返した秋穂は、「分かった」とテーブルに置かれた古びた電話に手を伸ばす。

「電話してもここの場所、知られたりしないかな」

「相手は警察じゃなくて個人です。番号非通知にしておけば、ここを知られることはありません。やりましょう」

涼介は拳を握り込む。覚悟を決めた秋穂は受話器を取ると、名刺に記された携帯電話の番号を打ち込んでいった。

数回呼び出し音が鳴ったあと、回線がつながる。声を出そうとするが、緊張で喉がこわばって吐息がもれただけだった。

『もしもし……?』

相手の声が聞こえた瞬間、秋穂は鼻の付け根にしわを寄せた。それは弱々しい女性の声だった。

「あの、桐生さんの携帯で間違いないでしょうか」

『はい……、桐生の妻です』

「あ、奥様ですか。申し訳ありませんが、ご主人に代わって頂けますでしょうか」

戸惑いつつ頼むと、電話の向こう側でむせた気配が聞こえてきた。

『主人は……、事故に遭っていま手術中です。かなり……厳しい状況ということです……』

「事故!? 桐生が事故? なにがいま起きているのか分からず、秋穂は言葉を失う。見ると、すぐ横で受話器に耳元を寄せて通話を聞いていた涼介も、口を半開きにしたまま固まっていた。

「手術ということは、いま病院にいらっしゃるんですよね。あの、失礼ですがどちらの病院でしょうか?」

混乱したまま秋穂が訊ねると、陰鬱な声が返ってきた。

『臨海第一病院です』

3

多くの患者が行き交う外来待合を、顔を伏せながら歩いていく。マスクをしているせいか、やけに息苦しく感じた。

秋穂はメガネのフレームに手を当て、位置を直す。

正面から白衣姿の中年男性が歩いてくる。顔見知りの医師だった。身を翻して逃げ出したいという衝動を押し殺しながら、秋穂はそのまま歩みを進めていく。医師はこちらに視線を向けることもなくすれ違っていった。

このままじゃ、神経が持たない。桐生の妻と話してから約二時間後、秋穂は臨海第一病院の外来待合にいた。

伊達メガネとマスク、そして涼介がつけてくれた紅の私物だという茶髪の長いウィッグで変装している。それでも、警察に追われている身で、多くの知人がいるこの病院を闊歩するのは心臓に悪かった。いつ気づかれ、通報されてしまうのではないかと気が気でない。手術部がある三階に移動する。

秋穂は俯いたまま早足でエレベーターに乗ると、手術部がある三階に移動する。

エレベーターホールに降りると、正面には『手術部　関係者以外立入禁止』と記された大きな自動扉があった。秋穂は自動扉のそばにある、『ご家族待機室』と書かれた引き戸を開けた。

長椅子がいくつか置かれた十五畳ほどの空間には、数人の男女がいた。年齢はまちまちだが、皆一様に不安げな表情を浮かべている。ここにいる全員が、現在手術を受けている患者の家族だ。

「……桐生さん」

部屋に充満している重苦しい空気を、秋穂の声が揺らす。奥のソファーに腰掛けていた女性が顔を上げる。年齢は三十代半ばといったところだろうか、茶色く染めた髪をショートにしていた。こちらを見る瞳は虚ろで、表情筋は弛緩しきっている。

「さきほど電話した松田です。いつも桐生さんにはお世話になっています」

近づきながら秋穂が偽名を名乗ると、彼女は「桐生弓子です」と会釈をした。さっきの電話で秋穂はとっさに、自分は桐生と同じ雑誌編集部で働く後輩で、今日、一緒に取材に行く予定だったと告げていた。

「あの、桐生さんになにが……？」

「今朝、出勤したあとすぐに、自宅近くの道路でトラックにはねられたんです。それで、ここに搬送されて、すぐ緊急手術になりました。夫を診た救急の先生の話では、かなり厳しい状態で、助かるかは分からないって……」

両手で顔を覆う弓子を見つめながら、秋穂は口を固く結ぶ。黒崎が殺された翌日、桐生がトラックにはねられて瀕死の重傷を負っている。これが偶然のはずがない。

やはり、桐生こそ『真夜中の解体魔』で、もう逃げられないことを悟って自殺しようとしたのか、

268

それとも……。

「弓子さん、事故がどんな状況だったかは聞いていますか?」

「はい……、さっき警察が説明してくれました。歩行者信号が赤だったのに、いきなり夫がトラックの前に飛び出したらしいです」

ぽそぽそと抑揚のない声で弓子は言う。

「赤信号でいきなり飛び出した。間違いないんですか?」

「警察がドライブレコーダーを確認して、それは間違いないはずです。一応、運転手は逮捕されていますけど、警察は自殺じゃないかって……。なにか悩んでいたような様子がなかったか、しつこく聞かれました」

そのときのことを思い出したのか、弓子は唇をへの字に曲げた。

「なにか心当たりはあったんですか?」

「心当たりなんてありません。昨日、十一時過ぎに家に帰ってきてから、夫はいつになく上機嫌でした。なにか仕事がうまくいったとかで、缶ビールを何本も……」

「ま、待ってください!」秋穂は声を上ずらせる。「桐生さんは昨夜、十一時に家に帰ったんですか? それから朝まで、外出していないんですか?」

いぶかしげに弓子が「そうですけど?」とつぶやくのを聞きながら、秋穂は必死に頭を働かせる。

弓子の話が本当だとすると、桐生は黒崎を殺せない。

黒崎は今日の零時ごろ刺殺されている。弓子の話が本当だとすると、桐生は黒崎を殺せない。

桐生は『真夜中の解体魔』ではない。

だとすると、桐生が上機嫌だったというのは、おそらく黒崎の身元を摑むことができ、スクープを手に入れられると踏んだからだろう。

しかし、半日の間に黒崎は殺害され、そして桐生は交通事故で瀕死の重傷を負った。

勢いよく顔を上げた秋穂は「弓子さん!」と声を張り上げる。周りの人々が非難の視線を向けてくるが、そんなことを気にする余裕はなかった。

「桐生さんは本当に自分でトラックの前に飛び出したんですか? 誰かに押されたとか、そういう可能性はないんですか」

「なんでそれを……」充血した弓子の目が大きくなる。

「やっぱりそうなんですね? 誰かに押されてトラックにひかれたかもしれないんですよ」

「トラックの運転手が、事故の直前、誰かが主人を道路に押し出した気がするって証言しているらしいんです。ただ、はっきり見たわけではないので、そんな気がするっていうくらいらしくて……。警察は自分の罪を軽くするためのでたらめだろうって……」

やはりそうだ。黒崎と同じように、桐生も襲われたのだ。……『真夜中の解体魔』に。

なんらかの方法で、涼介のアリバイを証明できる人物がいることを知った『真夜中の解体魔』は、アリバイ証人である黒崎と、そのことを知っている桐生の口を塞ごうとした。

なら、どうやって『真夜中の解体魔』は、黒崎のことを知ったのだろう。涼介にアリバイのあることを知っているのは、ほとんどいなかったはず。

数十秒考え込んだ秋穂の頭の中で、一つの仮説が組みあがっていく。恐ろしい仮説が。

「桐生さん自身が伝えたんだ……」

270

無意識に口からつぶやきが零れる。「はい？」と聞き返してくる弓子に「なんでもないです」と

ごまかしながら、秋穂は思考を巡らせ続ける。

桐生は警察内にいる情報提供者と通じていた。捜査情報を流してもらうということは、その代償

として情報を流す必要があったはずだ。

涼介にアリバイがあると知った桐生は、義理立てとしてそれを情報提供者に伝えた。その人物こ

そ『真夜中の解体魔』だとはつゆ知らず。

アリバイが立証されたら涼介をスケープゴートにできないと考えた『真夜中の解体魔』は、黒崎

と桐生、二人の口を封じようとした。

では、情報提供者は誰だったのか。秋穂の脳裏に、いかつい顔に皮肉っぽい笑みを浮かべた中年

刑事の姿がよぎった。

美濃部だ。きっとあの男こそ『真夜中の解体魔』だ。捜査一課の刑事なら、捜査からうまくのが

れて犯行をくり返すことも可能なはずだ。それに、倉敷の話では、美濃部は常に一人で捜査に当た

っているということだった。

あの男こそ安里雪絵のストーカーで、村元咲子の不倫相手だ。そう、咲子は元警官だった。きっ

と、どこかで美濃部と上司と部下の関係だった可能性は十分にある。

夫の不貞の相談に乗った上司が、その弱みに付け込み、慰めるふりをして体の関係を持つ。十分

にあり得ることだ。

「こんなのひどすぎる……。こんなことが起こるなんて……」

絞り出すような声が秋穂の興奮に水を差す。見ると、弓子が小さく肩を震わせていた。秋穂は慌

てて、その丸まった背中を撫でる。

けれど、その刑事が連続猟奇殺人鬼なんてあり得るのだろうか。熱を孕んでいた脳がいくらか冷える

につれ、そんな疑問が湧いてくる。

追い詰められた状況を打破しようとして、無理やり事実を繋ぎ合わせて都合の良い真犯人像を作

り上げているだけではないだろうか。浜辺に砂で作った城が波で浸食されるように、自信が削り取

られていく。

そもそも、もし本当に美濃部が犯人だったとしても、証拠が必要だ。少なくとも、桐生が美濃部

と連絡を取っていたという証拠が。

そこまで考えたとき、弓子の足元に男物の鞄が置かれていることに気づいた。

「あの、もしかしてその鞄って……」

「これですか。事故に遭ったとき、夫が持っていたものです」

これだ。この中に美濃部との関係を示す何らかの証拠が入っているかもしれない。

「弓子さん」

不審感を抱かれないよう、秋穂はできるだけ自然に声をかける。

「実は、今日が最新号の締切で、桐生さんが資料を編集部に持ってきてくれるはずだったんです。

ですから、もしよろしかったら私が鞄を編集部に持っていきましょうか?」

「ああ、はい……」

曖昧な返事をすると、弓子は緩慢な動きで鞄を持ち上げ、差し出してきた。その姿を目の当たり

にして、胸に痛みが走る。普通の状態なら、夫の鞄を簡単に他人に渡したりはしないはずだ。しか

272

し、精神が消耗しきっている彼女には、そんな判断をする余裕すらないのだろう。

騙していることに内心で謝罪しつつ、鞄を受け取って立ち上がろうとしたとき、秋穂はふとある

ことに気づく。

「さっき電話が通じたということは、桐生さんのスマートフォンは壊れていなかったんですか？」

弓子は小さく頷くと、自分のバッグの中から黒いスマートフォンを取り出す。その液晶画面はク

モの巣のようにひび割れていたが、完全に壊れているわけではなさそうだった。

「あの、パスワードって分かりますか？　ロックを解くこととかできます？」

おずおずと訊ねると、弓子は「なんでですか？」と疑わしげな視線を向けてくる。

「いえ、今日向かうはずの取材先の連絡先、桐生さんしか知らないんです。こんなことになってし

まったので、キャンセルの連絡を入れないといけないんですが、電話番号が分からなくて」

早口で言うと、弓子は「ああ、なるほど」とスマートフォンを操作し、ロックを解いて渡してく

れた。

「ありがとうございます」

ひび割れた画面をせわしなく操作して、電話の発着信履歴を確認した秋穂は、心の中で喝采を上

げる。昨夜の午後九時四十三分に、携帯電話らしき番号に電話をかけていた。秋穂はバッグから取

り出したメモ用紙に素早くその番号を書き留めると、スマートフォンを弓子に渡す。

「それじゃあ、私はこの鞄を編集部まで届けに行きます」

「ああ……、はい……」

焦点を失った目で、手術部に続く扉を見つめたまま、小さくぶつぶつとつぶやくその姿に、秋穂

は強い罪悪感をおぼえる。

もし、私が桐生さんに黒崎の身元調査の依頼をしなければ、彼はこんな目に遭わなかったかもしれない。……私が彼を巻き込んだ。

立ち上がった秋穂は、深々と頭を下げた。

「桐生さんが無事に手術を終え、快復することを心から祈っています」

弓子から返事はなかった。

臨海第一病院をあとにした秋穂は、海岸線の大通りの歩道を小走りに進んでいく。すぐに目的のものが見えてきた。歩道にぽつんと立っている電話ボックス。

電話ボックスに入った秋穂は、バッグからメモ用紙を取り出し、公衆電話の上に置く。そこで情報提供者に涼介のアリバイのことを伝えた桐生は昨夜、この番号に電話をかけていた。つまり、これは『真夜中の解体魔』の電話番号……。

この番号に電話をかければ、四人もの人間を殺害し、遺体をバラバラにした連続殺人犯のもとに、婚約者の仇のもとに繋がる。

可能性は高い。つまり、これは『真夜中の解体魔』の電話番号……。

恐怖、怒り、嫌悪、期待……。様々な感情が胸で渦を巻き、落ち着きつつあった呼吸が加速していく。息苦しさが強くなっていく。受話器に伸ばそうとした指先が細かく震え出す。

また過呼吸発作だ。こんな大切なときに……。

目を閉じてその場に崩れ落ちそうになった瞬間、瞼の裏に二人の男の姿が映し出された。半年前

に喪った愛しい婚約者、そしていま庇護すべき社会から拒絶された少年。

秋穂は目を見開くと、自分の頬を思いきり張った。ガラスで囲まれた狭い空間に風船を割ったような音が響き渡る。

唇を噛んでじんじんと痺れるような痛みに耐える。溶けるように息苦しさは消えていった。手の震えも止まる。秋穂は受話器を取ると、財布から取り出した百円玉を電話に入れ、メモ用紙の番号を打ち込む。

着信音が聞こえてくる。数回、軽い電子音が響いたあと回線が繋がった。秋穂は耳元につけた受話器を両手で強く握りしめる。

相手が本当に『真夜中の解体魔』なのか確かめる必要がある。秋穂は無言のまま、相手の出方を待つ。しかし、声は聞こえてこなかった。

いまも回線は繋がっている。その証拠に、かすかな息づかいが鼓膜を揺らしていた。心臓を素手で握りつぶされているような心地になりながら、秋穂は息をひそめて聴覚に全神経を集中させる。

十秒……三十秒……一分……。鉛のように重苦しい沈黙に耐える時間が流れていく。

触れれば切れそうなほどに張り詰めた空気に、秋穂の神経が限界を迎えようとしたとき、ぽそりと受話器から男の声が聞こえた。

『……桐生か？』

その声を聞いた瞬間、全身に震えが走る。何か言わなくてはと口を開くが、舌がこわばって声が出なかった。数秒後、唐突に回線が切断された。秋穂は息を乱しながら受話器をフックに戻すと、ガラスの壁に背中を預ける。

低くこもった声だったので、電話の相手が誰かまでは分からなかった。しかし、聞こえてきた声は、わずかな動揺を孕んでいた。

トラックにはねられたはずの桐生が電話をかけてきたのだろうかという動揺。

間違いない、いま電話をした相手は黒崎を殺し、桐生をトラックの前に押し出した男だ。カラカラに乾燥した口腔内を舐めて湿らせると、秋穂は電話の上に置いていたメモ用紙をバッグに入れる。

すぐだ、『真夜中の解体魔』の正体がすぐ手に届くところまで近づいている。

あとは、この電話番号が誰の携帯のものかさえ突き止めれば……。そこまで考えたとき、背後で扉を開く音が響いた。振り返った秋穂は目じりが裂けそうなほどに瞳を見開く。そこに、男が立っていた。救急部のユニフォームを着た、壮年の男性が。

「矢内……先生……」

上司であり、救急医療の師である男の名を、秋穂はつぶやく。矢内は怒りに満ちた瞳で、秋穂を睨みつけた。

「どうして……」

「どうして？　それは私のセリフだ」矢内は苦々しい顔で言う。「救急車を待つため外で待っていたら、君が病院から小走りに出て行くのを見つけたんだ。ずっと心血注いで育て上げてきた部下だ。変装していても一目で分かったよ。だから、患者は他のドクターに任せて追いかけた。……一体君はなにをしているんだ」

「それは……」秋穂は言葉に詰まった。

276

「あの美濃部という刑事から、君が見張りの警官を昏睡させ、『真夜中の解体魔』を逃がしたという報告を受けた。それは本当か?」

矢内が見つめてくる。秋穂は思わず目を伏せ、言い訳するようにつぶやいた。

涼介君は、『真夜中の解体魔』なんかじゃないんです」

「つまり、石田涼介君を逃がしたことは間違いないんだな」

詰問に答えることができなかった。矢内は大きくため息をつく。

「なんでそんなことをしたのか、全く理解できない。君はとても優秀な救急医だった。どんなことをしてでも、全力で目の前の患者を救う。私が教えた救急医としての生き方を、誰よりも理解し、実践してくれていた。それなのに、なんで……」

悲痛な矢内の様子に胸が締め付けられる。秋穂は思わず「違います!」と声を上げた。

「違う? なにが違うというんだ」

矢内が再びまっすぐ見つめてくる。今度はその視線を正面から受け止めることができた。

「私は先生の教えを忘れていません。いえ、その教えをずっと心に刻んでいたからこそ、涼介君を逃がしたんです。彼は私の患者だから」

「犯罪者を逃がすことが、患者のためになるというのか?」

「しっかり治療を受けたあと罪を償う。それこそが本来の形だとは理解しています。ただ、今回はそう単純な話じゃなかったんです」

「単純じゃないというのは、石田君が婚約者の仇だったことを指しているのかな?」

鋭い指摘に、秋穂は両拳を握りしめる。

「たしかに、最初はそうでした。私は救急医としての、医師としての本分を忘れて、彼に復讐しようと思っていました。最初はそうでした。彼を⋯⋯殺そうとさえ思ってしまいました。医師失格です」

秋穂の赤裸々な告白を、矢内は厳しい表情で聞く。

「ただ、いまは違います。いまこの世界で、彼を助けられるのは私だけなんです。ここで私が手を引けば、彼は理不尽に命を奪われることになります。主治医として、全力で患者を救う。常識から外れているかもしれませんが、私はいま先生の教えを実践しているんです」

想いを言葉に載せて矢内にぶつける。おそらくこのあと拘束され、警察に突き出されるだろう。

呆然とする秋穂の前で矢内は踵を返すと、電話ボックスから出て行った。

しかしその前に、教えをないがしろにしてはいないことを矢内に伝えたかった。

秋穂と矢内は見つめ合う。矢内がすっと手を伸ばしてくる。まるで、はげますように。

捕まる。身をこわばらせる秋穂の肩が軽く叩かれる。

「矢内先生⋯⋯?」

扉を開けて身を乗り出した秋穂が声をかけると、矢内は背中を向けたまま言う。

「失礼しました。どうやら人違いだったようです。私の弟子は、そんなぱさぱさの茶髪ではありませんし、メガネなんてかけていませんでした」

言葉を失う秋穂に対し、矢内は言葉を続ける。

「弟子がなにをしているのか、私には理解できません。けれど、きっとなにか信念があっての行動だと思います。だから、少しだけ様子を見たいと思います。そして願わくば、再びともに働き、まだ教えられていないことをしっかりと叩きこんで、一人前の救急医として羽ばたかせたいと思って

「……はい。伝えます。……絶対に伝えます」

嗚咽を必死に抑え込みながら、秋穂は声を絞り出す。

に唇の端を上げると、「さて、仕事に戻らないと」と歩き出す。わずかに首だけ振り返った矢内は、ニヒル

「ありがとうございます！」

秋穂はつむじが見えるほどに頭を下げ、遠ざかっていく背中に心からの礼を言う。

矢内は振り返ることなく、軽く手を挙げた。

います。もしあなたが、彼女と知り合いなら、そう伝えて頂けますか」

　　　　　4

「美濃部が……。あいつが『真夜中の解体魔』……」

涼介の口元から歯ぎしりの音が響く。臨海第一病院をあとにした秋穂は、そのまま電車を乗り継いで、新宿二丁目の隠れ家に戻ってきていた。

「ちょっと落ち着いて。まだ美濃部が犯人だって決まったわけじゃないんだから」

帰ってきてすぐ秋穂は、紅から借りたパソコンで情報検索にいそしんでいた涼介に、事の次第を説明した。美濃部が『真夜中の解体魔』の可能性が高いということを知った涼介は、顔を真っ赤にして激怒していた。

まあ、仕方ない。必死に涼介をなだめながら秋穂は考える。大切な女性を殺され、バラバラにし

た遺体を目撃したうえ、濡れ衣を着せられたのだ。そして真犯人が自分を執拗に追っていた刑事かもしれないと知れば、頭に血がのぼるのも当然だ。

ただ、いまは怒りに身を委ねている余裕はない。

「涼介君、落ち着いて」

震えるほどに強く両拳を握りしめ、美濃部への呪詛の言葉を吐いていた涼介は、はっとした表情を浮かべる。

「時間がないって言ったのはあなたでしょ。まずはどうやってあなたが無実だって証明できるか調べないと」

「……そんなの無理ですよ」不貞腐れたように涼介は唇を尖らす。

「無理ってことはないでしょ。桐生さんが電話をかけた相手がきっと『真夜中の解体魔』なのよ。電話番号から相手が誰なのか探れば……」

「無駄ですね」涼介は秋穂のセリフを遮る。「この番号、たぶんプリペイド携帯のものです。前もって料金を払って使うやつで、犯罪とかによく使われています」

「プリペイドだとしても、買うときに身分証明書の確認と登録が必要なはず」

「本来はそうですけど、実際はちょっと金を出せば簡単に自分名義でないプリペイド携帯は買えるんですよ。はした金で名義を貸す奴らがいっぱいいるんです」

「じゃあ、位置情報から割り出すのは?」

「警察ならまだしも、僕たちが他人の携帯の位置情報を調べられるわけないじゃないですか」

「なら、警察に協力を求めるのは……だめだよね」

280

涼介から冷たい視線を浴び、秋穂の声は尻すぼみに小さくなる。

連続殺人犯とその協力者として追われている自分たちの話を、警察がまともに受け取るわけがない。

「あっさりと逮捕されるのがおちだろう。

美濃部が『真夜中の解体魔』だって分かっても、それを証明できないと意味ありません。このままじゃ、僕たちは『真夜中の解体魔』の正体を知りながら、逮捕されて冤罪で裁かれることになる。

きっと警察も僕たちの居場所に近づいているはずです。どんどん追い詰められている」

陰鬱に涼介がつぶやく。ずっと腹の底にため込んでいた『真夜中の解体魔』への恨みが迸って

いるのか、その顔はこれまで見たことないほど険しかった。

「悪いことばかり考えないで。この鞄の中に、決定的な証拠があるかもしれないじゃない」

取り繕うように言った秋穂は、桐生の鞄を開ける。中にはチラシやポケットティッシュ、レシー

ト、文庫本、手帳などが乱雑に押し込まれていた。

ひっくり返して中身をテーブルの上に出した涼介は、奪い取るように手帳を掴み、せわしなく目

を通していく。

手帳は涼介君に任せるとして……。秋穂は散乱しているコンビニやファミリーレストランなどの

レシートを確認していく。しわが寄っているレシートを伸ばしながら数枚、確認したところで秋穂

は「あれ?」と声を上げた。

「なにか見つかりましたか?」

勢い込んで訊ねてくる涼介に、秋穂は一枚のレシートを差し出す。

「これ見て。昨日の午後九時前にＡＴＭでお金をおろしてる。しかも十万円も」

「なんで夜中にそんな金を……？」

難しい顔で考え込む涼介にレシートを渡すと、秋穂はとりあえず鞄の中身を全て出してしまおうと、側面についているジッパーを開けた。そこにケースに入ったDVDが収められていた。

「なんのDVD……？」

ケースから出したディスクを顔の前に掲げながら秋穂はつぶやく。タイトルなどは書かれていないので、映画などではなさそうだ。

「このノートパソコン、DVDも読み込めますよ。確認しましょうよ。早く」

早口の涼介にせかされ、秋穂はノートパソコンにディスクをセットすると、カーソルを操作して再生する。液晶画面に白黒の映像が映し出された。どこかのマンションかホテルのエントランスを斜め上方から映し出したような映像。見ていると、身を寄せ合った男女のカップルが通り過ぎていった。

「これってもしかして、ラブホテルの防犯カメラじゃない？」

首をかしげながら秋穂がつぶやくが、返事はなかった。不審に思い横目を向けると、涼介が切れ長の目を大きく見開いて固まっていた。

「どうしたの、涼介君!? 大丈夫？」

慌てて声をかけると、涼介は震える指で画面を指した。

「アリバイ……」

意味が分からず、秋穂が「え？」と聞き返した瞬間、画面に見覚えのある二人組が通った。一人は昨夜、池袋の公園で会った壮年の男、黒崎一太。そしてもう一人は……。

282

「涼介君!?」

声が裏返る。俯きながら男に寄り添うようにして歩いている少年。それは間違いなく、涼介だった。

「じゃあこれって……」

画面の上部に小さく表示されている日時と時間を確認する。それは、安里雪絵が殺害された日の、午後六時過ぎだった。

「そうです。あの日、僕があの男と行ったホテルです。これは僕のアリバイを証明する映像です」

涼介の震え声を聞きながら、秋穂は思い出す。池袋の公園で待ち伏せをしているとき、黒崎と涼介が入ったホテルがどこだか桐生に告げていたことを。

きっと昨夜、黒崎を尾行してその身元を突き止めた桐生は、そのあとすぐにホテルに向かい、防犯カメラの映像を確認し、さらにその一部をDVDに焼いてもらうための賄賂だった。ATMでおろした十万円は、外部の人間が防犯カメラの映像を確認させてもらったのだろう。

涼介にアリバイがあることを確かめた桐生は、それを警察内の情報提供者に伝えた。すっぱ抜く前に一応伝えておき、相手の面子を保とうとしたのかもしれないが、それが致命的な誤りだった。

その人物こそ『真夜中の解体魔』だったのだから。

バラバラだったパーツが、秋穂の頭の中で組みあがっていく。

アリバイのことを聞いた『真夜中の解体魔』は即座に動き、アリバイ証人である黒崎を殺害したうえで、桐生の口も封じようとした。

「涼介君、これでもう大丈夫よ。これを警察に持っていけば、あなたの無実が証明される。あなた

は助かる」

　歓喜の声を上げるが、涼介は厳しい顔でゆっくりと首を横に振った。

「だめです。これだけじゃ、美濃部が『真夜中の解体魔』だって証明できません」

「警察に任せればいいじゃない。あなたが犯人じゃないってことが分かれば、きっと真犯人をまた探しはじめるはず。そこで私たちの証言を聞けば、きっと美濃部を徹底的に調べてくれるわ」

「……本当にそう思いますか?」

　押し殺した涼介の言葉に、興奮が急速に凪いでいく。

「逮捕した僕が冤罪で、真犯人は捜査一課の刑事だった。そんな日本中からの非難が集中するような結末を、警察が許すと思うんですか」

「許すかって……。それが真実だし……」

「前から言っているじゃないですか。あいつらにとって面子を保つことが何よりも重要なんです。あいつらは絶対に証拠を握りつぶして、僕を『真夜中の解体魔』に仕立て上げます。ホテルにある防犯カメラの画像を押収したうえで『紛失』する。それくらいのことは簡単にやります。間違いありません」

「じゃ、じゃあどうすればいいの。弁護士とか……」

「それもだめです」涼介が首を横に振る。「いまの僕たちの立場は逃亡中の連続殺人鬼とその共犯者です。まともな弁護士なら相談に行ってもすぐに通報するでしょう。誰にも頼れないって……」

「そんな……、誰にも頼れないって……」

「だから、僕たちでやるんです。二人で力を合わせて」

284

涼介は手を差し出してきた。

「これが最後のチャンスです。秋穂先生、僕に協力してくれますか」

いったい涼介はなにをしようとしているのだろう？　彼の判断に従ってもいいのだろうか？

不安をおぼえながら涼介を見た秋穂は、目を見張った。強い決意を孕んだ表情、精悍なその顔つ

きからは少年の幼さが消えていた。手を差し出してくる涼介の姿に、愛しい婚約者の姿が重なった。

不安が洗い流されていく。

「分かった。二人でやりましょう」

秋穂は微笑むと涼介の手を力強く握った。

「でも、具体的にはどうやって？」

「これを使うっていうのはどうですかね？　護身用にって紅さんが貸してくれたんですよ」

涼介はテーブルの引き出しを開け、片手に収まるほどの黒い機器を取り出す。

「それって、もしかして……」

「ええ、スタンガンですよ」

涼介は美しい顔に、不敵な笑みを浮かべた。

5

ベンチに腰掛けながら、秋穂は深呼吸をくり返す。少しでも気を抜けばまた過呼吸発作を起こし

てしまう。そう確信するほどに全身に緊張が満ちていた。

目だけ動かして辺りを見回す。ベンチとジャングルジム、そしてブランコだけが置かれたこぢんまりとした公園が、街灯の薄い明かりに照らされている。新宿二丁目の外れにある小さな公園で、秋穂は三十分ほど前からベンチに座っていた。

腕時計に視線を落とす。時刻は間もなく零時になるところだった。

歌舞伎町からはかなり距離があるので、人通りは少ない。ときどき、酔ったサラリーマンが公園の前を通るくらいだった。

腕時計の短針と長針が重なる。そのとき、公園の出入り口に人影が差した。

秋穂はばね仕掛けの人形のように立ち上がる。男は大股で近づいてきた。

「そこで止まって！」

悲鳴じみた声で言うと、その男、警視庁捜査一課の刑事である美濃部は、足を止めた。

「ずいぶんな態度だな、先生。あんたから呼び出しておいて」

口角を上げた美濃部の姿は、まるで猛獣が牙を剥いているかのようだった。

一時間ほど前、秋穂は近くにある公衆電話から、美濃部の名刺に記されていた番号に電話をかけた。その時間帯は一人で飲んでいると、倉敷から聞いていたから。

逃亡者からの連絡に驚いたような気配を発したあと、『すぐに石田を連れて自首しろ。さもないと大変なことになるぞ』と脅してくる美濃部に、秋穂は静かに伝えた。

お前がしたことを全て知っている。ばらされたくなければ、一人でこの公園に来い、と。

「仲間の警官は連れてきていないでしょうね」

「ああ、この通り一人だよ」

「拳銃は？」

「おいおい、先生、刑事ドラマの見すぎだ。俺たち刑事は、犯人が武装しているとか特別な場合以外、拳銃なんて持ち歩いていないよ」

からかうように美濃部がスーツの上着をはだける。

「さて……、それで何の用事かな」

美濃部の目つきが鋭くなる。そのプレッシャーに、秋穂は思わず一歩後ずさった。

「なんの用かはあなたが一番分かっているでしょ。だからこそ、一人で来たんだから。そうじゃなきゃ、この公園をパトカーが取り囲んで私を逮捕しようとしているはず」

そうだ。一人で来たことこそ、この男が『真夜中の解体魔』である証拠だ。

秋穂は唇を舐めながら、必死に恐怖を押し殺す。

ここでいきなり殺そうとはしないはずだ。自分が『真夜中の解体魔』であることを、他に誰が知っているのか確かめなくてはいけないから。

秋穂が必死に恐怖を押し殺していると、美濃部はくっくっと忍び笑いを漏らす。

「なにがおかしいの!?」

「先生、あんた、自分のことを過大評価しすぎだよ。あんたごとき、大量の警官を動員して逮捕なんてするわけがないだろ。あんたは石田の色気にたぶらかされた馬鹿な女でしかない。俺たちが逮捕したいのは、色狂いの雑魚じゃなく、石田涼介なんだよ」

侮蔑で飽和したセリフに、頬が熱くなる。

「涼介君を捕まえたいなら、それこそなんとしても私を逮捕して、彼の居場所を聞き出そうとするでしょ」

「そう、だからこそ俺は一人で来た」

美濃部は腫れぼったい目をすっと細めると、懐からタバコを取り出し、ジッポーのライターで火をつける。

「石田と逃亡しているあんたが俺を呼び出した。なにを企んでいるか知らないが、これは罠である可能性が高い。つまり、俺が本部に情報を上げてここを取り囲んだら、どこかで観察している石田は、あんたを置きざりにして姿を消すに決まっている」

「涼介君はそんな子じゃない！」

「こりゃ重症だ。可哀そうに」

小馬鹿にするように言いながら煙を吐き出した美濃部は、ライターをズボンのポケットにしまいながら表情を引き締める。

「で、これからどうするんですかい？　まさか、世間話をするために呼んだわけじゃないだろ」

「……ついてきてください」

秋穂は美濃部の方へと進んでいく。すれ違う瞬間、襲われるのではないかという恐怖をおぼえたが、美濃部が手を出してくることはなかった。秋穂は背後から足音が追ってくることを確認しながら、路地を進んでいく。

すぐ背後に、婚約者の仇がいる。愛しいあの人を奪った悪魔が……。緊張で麻痺していた心が怒りで染まっていく。秋穂は血が滲むほどに固く唇を噛んで、痛みで怒りを希釈する。そうしないと、

288

美濃部に襲いかかってしまいそうだった。

落ち着け、落ち着くんだ。冷静にならないと計画が台無しになる。涼介の無実を証明し、美濃部が『真夜中の解体魔』だと告発するための計画が。

自分に言い聞かせながら十分ほど歩くと、説明もなく連れまわされることに痺れを切らしたのか、背後から「まだかよ」と声をかけられる。

「ここです」

秋穂は足を止めるとあごをしゃくり、年季の入った六階建てのビル、涼介とともに潜んでいた隠れ家を指す。

「なんだよ、この廃墟みたいな気味悪い場所は。ここに石田の野郎がいるのか?」

質問に答えることなく秋穂はビルに入り、階段をのぼっていく。これ見よがしに大きなため息をついて、美濃部もついてきた。

「おい、どこまでのぼるんだ。俺は膝が悪いんだよ」

六階に到着した秋穂は、息を弾ませる美濃部に「ここです」と言うと、目の前にある扉のノブを掴み、押して開ける。

「ああ、なんだここは?」

部屋に入った美濃部はいぶかしげにつぶやく。埃が積もった長テーブルと椅子がいくつも置かれたテニスコートほどの空間。この建物がビジネスホテルとして営業していたころ、レストランとして使われていた場所だった。

「もう使われていないレストランです」

数メートル進んだ秋穂は踵を返して、美濃部に向き直る。

「そんなのは見れば分かる。なんでこんなところに連れてきたかって訊いているんだよ。石田の野郎はここにいるのか？」

「ええ、いるわよ。胸の中でつぶやいた秋穂は、開けた扉の陰を見る。そこには、涼介が息をひそめてこちらをうかがっていた。

次の瞬間、涼介が扉の陰から飛び出し、腕を掲げて美濃部に襲い掛かる。しかし、美濃部は全く動じる様子もなく振り返ると、迫って来た涼介の手を無造作に叩き落とし、その巨体からは想像もつかない素早い動きで涼介の足を払った。

細身の体が空中で半回転し、床に叩きつけられる。衝撃で折れている肋骨に激痛が走ったのか、涼介は声にならない悲鳴を上げ、ダンゴムシのように体を丸めた。

「おいおい、そんな鶏ガラみたいな体で、俺を倒せるとでも思ってたのか。俺は柔道三段だぞ」

嘲笑するように言いながら丸まっている涼介を足で蹴り、強引に上を向かせた美濃部の眉間にしわが寄る。

「お前……、なにがおかしいんだ」

「あんた、僕に執着しすぎなんだよ」

額に脂汗を浮かべながら微笑む涼介が舌を出した瞬間、美濃部の体が大きく痙攣した。

崩れ落ちる美濃部の姿を見ながら、秋穂は荒い息をつく。

その手には、背後から美濃部の首元に押し付けたスタンガンが握られていた。

涼介がバケツを思い切り振る。冷水がうなだれている美濃部の頭部を直撃した。

美濃部は小さなうめき声をあげると、緩慢な動きで濡れた顔を上げる。目の前に立つ涼介に気づいて飛び掛かるようなそぶりを見せるが、座っていた椅子ごと勢いよく横倒しになる。

「ダメですよ、美濃部さん。足を固定されているんですから、暴れたら危ないですよ」

涼介が笑いながら言うのを聞きながら、秋穂は美濃部の後ろに回って椅子の背を両手で摑み、力を込めて起こす。

「……小松先生、あんた自分が何をしているのか分かってんのか？」

ガムテープで両足を椅子の脚に固定され、両手を後ろ手にまとめられていることを確認しながら、美濃部はうなるように言った。

「ええ、分かっています」

頷きながら秋穂は、少し離れたテーブルに置かれているバッグに視線を向けた。わずかに開いたバッグのジッパーの隙間から、小さなレンズが覗いている。中には、涼介が家電量販店で買ってきたビデオカメラが収められ、この部屋の様子を撮影していた。

ここで美濃部を尋問し、『真夜中の解体魔』であることを認めさせる。その映像を、ホテルの防犯カメラの映像とともに動画配信サイトにアップロードする。それが、涼介が立てた作戦だった。

かなり杜撰な計画だが、ここまで来たらそれに賭けるしかない。自らが『真夜中の解体魔』だと美濃部が告白する動画が世界中の人々に視聴されれば、もはや言い逃れはできない。警察も美濃部こそが真犯人だと認めざるを得ないだろう。

美濃部に罪の告白をさせられるか否か。それに、自分たちの未来がかかっている。そのためには、慎重に尋問を進めなくては。

「なるほどな。完全に石田の共犯者になったってことか。見事な洗脳だ。ここまでの腕前は、新興宗教の教祖様でもなかなかお目にかかれねえよ。お前、転職したらどうだ。体を売るより、そっちの方がずっと儲かるだろ」

侮蔑で飽和した言葉に、涼介の顔から潮が引くように表情が消えていく。その姿はまるで彫刻のように冷たく無機質で、秋穂の背中に震えが走った。

「で、どうするんだ。俺を殺したあと、二人してバラバラに解体するのか？　それならそれで構わねえよ。こんな仕事だ。いつでも死ぬ覚悟はできてる。ただ、いつまでも逃げ切れると思うなよ。俺が殺されても、仲間たちがお前を逮捕する。お前には拘置所で首を吊られる未来しか残っていないんだよ」

憎々しげに語る美濃部に、無表情の涼介が近づいていく。やけに緩慢なその足取りはまるで嬲（なぶ）っているかのようだった。

「もう殺すのか。そりゃそうか、お前にとっては殺人じゃなく、遺体の解体こそが目的なんだからな。なあ、人の体をバラバラにするのはそんなに楽しいか？　元恋人をバラすとき、どんな気持ちだった？　興奮したのか？」

かすかな恐怖を孕んだ口調でまくし立てる美濃部の目の前に近づいた涼介は、握りしめた拳を振り上げた。

鈍い音が響く。涼介に頰を力任せに殴られた美濃部の顔が横を向く。

292

「ふざけるな！　お前が雪絵先輩を……、よくも、先輩を……、ずっと彼女を見ているだけで、僕は幸せだったのに……」

嗚咽交じりに叫びながら、涼介は美濃部の襟を摑み、続けざまに拳を叩き込み続ける。

「待って！　涼介君、待ちなさい！」

秋穂は慌てて涼介を羽交い締めにする。　振り向いた涼介の充血し、涙で濡れた双眸には、溢れんばかりの怒りと哀しみが宿っていた。

「なんで止めるんですか。こいつが雪絵先輩を……」

感情が昂りすぎて言葉が続かないのか、涼介は両手で髪を掻き乱す。さっき、美濃部に投げられ、もともと折れていた肋骨をさらに痛めたはずだ。しかし、大量に分泌されたアドレナリンでそれすらも感じなくなっているのかもしれない。

「気持ちは分かる。　私だって、できるなら……殺したい」

口から血の混じった唾液を滴らせる美濃部を見下ろしながら、秋穂は偽らざる想いを吐き出す。　この男が愛しい人との幸せな未来を握りつぶした。　そう考えるだけで、身を焦がすような怒りが全身に満ちる。その激情のままに、美濃部の命を握りつぶしてしまいたい。でも……。

「でも、まずはこの男が『真夜中の解体魔』だって証明することが先。　あなたと私の為にも、そして……四人の犠牲者の為にも」

そう、暴力によって口を割らせても意味はない。　しっかりと理詰めで追い詰めて、自分が真犯人だと認めさせなければ。

「でも、でも……、こいつは雪絵先輩を……」

食いしばった歯の隙間から涼介は声を絞り出す。

「雪絵さんもきっと、冤罪であなたが裁かれることは望んでいない。あなたのことを大切に想っていたから」

涼介の拳に、秋穂はそっと手を添える。固く握り込まれていた指が、ゆっくりと開いていった。

「ありがとう、分かってくれて」

俯いて肩を震わせる涼介に秋穂が声をかけると、美濃部が口の中に溜まった血液を床に吐き捨てた。

「俺が『真夜中の解体魔』だぁ？ お前ら、なにを言っているんだ」

「聞いた通りですよ。あなたこそ『真夜中の解体魔』、四人の被害者を殺して解体した連続殺人鬼。

もう、分かっているんです」

美濃部は「はぁ？」と唇を歪める。

「あなたは、安里雪絵さんに強い執着を抱いていた。おそらく、大学時代に雪絵さんが水商売で稼いでいた頃にでも出会ったんでしょう」

雪絵が水商売をはじめる原因を作った涼介が、痛みに耐えるような表情を浮かべる。

「けれど、涼介君と別れてから雪絵さんは水商売から足を洗った。あなたはそれでもストーカーとして付きまとったけれど、どんな手段を使っても娘を守ろうとする母親が邪魔だった。だから、あなたは邪魔者を消して、雪絵さんにストーキングを続けた」

「俺が安里千代を殺して遺体をバラしたとでも言うのか!?」

額に青筋を立てて怒鳴る美濃部を無視して、秋穂は話を続ける。

「母親の死亡後に彼女が働いている店に通いつめ、なんとか自分のものにしようと思ったけど拒絶されて、店にも出禁になった。それを侮辱と受け止めたあなたは、手に入らないならいっそと雪絵さんを殺し、彼女の元恋人であり、捜査本部でも容疑者の一人に挙げられていた涼介君に罪を擦り付けることを決めた」

「おい……、本気で俺がその二人を殺したと思ってるのか……」美濃部が呆然と言う。

「二人だけじゃありません。村元咲子さんもです。元警官だった彼女とあなたは知り合いだった。夫に愛人がいることを知って精神的に弱っているところに付け込んで、あなたは咲子さんと不倫関係になり、妊娠させた。けど、あなたと新しい家庭を築くつもりだった咲子さんが、遊びのつもりだったあなたには邪魔になった。だから、殺害したうえで子宮を盗み、誰の子供を妊娠していたか分からなくした」

「脳みそ腐っているんじゃねえか？　俺は四人の被害者の誰にも会ったことなんてねえよ。なんで俺が、そいつらを殺す必要があるって言うんだ。馬鹿なこと言うんじゃねえ」

吐き捨てるような美濃部のセリフを聞いた瞬間、目の前が紅く染まった気がした。必死に腹の底に抑え込んできた怒りの炎が、一気に理性を焼き尽くす。

「私が聞きたいわよ！　なんで一輝さんを殺したの！　あの人が何をしたって言うのよ！」まるで何者かに操られるかのようだった。秋穂は美濃部の首元に両手を伸ばし、喉仏を押しつぶさんばかりに力を込める。美濃部は体をよじるが、両手足を拘束された状態では、それ以上の抵抗はできなかった。気管を圧し潰され、喘ぐような音が開いた口から漏れだす。

「秋穂先生」……まだです」

涼介がゆっくりと秋穂の肩に触れる。その瞬間、炭と化していた理性がわずかにもどった。秋穂は「ああっ！」と声を上げて手を引き、後ずさる。

止められなければ、殺してしまうところだった。

顔の前に掲げた両手が大きく震えはじめる。また、殺しかけた。人を救うための技術を学び続けたこの手で、命を奪おうとしてしまった。

自らに恐怖する秋穂に、涼介は静かに言う。

「殺すとしたら、こいつが『真夜中の解体魔』だと証明してからです。そうでしょ」

「なにボケたこと抜かしているんだ。『真夜中の解体魔』はお前だ。間違いねえ。俺たちは元恋人の死体の前に立つお前を見たんだぞ」

激しく咳き込みながら美濃部が言う。

「でも、涼介君が殺したり、遺体を解体している現場を目撃したわけじゃない」

冷静になれ。目的はこの男を殺すことじゃない。涼介君の無実を証明し、美濃部を連続殺人犯として逮捕させることだ。

胸に吹き荒れる感情の嵐を必死に抑え込みながら、秋穂は指摘する。

「それはそうだが……」

「涼介君は罠に嵌められたんですよ。『真夜中の解体魔』は雪絵さんを殺害して、遺体をバラバラにしたあと、涼介君を呼び出した。そして、雪絵さんの遺体を見た涼介君が呆然と固まっているところに乗り込んで、スケープゴートに仕立て上げたんです」

秋穂は言葉を切ると、セットしてあるビデオカメラが音声を拾えるよう、声を張る。

「現場に踏み込んだ刑事はあなたでしたね、美濃部さん。あまりにも偶然過ぎませんか」

「……あれは、匿名の通報があったんだ」

「匿名の通報!?」秋穂はわざとらしく驚いてみせる。「涼介君を執念深く追いかけていたあなたに、偶然誰からか分からない通報があって、現場にかけつけたって言うんですか?」

「本当なんだから仕方ねえだろ。なんと言おうが、そこにいる石田涼介こそ『真夜中の解体魔』だ。こいつは先週、元恋人を殺して、バラバラにしたんだ」

「いいえ、違います」秋穂はゆっくりと首を横に振った。「涼介君は雪絵さんを殺していません。

彼にはアリバイがあります」

「……アリバイ?」

いぶかしげに美濃部が聞き返す。秋穂はノートパソコンを手に取り、美濃部に画面を見せながら映像を再生する。

ロビーに涼介と黒崎が連れ立って歩いてきたところで、秋穂は映像を停止した。

「日付と時間を見て下さい。ちょうど、雪絵さんが殺害された辺りの時間です。涼介君はここから数時間、ホテルでこの男と一緒にいたんです。確実なアリバイです」

はじめて美濃部の顔に動揺が走った。ここぞとばかりに秋穂は畳みかける。

「被害者を殺害するだけならまだしも、遺体をバラバラに解体するのは何時間もかかります。涼介君は犯人じゃありません」

「そんなの合成かなんかで作った映像かもしれないだろ。それに、ホテルに入ってすぐに裏口から出て行ったかもしれない。その男が証言でもしない限り、アリバイは成立しない」

「それは無理ですよ。……あなたが殺したんですから」

「なに……、言ってるんだ……？」美濃部の声がかすれる。

分かってるくせに。秋穂はパソコンを操作して、ニュースサイトのウィンドウを表示させる。そこには『深夜に何が？　IT社長の悲劇』という陳腐な文句が踊っていた。

「この男は、昨夜マンションの前で刺殺されたIT会社の社長です。涼介君のアリバイを証言できる唯一の人物を、あなたが口封じしたんです」

口を半開きにする美濃部を尻目に、秋穂は言葉を続ける。

「この男だけじゃありません。桐生という記者が今朝、トラックにはねられて重体になっています。彼は昨夜、この社長の身元を調べたうえで、ホテルと交渉してこのアリバイ映像を手に入れています。あなたは、涼介君のアリバイがあることを知っている桐生さんが邪魔で、背中を押して車道に押し出したんです」

「いいえ、分かったんです。桐生さんが自分から、涼介君のアリバイについてあなたに教えたから」

「まて、なんで俺がそんなことできるって言うんだ。その記者が石田のアリバイについて調べたのは昨日の夜なんだろ。そいつが情報を持っているって、俺に分かるわけがないだろ」

美濃部の態度には、焦りが滲んでいた。手ごたえをおぼえた秋穂は、静かに言う。

「簡単ですよ。桐生さんがあなたの情報屋だったからです」

「意味が分からない。なんでその記者が、俺に情報を流すって言うんだ」

「俺の情報屋？」

298

「あなたは捜査本部の情報を桐生さんに提供し、その対価として桐生さんに必要な調査を頼んだりしていた。その関係を壊したくないので、桐生さんは涼介君にアリバイがあるというスクープをすっぱ抜く前に、あなたの面子を潰さぬように一報を入れた。けれど、その気遣いが首を絞めることになる」

美濃部に考える隙を与えぬように、秋穂は一気にまくし立てる。

「もしアリバイが証明されたら涼介君に罪を擦り付けられないと考えたあなたは、アリバイ証人である黒崎と桐生さんを殺そうとした。それが事件の真相です」

説明を終えた秋穂は美濃部の様子をうかがう。鼻の付け根にしわを寄せ、口を開いたその姿は、図星を突かれて動揺しているようにも、ただ戸惑っているようにも見えた。

「先生……」美濃部は弱々しくかぶりを振る。「あんたは何か決定的な勘違いをしている。俺は桐生なんて奴を知らないし、当然、『真夜中の解体魔』でもない」

秋穂は奥歯を噛む。これくらいで自白するわけがないことぐらい分かっている。決定的な証拠を突きつけなければ。

「言ったが、それがどうした」

全身に警戒心を漲らせつつ答える美濃部の眼前に、秋穂はメモ用紙を突き付ける。

「昨日の夜十時前、桐生さんはここに書かれている番号に電話をかけています。その電話で、涼介君のアリバイについて伝えたはずです。つまり、この番号の携帯電話を持っている人物こそが、

『真夜中の解体魔』です」

秋穂はわきにあるテーブルに置かれている携帯電話の受話器を取る。

「この番号にかけて、あなたの持っている携帯電話が鳴ったら、言い逃れはできません。あなたが真犯人だという何よりの証拠です」

覇気のこもった言葉を美濃部にぶつけた秋穂は、メモ用紙の番号を打ち込んでいく。

最後の番号のボタンを押した秋穂は、息を止める。とうとう、決着のときだ。

受話器から呼び出し音が聞こえてきた。しかし、着信音が響くことはなかった。

秋穂は目を見開くと、耳を澄ます。しかし、やはり着信音はおろか、携帯が震えるバイブ音すらまったく聞こえなかった。

受話器を顔の横に置いたまま、秋穂は涼介に視線を向ける。彼のその端整な顔には、強い失望が浮かんでいた。

「これで満足か？　名探偵ごっこは終わりか？」

冷めた美濃部の声が、計画の破綻を告げる。

「だ、だからってあなたが『真夜中の解体魔』でないと証明されたわけじゃない。念のため、証拠になるプリペイド携帯はどこかに置いてきたのかも……」

そこまで言った瞬間、秋穂の体が大きく震えた。いつの間にか、受話器から響いていた呼び出し音が消えていた。かわりに、かすかな呼吸音が鼓膜をくすぐる。

秋穂は小さな悲鳴を上げると、反射的に受話器を放りだし、後ずさった。

「どうしたんですか!?」

涼介が駆け寄ってくる。

秋穂は震える指で床に落ちている受話器を指した。

「誰かが……出た……」

「誰かって、誰なんですか!?」

「わ、分からない。『真夜中の解体魔』の電話のはずなのに、誰も取れるわけがないのに……。こ

こに真犯人がいるはずなのに……」

素手で脳髄をかき混ぜられたかのような混乱の渦に巻き込まれつつ、秋穂は両手で頭を抱える。

「とりあえず、俺が『真夜中の解体魔』だっていう妄想は終わったな。だったら、さっさとこのガ

ムテープを外せ」

「ま、まだあなたの疑いが晴れたわけじゃない。誰かにプリペイド携帯を預けて、出るよう

に……」

「あんたの仮説によりゃ、その携帯は決定的な証拠なんだろ。それを他人になんか渡すとでも思っ

ているのか?」

反論の余地もない指摘に、秋穂は髪を掻き乱す。隣では、涼介が口への字に歪めていた。

「それにな、アリバイ証人だっていう男が刺されたのは、日付が変わるころだろ。俺はその時間、

行きつけの呑み屋にいた。そこの店員に聞けばすぐに分かる。何なら、レシート見せてやろうか。

会計した時間もプリントされているはずだ」

「レシートだけで、本当にあなたがそこにいたって証明できるわけじゃない!」

上ずった声で秋穂は叫ぶ。美濃部は「はいはい」と唇の端を上げた。

「このままじゃ、美濃部に自白させることなんてできない。完全に立場が逆転している。この男が

『真夜中の解体魔』に違いないのだ。なんとかそれ

るわけがない。誰がなんと言おうが、この男が

いつの間にか、

を証明しないと。

奥歯を食いしばった秋穂ははっと息を呑むと、バッグからスマートフォンを取り出し、一日ぶりに電源を入れて美濃部の写真を撮りはじめる。

「今度はなんの真似だよ」

顔をしかめる美濃部を無視して、秋穂はせわしなく画面を指でなぞっていく。必要な操作を終えた秋穂は、両手で持ったスマートフォンを凝視する。すぐに、軽快な着信音が響き渡った。

『もしもし、なんなのよこんな深夜に』

雪絵の同僚の風俗嬢であるセイラの、不機嫌な声が聞こえてくる。数日前、風俗店に聞き込みに行った際、連絡先を交換していた。

「ごめんなさい。どうしても訊きたいことがあって。いま送った写真、見てくれた?」

『見たわよ。なんなの、この縛られているおっさん。あなた、こういう趣味があったの?』

「この男が、雪絵さん……ウミさんに付きまとっていたストーカーでしょ? 何度もウミさんを指名して、トラブルを起こして出禁になった男」

『ああ、ストーカー?』

露骨に面倒くさそうなセイラの声が聞こえてくる。

『違うよ、全然違う。そんな男じゃないよ』

足元が崩れ、空中に投げ出されたような心地になる。気を抜けば、その場にへたり込んでしまいそうだった。

「間違い……ないの……。だって、ストーカーは変装していたって……」

『変装していてもさ、大体の年齢ぐらい分かるじゃん。そんなガタイの良いおっさんじゃなかったよ。もっと若くて、ヒョロヒョロした感じ。まったくタイプが違うって。まったくの別人』

「そう……、ありがとう……」

まだセイラがなにか言っているが、もはや耳に入って来なかった。回線を切った秋穂は両手をだらりと下げる。

間違いだった。美濃部は『真夜中の解体魔』ではなかった。計画は完全に瓦解してしまった。もはや、涼介の無実を証明する方法はない。ここが知られてしまった以上、逃げ続けることもできないだろう。そう遠くない未来、自分たちは逮捕される。

「秋穂先生……」

おずおずと涼介が声をかけてくる。秋穂は力なく首を振った。

「ごめん、涼介君。間違ってた。……失敗しちゃった」

視界が滲んでいく。私はなんて馬鹿なことをしたのだろう。涼介を病院から連れ出したりしなければ、自分だけでも自由に動くことができ、時間をかけて彼の無実を証明できたかもしれないのに。逃げ出したことで、涼介に対する嫌疑はさらに強固なものになるだろう。助けるつもりが、逆に彼を追い込む結果になってしまった。

強い後悔が心を腐食させていく。

「こいつが、雪絵先輩を殺した犯人じゃなかったんですね。……こいつを殺しても、雪絵先輩の仇を討ったことにはならないんですね」

哀しみを湛えた瞳で涼介が見つめてくる。耐えられず、秋穂は目を逸らしてしまう。

「ごめんなさい。本当にごめんなさい。全部私のせいであなたを……」

「気にしないで下さい」

涼介は微笑を浮かべた。宗教画に描かれた天使のような、優美な微笑。

「先生がいなければ、僕はきっとあの日、救急処置室で死んでいました。僕の命を助けてくれて、そして僕の為に必死になってくれた。それだけで嬉しいんです。これまでの人生で、僕の為にここまでしてくれた人はいませんでした。ママと雪絵先輩、あと一人、僕のことを本気で心配してくれた男性くらいでした」

きっと紅のことだろう。秋穂は涙が溢れる目元を片手で覆いながら、何度も繰り返し頷く。

「先生は四人目の僕の大切な人、特別な人です。最後の最後に、先生に出会えてよかった。僕がいなくなっても、どうか僕のことを忘れないで下さい。それだけで幸せなんです。だから、泣かないで)

涼介がそっと体に両手を回してくれる。秋穂は涼介の肩に顔を当てた。柔らかいシャツの生地に涙が吸い込まれていく。

「僕も先生のことをずっと忘れません。死ぬまで、先生のことをずっと想い続けます」

「おいおい、いつまでくさいメロドラマを見せられるんだよ」

二人だけの時間をだみ声で遮られ、我に返った秋穂は涼介から体を離す。十歳以上年下の少年に縋りついて泣いたことに、いまさらながらに羞恥心が湧き上がってくる。

「俺が『真夜中の解体魔』だなんて、妄想だったと分かったろ。だったらさっさとこの拘束を解け」

秋穂は迷う。もはや美濃部が『真夜中の解体魔』でないことは確実だ。しかし、拘束を解けば自分たちはいとも簡単に制圧され逮捕されるだろう。ただ、美濃部をこのまま放置して逃げても、きっと一日もしないうちに警察に発見されるはずだ。

「さっさと出頭しろ。これ以上、捜査本部に人員を割かせるんじゃない。これから、まだまだ仕事があるんだからな。IT社長と記者の事件を調べたり、ホテルの防犯カメラをチェックしたりな」

耳を疑った秋穂が目を見開くと、美濃部は大きくため息をついた。

「勘違いするなよ。俺はまだ、そのガキが『真夜中の解体魔』だと思っている。けどな、こっちだって冤罪なんて起こしたくないんだよ。俺が捕まえたいのは、四人もの人間を殺って、遺体をバラした鬼畜なんだからな」

美濃部は表情を引き締め、じっと秋穂を見つめてくる。

「だから、本当にそのガキにアリバイがあるか、俺が責任をもって徹底的に調べてやる。もちろん、IT社長と記者の件もだ。安心しろ。俺たちが本気になれば、誰がその記者と連絡を取っていたのかぐらい、すぐに割り出せる。だから、もし無実ならもう逃げるな」

大人しく出頭するか、それとも逃げ出すか、どちらが正解なのだろう。この刑事は本当に、涼介のアリバイを、桐生たちの事件を調べてくれるのだろうか。判断ができず熱を持つ額を押さえていると、手首を摑まれた。

「先生、逃げましょう」

秋穂の手を取った涼介が、身を翻して出口に向かおうとする。

「待って。よく考えないと」

「考える？ なにをですか？ 何度も言ったでしょ、刑事なんか信用できるわけがないって。僕たちを逮捕したら、アリバイのことも、記者たちのことも完全に握り潰して、僕を『真夜中の解体魔』に仕立て上げるに決まっています」

「でも、もうここみたいな隠れ家はない。どうせ、すぐに見つかる。それなら、美濃部さんに賭けた方がいいんじゃ……」

「少しでも時間が稼げればいいんです。その間に、僕は『真夜中の解体魔』を見つけて、雪絵先輩の仇を討つんだ」

興奮する涼介をどうなだめればいいか苦慮している秋穂の鼻先を、かすかに何かが焦げるような臭いが漂ってくる。その源を探して視線を彷徨わせた秋穂は目を剝く。

美濃部が苦痛に顔をゆがめ、額から脂汗を流していた。後ろ手に両手首を固定しているガムテープが燃え上がっている。

美濃部の手の中で炎を上げているジッポーを見て、秋穂は状況を理解する。気づかれないようにズボンのポケットからライターを取り出した美濃部は、それでガムテープを燃やして拘束を解こうとしている。

硬直する秋穂のそばで、涼介が床を蹴った。一直線に美濃部に飛び掛かろうとしたその華奢な体が、壁にぶつかったかのように弾き飛ばされる。

「だから言っただろ。そんな鶏ガラみたいな体で俺に挑もうなんて無謀だって」

拘束から逃れた両手で涼介を無造作に押し倒した美濃部は、「ちくしょう、痛え」と焼け爛れた手首に視線を落としたあと、荒い息をつきながら足のガムテープを外していく。

306

両手足の拘束を解かれた美濃部がゆっくりと立ち上がる。もはや肋骨のダメージが限界に達した

のか、横たわってうめき続ける涼介の腕を、美濃部が背中に捻り上げた。肩関節を決められ、涼介

のうめきが大きくなる。

彼を助けないと。秋穂が震える手をテーブルに置かれたスタンガンに伸ばした瞬間、「やめろ！」

という怒声が空気を震わせた。

涼介を制圧したまま、美濃部が睨みつけてくる。

「先生、さっきみたいな不意打ちならともかく、警戒されている状態で俺を倒せるとでも思ってい

るのか。悪いがこっちも手首が痛くて、うまく手加減できそうにねえ。ここの床は、柔道場の畳と

違って固い。頭から投げられたらどうなるか、医者なら分かるだろ。来るんなら、命の保証はでき

ねえぜ」

手負いの獣のような美濃部の目つきが、たんなるはったりでないことを告げる。

「……言ったでしょ、……先生」

床に頰を押し付けられながら、涼介が切れ切れに声を絞り出した。

「こいつらを……信用しちゃいけないって。こいつらは……、身内を守るためには、なんでも……

するんです」

腰を引いた秋穂は、両手でスタンガンを構える。

「もう一度だけ警告する。先生、やめておけ。ここでもめたら、こいつが冤罪だと証明するのに骨

が折れる」

「……え？」

秋穂は呆けた声を漏らすと、スタンガンを持った手をだらりと下げる。涼介も唖然とした表情で美濃部を見上げていた。

「おい、なんて顔しているんだよ。スタンガンに視線を落とすと、それを放り捨てた。黒光りする金属の塊は、重い音を立てて床に落下する。

「よし、これからお前らを逮捕したら、すぐにアリバイの件を捜査本部に報告する。あとは俺に任せな」

美濃部はズボンのポケットからスマートフォンを取り出して、片手で操作をする。おそらく、応援を呼んでいるのだろう。

「ありがとうございます。……本当にありがとうございます」

秋穂が深々と頭を下げると、美濃部は皮肉っぽく唇を歪めた。

「ったく、調子のいい。俺を失神させたり、絞め殺しかけたくせに」

「それは……」

「まあ、いい。あんたのおかげで、本当の『真夜中の解体魔』を見つけられるかもしれないんだからな。それに免じてチャラにしてやるよ」

美濃部はシニカルに言いながら、口角を上げた。触れれば切れそうなほどに張り詰めていた空気

が弛緩していく。涼介も不満げながら、抵抗するそぶりを見せなかった。
出入り口の扉が開いていく。振り返った美濃部が声を上げた。
「おう、早かったな。で、他の応援は……」
次の瞬間、鼓膜に痛みをおぼえるほどの破裂音が響き渡った。尻もちをついた美濃部のシャツの腹部に、赤いしみが広がっていくのを見ながら、秋穂は立ち尽くす。
「あなたが悪いんですよ、美濃部さん。こいつのアリバイを調べるなんて言い出すから」
銃口からかすかに煙が立ちのぼる拳銃を手にしながら、深川署の刑事である倉敷は、氷のような声で言った。

6

「倉敷、てめえ……なんで……」
撃たれた腹を押さえながら、美濃部が声を絞り出す。
「なんで？　あなたの指示じゃないですか。石田たちと接触するから、応援を呼んで近くで待機しておけって。まあ、実際は俺一人でずっとビルの外にいたんですけどね。これを聞きながら」
人工音声のような平板な声でしゃべりながら、倉敷は小さな携帯電話を振る。秋穂は息を呑むと、受話器が外れたままの電話に視線を向けた。
「そうですよ、小松先生。あなたが受話器を戻さないから、ずっと回線がつながっていたんです。

おかげで逐一、皆さんの会話が聞こえました」

「じゃあ、あなたが桐生さんの……」

「ええ、俺の情報屋でした。なかなか優秀だから使っていたんですが、スクープに対する執着が強すぎましたね。事件に首を突っ込みすぎたあなたを牽制（けんせい）するために送り込んだのに、まさか丸め込まれて石田のアリバイを調べ上げるなんて」

「だから、黒崎と桐生さんにあんなことを……」

秋穂が声を震わせると、倉敷は肩をすくめた。

「あの二人がいなければ、まだ何とか石田が『真夜中の解体魔』ってことにできると思ったんですよ。しかし、まさかあなたが警官を昏睡させてまで石田を助けるなんてね。あの夜、あなたを始末しておくべきだった。桐生を通じて脅した反応を見ようとしたのが間違いだった」

路地で何者かに迫われた記憶が蘇る。やはりあのとき、命を狙われていたのだ。腹の底が冷えていく。

「まあ、あなたが眠らせた警官から、この拳銃を奪うことができたっていう思いがけない収穫もありましたけどね」

倉敷は秋穂に拳銃を向けた。漆黒がわだかまるその銃口に、視線が吸い寄せられていく。

「雪絵さんに執着して、彼女と母親を殺したのね。なんでそんなひどいことを」

荒い息の隙間を縫って糾弾すると、倉敷は目をわずかに大きくしたあと、忍び笑いを漏らす。

「なにがおかしいの！」

「たしかに、俺はあの店に通い詰めて、あの女を指名し続けていたよ。俺とあいつは特別な絆でつ

310

ながっていたんだ」

　倉敷は目を細めて秋穂を見つめる。

「気づいていないかもしれないけど、実はあんたもそうだったんだぜ、先生」

　全身に蛇が這っているような不快感が走り、鳥肌が立つ。この男は、私のことも歪んだ欲情の対象として見ていたというのだろうか。もしこの男に殺されていたら、私も体をバラバラに切り刻まれていたのだろうか。

　その光景を想像してしまい、激しい吐き気に襲われる。

「村元咲子さんの不倫相手もあなただったのね」

　嘔気に耐えながら訊ねると、倉敷の表情筋が複雑に蠕動した。

「不倫なんかじゃない。彼女と俺は愛し合っていた。深くつながっていたんだ」

　なら、なんで殺したのよ。　問い詰めようとするが、気を抜けば胃の中身が逆流してきそうで、口を開けなかった。

「彼女とは警察学校時代の同期だった。ずっと俺は彼女のそばにいたんだ。あの男に浮気されてすぐに、彼女は俺に助けを求めてきた。俺たちはようやく、お互いがかけがえのない存在だって気づいたんだ。俺にとって、彼女は全てだった。生きる理由そのものだった」

　熱に浮かされるように愛を語る倉敷の姿はあまりにも醜悪で、秋穂は目を逸らす。

「愛しているから殺したと言うのだろうか。愛していたから、その体を切り刻んだだというのだろうか。なら……。

「なら、どうして一輝さんを殺したの!? なんで私からあの人を奪ったのよ!」

胸に収めきれない激情が、絶叫となって口から迸った。突然、倉敷の顔から表情が消え去る。能面と向き合っているような心地になり、秋穂の口から急速に水分が消えていった。

「先生、あんた、なにも分かってないんだな。なんで俺が、こんなことをしたのか。なんで安里雪絵の遺体を切り刻んだのか」

人工音声のような固く冷えた口調で倉敷が言う。

「分かってないって、なにが！」

無機物でできた蠟人形と見紛うまでに、ありとあらゆる感情の色が消え去った倉敷の姿に気圧されつつ、秋穂は声を張り上げる。

「あんたには同情してたんだ。だから、チャンスをやった。復讐するチャンスをな。お前が石田を殺しておけば、みんなが幸せになれたっていうのに」

この男は、私に涼介君を殺させようとしていた。そうして、全てをうやむやにするつもりだった。

だから、涼介君こそ『真夜中の解体魔』に違いないと、何度も吹き込んできた。

この男は私を操り人形にしようとしていた。

奥歯を軋ませる秋穂の前で、倉敷は「さて、石田」と視線を移動させる。そちらを見ると、いつの間にか涼介が片膝立ちになっていた。二度も美濃部に投げられたダメージは明らかで、その足はぶるぶると震えている。そのそばでは、美濃部は腹を押さえて丸まっていた。呼吸はしているようだが、出血量はかなり多い。汚れた床に血が広がっていた。

「そろそろ、俺たちの関係にピリオドを打とうか。いま考えれば、お前に目をつけたのが間違いだった。お前を更生させようとあんなに親身になってやったっていうのに……。同情なんかせず、野

垂れ死にさせるべきだった」

親身になったからスケープゴートを引き受けるべきだったということだろうか。あまりにも身勝手な言い分にめまいがしてくる。

「本当なら、お前こそが『真夜中の解体魔』だと証明し、何年も拘置所で怯えて過ごさせたあとに吊るすつもりだったが、計画は小松先生のせいでおじゃんだ。でもな、別に構わないんだよ。いや、逆にこれで良かった。俺自身の手でお前をぶっ殺せるんだからな。俺の人生をめちゃくちゃにしたお前さえ殺せれば……それでいい」

諺言のような倉敷の言葉はもはや支離滅裂で、その精神状態がまともでないことがうかがえた。嬲るようにゆっくりと涼介に近づいた倉敷は、銃口を涼介の額に当てる。

涼介は静かに瞼を閉じた。その顔に、殉教者の覚悟がよぎる。

撃鉄が落とされ、引き金が絞られていく。次の瞬間、倉敷の体が激しく痙攣した。

「涼介君、逃げて!」

足音を殺して死角から忍びより、スタンガンの電極を倉敷の右腕に当てた秋穂が、声を張り上げる。涼介は『先生!?』と目を見開いた。

「早く逃げて! お願いだから!」

社会から排斥され続けたこの少年を守る。それこそが、愛する人の死を乗り越える唯一の方法だ。そのためには……たとえ命を捨てても構わない。

婚約者の優しい笑みが脳裏をかすめる。倉敷の手から落ちた拳銃が床で重い音を立てた。しかし、スーツの生地の上から電極を当てたせいか、彼が崩れ落ちることはなかった。

「このアマが!」

力任せに振った倉敷の拳が、秋穂の頬に叩きこまれる。一瞬、視界が真っ白に染まり、続いて体の左側に衝撃が走った。

「秋穂先生! 起きて!」

涼介の声が聞こえる。闇に落ちかけた意識を、歯を食いしばって繋ぎとめた秋穂は、眼球を必死に動かして状況を確認する。景色が真横に傾いていた。頭蓋の中に、殴られた際の衝撃音がいまも反響している。遠くの床にスタンガンが転がっていた。

自分が殴り倒されたことに気づいた秋穂は、立ち上がろうとする。しかし、体を起こしかけた瞬間、視界が大きく回転した。秋穂は両手を床につき、四つん這いになる。脳震盪を起こしている。立ち上がれるようになるまでは、少なくとも数十秒はかかる。救急医として何千人もの外傷患者を診てきた経験が、自らに診断を下す。

鬼のような形相で近づいてきた倉敷が、フリーキックをするサッカー選手のように、大きく足を後ろに振り上げた。

蹴られる。あれだけ振りかぶった足が頭部を直撃したら致命傷になる。なんとか顔面を守ろうとするが、両手を離すと同時に姿勢を保てなくなり、つぶれるようにその場に突っ伏した。引ききった弓の弦を放したかのように、勢いよく革靴のつま先が迫ってくる。とっさに秋穂は両目を固く閉じた。

予想した衝撃が襲ってくることはなかった。かわりに、くぐもったうめき声が鼓膜を揺らした。おずおずと瞼を上げた秋穂は息を呑む。目の前に、華奢な背中が見えた。身を挺して秋穂の楯とな

314

った涼介の背中。

「涼介君！」

涼介の肋骨は、事故と美濃部に投げられたことで大きなダメージを負っている。もし、さっきの蹴りが胸部を直撃していたら、命にかかわる。

「大丈夫です。肩に当たりましたから」

振り向いた涼介はその美しい顔に、一見して無理をしていると分かる笑みを浮かべながら、倉敷の足に抱きつく。

「なんで、私を……。私が、あなたを助けないといけないのに……」

秋穂が言葉を詰まらせると、倉敷の足にしがみついたまま涼介は目を細めた。

「もう、大切な人がいなくなるのは嫌なんです。ママも、雪絵先輩もいなくなった。だから、先生だけは無事でいて欲しいんです」

愛しい婚約者を思い出させる、力強い言葉。胸の奥に熱いものがこみあげてくる。

「離せ！」

倉敷は無造作に足を振って涼介を振り払うと、倒れたその顔に馬乗りになって何度も拳を打ち込む。拳頭が涼介の顔面に打ち込まれるたびに、水たまりを歩くような不快な音が響き渡った。

「やめて！　もうやめて！」

わずかに手足の力が戻ってきた秋穂は、這うようにして二人に近づくと、涼介に覆いかぶさる。芸術品のような美しさを孕んでいた顔は血にまみれて腫れ上がり、見る影もなくなっていた。

「邪魔だ、先生」

「……あんたに用はない」

倉敷は秋穂の髪を摑んで、涼介から引き離した。

「もう、全部どうでもいい……。涼介から引き離した。
で生きる意味なんてない……。そう、意味なんてない……。こいつを殺してやる」

なにかに憑かれたかのようにつぶやく倉敷の姿を見て、秋穂は総毛立つ。真っ赤に充血した双眸から止め処なく涙が溢れている。その姿は、顔に空いた穴から血液が流れだしているかのようだった。

「なあ、石田。お前を殺して俺も死んでやるよ。お前の頭がザクロみたいに砕ける光景を見ながら、笑って死んでやる」

ひっひっと、しゃっくりのような笑い声をあげながら、倉敷は涼介のシャツの襟を摑み、強引に立ち上がらせる。気絶しているのか、涼介は全く抵抗しなかった。

脱力した涼介の体を引きずって部屋の隅に移動した倉敷は、ガラス窓を大きく開けた。何をしようとしているか気づいた秋穂は、「だめ！」と叫びながら這っていく。

「これで、全部終わる……。彼女の元に行ける……」

恍惚の笑みを浮かべた倉敷は、涼介の体を窓の外に押し出そうとする。

「やめて！　お願いだから！」

まだ力が入らない手で秋穂が必死にしがみつくが、倉敷はそれに気づかないかのように、哄笑を上げながら涼介を窓枠に突き落とそうとする。脱力した上半身が窓の外に投げ出された。

涼介の体が窓枠に押し付けられる。そう思ったとき、かすかな金属音が鼓膜を揺らした。

316

「先生、伏せろ！」

背後から聞こえてきた声に、秋穂は反射的に身を伏せる。耳をつんざく破裂音が、続けざまに響き渡った。

倉敷の胸と腹に血飛沫が弾けるのを唖然として眺めた秋穂は、ゆっくりと振り返る。シャツを血で赤く染めた美濃部が、上半身を起こしていた。その手には、銃口から煙を上げる拳銃が握られている。

「俺が逮捕して死刑にしてやるつもりだったが、裁くのは閻魔様に任せるよ。『真夜中の解体魔』さん」

美濃部が銃口から上がる煙に息を吹きかける。銃弾を喰らった倉敷はふらふらと後退し、その太腿が窓枠に当たった。倉敷の体が窓の外に向かって次第に傾いていくのを、秋穂は座り込んだまま眺めている。

呑み込まれていくように、倉敷の体が窓の外に消えた。同時に涼介の体も勢いよく外に向かって引きずられていく。秋穂はとっさに涼介の体にしがみついた。

奥歯を食いしばり、全身に力を込めながら窓の外を見た秋穂は、頬を引きつらせる。涼介のシャツを両手で握りしめたまま、倉敷が左右に揺れていた。

「離して！」

必死に涼介の体を支えながら、秋穂が叫ぶ。その声で意識を取り戻したのか、涼介が瞼を上げた。

「お前もだ。お前も俺と一緒に地獄へ堕ちろ」

その目が大きく見開かれる。

呪詛を唱えるようにつぶやく倉敷の血で汚れた顔は、笑っているようにも泣いているようにも見

え、餓鬼が涼介を地獄へ引きずりこもうとしているかのようだった。

涼介がゆっくりと、握りしめた拳を振り上げる。

「一人で堕ちろ。……『真夜中の解体魔』」

力任せに振り下ろされた拳が、倉敷の鼻っ柱をとらえる。倉敷の手がシャツから離れる。

重力に引かれ、倉敷の体がアスファルトへと落下していく。落とした卵が割れるような音が響い

た。四肢があり得ない方向へと曲がった倉敷の体の周りに、薔薇の蕾が花咲くように血が広がって

いく。

最後の一撃で力を使い果たしたのか、転落しそうになる涼介をなんとか室内に戻した秋穂は、そ

の場に崩れ落ちた。仰向けに倒れた涼介は、穏やかな表情で天井を見上げながらつぶやいた。

「仇、取りましたよ。……雪絵先輩」

殴られて大きく腫れた瞼の下から一筋の涙が零れるのを見た秋穂は、はっと顔を上げると、慌て

て美濃部の元に向かった。

「倉敷は……、『真夜中の解体魔』はどうなった……?」

腹を押さえながら、美濃部が声を絞り出す。

「死にました。……あなたのおかげです」

「そうか……」

青白い美濃部の顔に、安堵の色が浮かぶ。秋穂は血で濡れたシャツをまくり、銃創を確認する。

「なあ、先生。……悪いんだが、言付けを頼まれてくれないか。家内と娘に伝えたいことがあるん

318

だ」

「伝えたいことがあるなら、自分で言ってください。私は救急医なの。私の前でそう簡単に死ねると思ったら大間違いですからね」

叱りつけるように言うと、美濃部は驚いたような表情を浮かべたあと、「了解だよ、先生」とおどけて言った。

銃弾は抜けている。肝臓などの重要臓器も避けているだろう。この程度の出血ということは、大血管も傷ついていない。出血さえ抑えれば、十分に救命できる。

素早く診断を下した秋穂は、ポケットから取り出したハンカチで傷口を強く押さえる。美濃部が小さく悲鳴を上げた。

「我慢して。圧迫止血しないといけないから。涼介君！」

鋭く呼ぶと、涼介が「は、はい」と身を起こす。

「すぐに救急車を呼んで！ それが終わったら、警察も」

「あ、えっと、分かりました」

涼介が慌てて電話を取りに行くのを見ながら、秋穂は細く息を吐く。

これで終わったんだ。これで、一輝さんの婚約者の仇を討つことができた。

瞼を閉じる。いつもは鮮明に見える婚約者の姿が、いまはなぜかかすかにぼやけていた。数分かけて通報を終えた涼介が近づいてきて、美濃部の顔を覗き込む。

「秋穂先生、救急車と警察、すぐに来るそうです。この刑事、助かるんですか？」

「なんだよ……。俺が助かっちゃ不満か？」

美濃部はふっと鼻を鳴らす。

「まあ、そりゃそうだよな。心から謝罪する」

「……悪かった。心から謝罪する」

涼介はなにを言われたか理解できないといった様子で、腫れた目でまばたきをくりかえす。

「お前が『真夜中の解体魔』じゃなかったこと、冤罪だったことは俺が責任をもって証言してやる。

だから、安心しろ。……お前は自由だ」

目を見開いた涼介は、秋穂の顔を見る。秋穂は微笑んで小さく頷いた。

唇をへの字に歪めた涼介はひざまずき、秋穂の肩に額を当てる。小さな嗚咽をもらす涼介のわず

かにウェーブした髪が、頰に当たりすぐったかった。

「ありがとう、……秋穂先生。本当にありがとう……」

切れ切れの涼介の言葉を聞いた瞬間、体の中でガラスの砕けるような音が響いた。

体が浮き上がったかのような心地になる。

ああ、私は解放されたんだ。あの悪夢から。

「……さようなら、一輝さん」

鼻の奥につーんとした痛みをおぼえながら、秋穂は窓の外に視線を送る。

涙で滲む視界の中で、夜空に浮かぶ満月がきらきらと輝いて見えた。

320

エピローグ

「傷の具合はいかがですか？」

ティーカップをソーサーに戻しながら、秋穂が訊ねる。

「先生に潰されかけた喉のことですか？」

向かいの席でアイスコーヒーをすすっていた美濃部が、皮肉っぽく言った。

「……撃たれた傷に決まっているじゃないですか」

「そんな怒らないで下さいよ。　軽い冗談じゃないですか」

と嫁の貰い手がないですよ」

和解したというのにこのようなセクハラ発言が出てくるということは、根本的にデリカシーといせっかく美人なのに、そんな愛嬌がない

うものが欠けているんだろう。　秋穂は「余計なお世話です」と唇を歪めた。

「おかげさまで、傷の方は順調に治っています。　まもなく、捜査にも戻れそうです。　先生のおかげ

でなんとか二階級特進は免れました。　感謝しています」

つむじが見えるほどに美濃部が頭を下げる。　ずっと敵対していたこの男にあらたまって礼を言わ

れると、どうにも気恥ずかしい。「頭上げて下さいよ」と言いながら秋穂は視線を逸らした。

ガラス窓の外に見えるワンフロア下の広々としたロビーには、スーツケースを引いた観光客やビ

ジネスマンが大量に行き来している。

倉敷の死によって『真夜中の解体魔事件』に幕が下りてから三ヶ月後、秋穂と美濃部は成田空港のカフェにいた。

「さて、それじゃあ早速ですが事件についての報告に入りましょうか。手短に済ましちゃいましょう。彼はもうあの件について聞きたくないようですから」

美濃部が顔を上げる。秋穂は搭乗手続きの列に並ぶ華奢な背中を見て、目を細めた。

「きっと、もう振り返りたくないんですよ。暗い過去を乗り越えて、輝かしい未来に今日、踏み出すんですから」

美濃部は「そうですね」と相槌を打ってから話しはじめる。

「事件後、あらためて捜査を行った結果、捜査本部は倉敷こそが『真夜中の解体魔』であると認め、被疑者死亡で送検しました。それにより捜査本部は解散、事件は正式に終了しました。それはご存じですね」

秋穂は「はい」と重々しく頷いた。

あの日、倉敷を窓から突き落としたあと、重傷を負っていた涼介と美濃部はすぐに病院に救急搬送された。秋穂は駆け付けた警察官に逮捕されたが、その後、手術により一命をとりとめた美濃部の証言と、撮影していたビデオカメラの映像により、見張りの警察官を襲ったことも不問にされ釈放されていた。

すでに矢内の許可のもと、臨海第一病院の救急部に復帰し、日夜救急業務に当たっている。

「では、追加の捜査により分かったことについてお知らせします。まず、村元咲子の周辺に聞き込

みをしたところ、倉敷と頻繁に会っていたことが確認されました。また、親友の女性に詳しく聞き込みをかけたところ、咲子から、『警察学校の同期と惹かれ合い、その人物の子供を妊娠した』と相談を受けていたことが分かりました」

「もっと前に、その証言を聞き出せなかったんですか?」

聞き出せていたら、もっと早く倉敷が捜査線上にあがってきたはずだ。

「いやぁ、面目ない」美濃部は後頭部を掻く。「実はその女性の聞き込みをしたのは倉敷だったんですよ。それと、横山春江の話を聞いたのも」

「つまり、真犯人が重要証言を握りつぶしていたということですね。美濃部さんがちゃんとペアで動いていれば、そんなことにならなかったんじゃないですか」

美濃部は叱られた子供のように首をすくめた。その姿に毒気が抜かれた秋穂はため息をつく。

「でも、倉敷は独身だったんですよね。しかも、最期のときの発言を聞くと、彼女にものすごく執着していた。なら、彼女を殺す必要なかったじゃないですか。彼女が離婚後、普通に再婚すればよかっただけでしょ」

「そこは捜査本部でも疑問視されたようです。まあ、最終的には二つの仮説で強引にお茶を濁したらしいですけどね」

「二つの仮説?」

秋穂が首をかしげると、美濃部は人差し指を立てた。

「一つは、咲子と身を固めるつもりはなかったということですね。一人と添い遂げるのではなく、多くの女を落とそうとしていた。げんにあいつは、安里雪絵にも同様に執着していたようですし

「雪絵さんをストーキングしていたことは確認できたんですか?」

美濃部は「ええ」とあごを引く。

「店のキャストたちや黒服にも確認しました。安里雪絵を指名して通い詰めていたのは倉敷で間違いありませんでした。出禁になったとき、ケツ持ちのヤクザを呼ばなかったのも、あいつが警官だったからだということです」

「ということは間違いないですね。でも……」

違和感に眉根が寄ってしまう。

「あの夜、倉敷が口にした咲子さんに対する想いは、そんな軽いものではなかった気がするんですよ。本気で愛していたような気がするんですよね。それを、他の女の子と遊びたいから殺して、しかもバラバラにするなんて、あまりにも常軌を逸しています」

「そう。その『常軌を逸している』というのが、もう一つの仮説です。捜査本部も、そちらの可能性が高いと考えています」

「どういう意味ですか?」

「つまり、本気で愛していたからこそ、あんなことをしたということですよ」

「愛していたから……」秋穂は言葉を失う。

「あの男は、人を殺して解体することに興奮をおぼえていた可能性が高いってことですよ。おそらくは、性的興奮をね」

おぞましい話に、秋穂の腕に鳥肌が立った。

「最初は安里雪絵の母親など、自分の歪んだ恋路の邪魔をする人物を殺して解体することで欲求を

発散していた。しかし、やがて胸に秘めた怪物を制御できなくなって暴走し、とうとう自分が想い

を寄せる女性を手にかけずにはいられなくなった」

あまりにも異常な仮説。しかし、あの夜、血走った目から止め処なく涙を流しながら、なにかに

憑かれたかのように咲子に対する想いを語った倉敷の姿を思い出すと、それが正しいような気がし

てくる。

「ほかに報告はありますか?」緊張しつつ、秋穂は訊ねる。

「ああ、重要なことを忘れていた。実は、安里雪絵は殺されてはいませんでした」

期待したものではなかったが、あまりにも予想外の情報に秋穂は「はぁ?」と呆けた声を上げる。

「司法解剖したところ、頸部を圧迫されたことによって脳への血液が遮断されたことが死因と判明

しました。ただ、首に残っていた索条痕は何者かによって首を絞められたものではなく、首を吊った際に

つくものと判断されました」

美濃部は太い首筋に指を沿わせる。

「絞め殺されたときと首を吊ったときでは、角度が全然違うんですよ。頸部を切断されていたので、

すぐには分かりませんでしたけど」

「ま、待ってください」秋穂の声が甲高くなる。「つまり、雪絵さんは自殺だったってことです

か?」

「はい、そうです。クローゼットから首を吊るのにつかわれたであろうロープが発見されました。

天井の梁にそれを引っ掛けて首を吊ったんでしょうね。ロープからは安里雪絵の皮膚細胞も認めら

れています。彼女が自殺したのは間違いありません」

同僚だった風俗嬢の話では、雪絵は精神的にかなり不安定で、リストカットをくり返していた。

たしかに、自殺をしてもおかしくないわけではない。けれど……。

「けれど、倉敷は……」

「倉敷がやったのは遺体の解体だけです。日常的に安里雪絵のマンションまでストーキングしていた倉敷はあの夜、部屋を覗くかなんかして彼女が首を吊っていることに気づいた。本当なら自分で殺したかったが、しかたがないので遺体を解体だけして欲望を発散させたうえで、石田を呼んでスケープゴートに仕立てようとした。俺に匿名で通報してきたのも、倉敷だったのでしょう。ちなみに倉敷の自宅からは、解体に使ったと思われる電動のこぎり等の道具が発見されています。それが奴が『真夜中の解体魔』だという決定的な証拠となりました」

喋りすぎて口が乾いたのか、美濃部はストローに口をつける。アイスコーヒーがすすられる音を聞きながら、秋穂はこめかみに手を当てる。

たしかに道理は通っているような気がする。しかし、なぜか落ち着かなかった。靴を左右反対に履いているような不快な感覚をおぼえる。

「ただ、ちょっと奇妙なのは、解体に使われたと思われる道具は、事件の数日前に安里雪絵の自宅に送られたものなんですよ」

「え、どういうことですか？　誰がそんなことを？」

「はっきりとは分かっていませんが、おそらくは倉敷でしょう。前もって、解体するための道具を被害者宅に送り込んでおいた」

「え、それっておかしいじゃないですか。そんなもの送られてきたら、普通は気持ち悪くて家に置

326

いていたりしませんよ」

「まあ、そうなんですが、倉敷が安里雪絵の遺体をバラバラにしたのは間違いないので……。被疑者死亡での送検なので、あまり詳しく捜査する必要はないと判断されたようです」

歯切れ悪く言う美濃部を前に、秋穂はこめかみに手を当てる。

なにか見落としている気がする。しかし、それがなんなのか見当もつかない。

秋穂の思考は、美濃部の「さて」という声で遮られる。

「それでは、先生が最も知りたいことについてお話ししましょう。先生の婚約者、荒巻一輝さんと倉敷の関係についてです。よろしいですか」

心臓が大きく拍動した。　秋穂は疑問をいったん棚上げにして、「お願いします」と拳を握りしめた。

「結論から言いますと、いくら調べても、荒巻さんと倉敷の間に接点は見つかりませんでした」

「じゃあ、やっぱり……」

「はい、安里雪絵を手に入れるのに邪魔な母親を殺したように、あなたを手に入れるために婚約者を殺した可能性が高いです。左手の薬指が持ち去られたのも、それを示唆しています」

私が原因で一輝さんは殺された。心が黒く染まっていく。

「でも、私が倉敷に会ったのは多分、二、三回で……」

「ストーカーってやつは、一度目が合っただけの相手を運命の人だと思って付け狙ったりします。それだけ会えば十分ですよ。それに、もしかしたらあなたが気づいていないだけで、倉敷はずっとあなたを監視していたのかもしれない」

「気持ち悪いこと言わないでください」

秋穂が顔を横に振ると、美濃部が「ああ、失敬」と両手を合わせた。

ティーカップの紅茶を一口含む。ダージリンティーの爽やかな香りが、いくらか気持ちを落ち着かせてくれた。秋穂は大きく息を吐くと、ネックレスにつけている結婚指輪に触れる。

「それで、頼んでいたことはどうなりましたか」

「……申し訳ありません。荒巻さんの左手薬指、そして嵌めていたはずの結婚指輪は発見できませんでした」

「そうですか……」

覚悟はしていたので、それほど失望はしなかった。ただ、胸に穴が開いたような寂しさをおぼえる。

「できれば、形見だけでもと思ったんですが……。不甲斐ないです」

「いえ、いいんです。これも、一輝さんからのメッセージかもしれません。過去に囚われないで、未来へ踏み出せって」

秋穂はライトが輝く天井を見上げる。あの夜以来、悪夢を見ることはなくなった。ただ同時に、記憶の中の婚約者の顔が日に日にぼやけてくる感覚をおぼえていた。

彼のことを忘れることはない。けれど、いつまでも過去を引きずっていては、彼に心配をかけてしまう。

だから、前を向いて歩こう。愛しい人との大切な思い出を、胸の奥にしまって。

「未来へ踏み出す、か。まさに、今日のあいつと同じですね。お二人はいいコンビだ。ほら、噂を

すれば」

　美濃部があごをしゃくる。振り返ると、カフェに息を呑むような美少年が入ってきていた。すれ違ったウェイトレスが振り返ってその姿を追い、トレーに載せていたコップから水が零れる。

「搭乗手続きは終わった？　涼介君」

「スチュワーデスさんに色々教えてもらって何とかなりました。けど、飛行機なんて初めてなんで、緊張したし、複雑で疲れました」

　涼介はため息をつく。

「あそこで働いているのはグランドスタッフ。それに、もうスチュワーデスじゃなくて、キャビンアテンダントって呼ぶの。覚えておきなさい」

　なにを言われているのか分からないのか、涼介がまばたきをくり返していると、美濃部が笑い声をあげた。

「本当にいいコンビだな。さて先生、これから旅立つ若人を見送りにいってやりなよ」

「あんたは見送ってくれないの？」

　涼介は皮肉っぽく、薄い唇の端を上げる。今日は、涼介がアメリカへと旅立つ日だった。殺人犯の疑いが晴れた涼介は、入院とリハビリを終えて退院すると、すぐに留学の準備をはじめた。ロサンゼルスの演劇学校への入学の手続きは、秋穂も色々と手伝った。

「俺みたいなむさいおっさんに追いかけられるのはこりごりだろ。見送りは、美人のお姉さん一人で十分だ」

　涼介は「そりゃそうだ」と肩をすくめる。美濃部は虫でも追い払うように手を振る。

「餞別としてここは奢ってやるから、さっさと行きな」

「言われなくても。じゃあ、先生。行きましょう」

涼介に促された秋穂は、戸惑いながら立ち上がる。その二人の別れが、こんな調子でよいのだろうか。

し、『真夜中の解体魔』を艶した。

涼介がわきを通るとき、美濃部が軽く手を挙げた。

激しく敵対した二人だが、最後の最後で協力

「頑張れよ」

「あんたもな」

涼介はふっと微笑んで、美濃部の手を叩く。小気味いい音が響くのを聞きながら、秋穂は表情を

緩めると、涼介とともにカフェを出て、保安検査場の前までやって来る。

「それじゃあ、ここでお別れだね」

秋穂は笑おうとするが、なぜか鼻の奥にツーンとした痛みをおぼえた。

「日本に帰ってくるときには、絶対連絡してよね」

「ごめんなさい、先生。僕はもう、日本に帰ってくるつもりはないんです」

涼介は哀しげに目を細めた。

「過去を完全に捨てて、一からやり直すつもりなんで」

「そっか……。それがいいかもね」

涼介にとって、この国での出来事はあまりにもつらすぎた。もう全てを忘れてしまいたいのかも

しれない。

「でも、ママ、雪絵先輩、そして……先生のことだけは忘れません」

330

虚をつかれ、秋穂は「えっ」と声を漏らす。涼介は瞳を閉じた。

「三人のことをおぼえてさえいるなら、こうやって目を閉じたら先生たちの顔が瞼の裏に浮かんでくるなら、僕はどこにいても頑張れる。そんな気がするんです」

「涼介君……」

胸が熱くなり、秋穂は言葉に詰まる。涼介は目を開けると、ポケットから小さな封筒を取り出した。

「これ、受け取ってください。手紙が入っています」

封筒を手渡された秋穂がそれを開けようとすると、涼介は「あっ、待って」と慌てて言う。

「読むのは、あとにして下さいよ。さすがに目の前で読まれたら照れくさいです」

秋穂は「あ、ごめん」とジャケットのポケットに封筒をしまった。

「それじゃあ、本当にこれでお別れですね」

はにかみながら差し出された手を、秋穂は握りしめる。

「涼介君、あなたに会えてよかった。あの日、事故に遭ったあなたが偶然うちの病院に搬送されてきたからこそ、私は大切な人の仇を討つことができた」

「先生、偶然なんかじゃないですよ」

手を握ったまま、涼介は首を横に振る。

「運命だったってこと?　だめよ、もうジゴロはやめたんだから、そんなくさいこと言っちゃ」

「先生、実は一つ隠していたことがあるんです。僕、あの夜の前にも先生に一度、会っているんですよ」

「え？　私に？」秋穂は小首をかしげる。

「ええ、そうです。中学生の頃、半グレのメンバーの彼女に手を出して、袋叩きにされて死にかけたことがありました。そのとき僕、先生に会っているんです」

「死にかけの中学生……」

つぶやいた瞬間、頭の中で記憶が弾けた。秋穂は息を呑む。

研修医時代、血塗れで搬送されてきた緊張性気胸の少年。はじめて一人で患者の命を救い、そして救急医を目指すきっかけになった出来事。のちに婚約者となる男性と、はじめて絆を感じた出来事。

「まさか、あの子が……」

秋穂は声を絞り出すと、涼介は笑みを浮かべた。心から幸せそうに。

「思い出してくれましたか。そう、僕はあのときの中学生だったんですよ。あのとき、先生は『絶対に助けてあげる』って言って、本当に僕を救ってくれました。それが、とっても嬉しかった。あそこまで僕のために必死になってくれる人はそれまで、ママしかいなかったから。僕にとって、先生は雪絵先輩より先に現れた『特別な人』だったんです」

「まさか、わざとうちの病院の近くで転倒して、搬送された？　そうすれば、私が診察すると思って。」

じゃあ、雪絵さんの部屋から逃げ出した涼介君が、臨海第一病院に搬送されたのは偶然じゃない？

いや、そんなわけない。秋穂は軽くかぶりを振る。彼を以前診たのは、大学病院だ。私が臨海第一病院で働いていることを彼が知っているわけがない。

332

⋯⋯いや、そうだろうか？　頭をかすめた想像に、秋穂は寒気をおぼえる。

　もしかしたら、涼介君は私があの日、臨海第一病院の救急部で夜勤をしていると知っていたので

はないだろうか。『特別な人』である私のことを、隅々まで調べ上げていたから。

「その表情です」

　涼介に声をかけられ、秋穂は体を震わせる。

「その表情、ママそっくりです。『涼ちゃん、お願いだから本当のことを教えて』って言ってきた

ママに。⋯⋯本当に綺麗でした」

「本当の⋯⋯こと⋯⋯？」秋穂はその言葉をくり返す。

「だから、僕は答えたんです。本当のことを。そのときのママ。本当に美しかった。僕はこれを見

るために生まれてきたんだ。この瞬間のために生まれてきたんだ。子供心にそう思いました」

　恍惚の表情で涼介がつぶやく。しかし、すぐにその顔は哀しげに歪んだ。

「けど、次の日、ママはいなくなっちゃいました。いつも優しく僕を撫でてくれた手を切り落とし

て」

　自殺した母親を発見した涼介は、義理の父が帰ってくるまで、切り落とされた手に頰ずりして泣

き続けていた。桐生から聞いた話を思い出しながら、秋穂は息を乱して思考を巡らせる。

　本当のこととはなんなんだ？　母親の死に、それが関係しているというのだろうか。そのとき涼

介の父親のセリフが耳に蘇った。

　――涼介は弟を、俺の息子を殺したんだ。

　裸で氷点下の世界に放り出されたような心地になり、膝が笑い出す。

違う。そんなわけがない。私の勘違いだ。秋穂が必死に自らに言い聞かせていると、涼介は「あ

っ」となにか思い出したかのように声を上げた。

「そういえば僕、どうして『真夜中の解体魔』が雪絵先輩のお母さんの足首を持ち去ったのか、分

かった気がしたんです」

「なんで、いまそんな話を……」

かすれ声で言うが、涼介は構わず話を続けた。

「僕と別れるかどうかで雪絵先輩とお母さんが自宅でもめたときの話です。雪絵先輩が飲んでいた

熱いコーヒーが入ったカップが倒れ、お母さんの右足にかかったらしいです。それで驚いて雪絵先

輩は我に返ったんです」

明るい口調で涼介は続ける。

「つまり、その足の火傷のあとは、雪絵先輩とお母さんの絆でもあったんです。きっと、『真夜中

の解体魔』はその絆を奪って、雪絵先輩を絶望させたかったんですよ」

たしかに、私も一輝さんとの絆を奪われた。二人で過ごす未来である結婚指輪と、それを

嵌めていた左手の薬指を。

「なんで、絶望なんて……、倉敷は雪絵さんを手に入れたかっただけのはず……」

口から漏れた声は、自分でもおかしく感じるほどに震えていた。

「そんなの決まっているじゃないですか。『真夜中の解体魔』は絶望した顔を見たかったんですよ。

魂が腐り落ちそうなほどに絶望した人間は綺麗じゃないですか。……この世のなによりも綺麗」

涼介は懐かしそうに空中を眺める。

334

「ママは元々すごく綺麗だったけど、弟が死んでからはさらに綺麗になって、どんどん痩せて白くなって、どんどん目から光が消えていって、すごく綺麗な人形みたいになった。そして、『本当のこと』を知ったとき、ママの魂が砕けて僕だけの人形になったんです。大切な僕だけの人形」

「でも、僕の人形はすぐに壊れちゃった。だから新しい人形が欲しかった。ずっとずっと欲しかった」

幸せそうに微笑んだままの涼介の瞳から涙の雫が零れ、陶器のように滑らかな頬を伝った。

目元をシャツの袖でぬぐった涼介の視線が、秋穂を捉える。秋穂はとっさに、掴んでいた手を離した。

「倉敷がそんなことのために、人を殺して、遺体の一部を奪っていたっていうの？」

「ええ、『真夜中の解体魔』はきっと、僕と同じ気持ちだったと思うんです。自分が創り出した自分だけの人形をずっと愛でていたい。そう思ったんじゃないでしょうか」

「そんなおぞましいことを、本当に倉敷が考えていたっていうの？」

「さあ、どうなんでしょう。倉敷は何を考えていたんでしょうね。まあ、いまとなってはどうでもいいことですよね。『真夜中の解体魔』は消えたんですから」

涼介は小さく肩をすくめると、軽い口調で言う。毒気を抜かれて目をしばたたかせる秋穂を、涼介は優しく抱きしめた。

「それじゃあ、先生。名残惜しいけど、ここでお別れです。どうかお元気で。先生が日本で元気でいてくれる。それだけで僕は頑張れます。先生は僕の最後に残った『特別な人』なんですから」

体を離した涼介は屈託ない笑みを浮かべる。

「う、うん。涼介君も元気で」

どこか拍子抜けしつつ秋穂が答えると、涼介は名残惜しそうに身を翻し、保安検査場の列に並ぶ。

その背中を眺めながら、秋穂は鼻の頭を掻いた。

最後にかける言葉を頭の中で何度もシミュレートしていたのだが、涼介が変なことを言い出したせいで、タイミングを逃してしまった。

まあいい。今生の別れというわけではないだろう。その気になれば私がアメリカに会いに行けばいいだけだ。

「特別な人……か……」

無意識につぶやいてしまう。なぜその言葉が気になったのか考えたとき、以前、涼介が口にしたセリフが頭をよぎる。

──倉敷さんは僕にとって『特別な刑事』なんです。

倉敷も、涼介君の『特別な人』だった？　だとしたら、母親を亡くして以降の彼にとっての『特別な人』は雪絵さん、倉敷、そして私。その三人の共通点は……。

……『真夜中の解体魔』に大切な人を奪われ、絆を奪われていること。

いや、なにを考えているんだ。倉敷こそが『真夜中の解体魔』だったのは間違いない。あの男自身が告白したのだから。

「うん……。告白なんてしていない……」

記憶を反芻した秋穂の口からかすれ声が漏れる。あの夜、倉敷が告白したことは、村元咲子と関

係があったこと、安里雪絵と会っていたこと、そして雪絵の遺体を解体したことだけだ。

安里雪絵が自殺だった。そして、彼女の家に解体に使う道具が用意されていた。

まるで、雪絵が自分の遺体を切断させようとしていたかのように。

稲妻に打たれたかのような衝撃が脳天を貫く。気を抜けば、その場に崩れ落ちてしまいそうだった。

雪絵は涼介によって不幸のどん底に落ちたと言っていた。それは、彼と交際したことにより借金を背負ったからだと理解していた。けれど、違ったのかもしれない。

何よりも大切な母親を、涼介に殺されたから。

息が乱れてくる。この三ヶ月起きていなかった過呼吸発作の前兆。秋穂は必死に呼吸を鎮めつつ、頭を働かせはじめる。

「倉敷は雪絵さんと私に接触していた。それは獲物としてではなく、『真夜中の解体魔』に大切な人を奪われた仲間だったから?」

村元咲子と不倫関係にあった倉敷は、涼介が『特別な人』の大切な相手を殺しているのではないかと疑った。けれど、それを捜査本部に伝えるわけにはいかなかった。咲子との関係がバレれば、自分が捜査から外されるだろうから。だから彼は一人で涼介を追っていた。

第三の事件の後、倉敷が私を食事に誘ったのは、私に執着していたからではなく、自分と同じように大切な人を奪われた者として、仲間に引き入れたかったから。

けれど話を聞かず、それから実家に帰った私に、捜査本部で捜査に当たっている倉敷はコンタクトを取れなくなった。電話などで話せることではないから。けれど、雪絵に対しては違った。彼女

を指名することで、倉敷は雪絵と十分に時間をかけて話すことができ、そして二人は一つの結論に達した。

石田涼介こそ、『真夜中の解体魔』だと。

激しい嘔気とともに、食道を熱いものが駆け上がってくる。秋穂は両手で口元を押さえた。ダージリンティーと混ざった胃液が、口の中を満たす。

不快感を押し殺しながらそれを飲み下すと、秋穂は歯を食いしばって脳を動かし続ける。自らの想像が間違いだという根拠を探すために。しかし、考えれば考えるほどに、まるでパズルのピースが嵌まっていくように、真実が見えていく。

元恋人に母親を殺されたこと、もし自分が涼介に関わらなければ、母が死ぬことなどなかったことを確信した雪絵は、さらに精神的に不安定となっていった。倉敷も雪絵もなんとか涼介こそが『真夜中の解体魔』だと証明しようとしたが、その証拠を見つけることができず、そして涼介はアメリカへと逃亡しようとしていた。

だから、安里雪絵は行動に出た。

自らをバラバラにする道具を準備し、そして倉敷に連絡を取って指示を出したうえで、首を吊って自ら命を絶った。その後、駆け付けた倉敷は、彼女の覚悟をかって指示通りの行動をとった。雪絵の遺体を解体し、涼介を罠にかけるという行動を。

刑事として捜査に関わっている倉敷なら、『真夜中の解体魔』の犯行現場を完全に再現することもできるはずだ。数時間かけて雪絵の遺体をバラバラにした倉敷は、雪絵が用意していた手紙で涼介を呼び出したうえ、美濃部に匿名で通報をし、そしてともに現場に踏み込んだ。

たんに涼介を殺すだけでは満足できなかったのだろう。彼が『真夜中の解体魔』、連続殺人鬼であることを全国に晒さなくては気が済まなかった。

私に涼介が『真夜中の解体魔』だと伝えたり、捜査情報を流したのは、そうすれば私が彼を殺すと思ったから。同じ大切な者を奪われた仲間として、私に復讐のチャンスを与えようとしていた。

けれど、私が思いのほか真相に近づきつつあったので、桐生を使って私に調査をしないよう圧力をかけた。しかし逆に、アリバイの件まで気づかれてしまい、黒崎と桐生の口を封じざるを得なかった。

おそらく、雪絵の遺体を解体した数時間で、彼も正気を失っていたのだろう。涼介を地獄に落とすためだけに生きる、復讐の鬼と化していた。だからこそ、アリバイについて知っている二人を殺し、仲間である美濃部を撃つ、そして涼介とともに命を落とすことも躊躇がなかった。

「そんなこと、あるわけない……」

秋穂は激しく頭を振る。全部、妄想だ。すべて無理やりこじつけただけの空論でしかない。

顔を上げた秋穂の視界に、保安検査場のゲートをくぐろうとしている涼介の後姿が飛び込んできた。

止めるべきだろうか。けれど、なんの根拠もない仮説で、涼介の門出を邪魔するなんて……。

そこまで考えた秋穂は、はっと息を呑むと、ジャケットのポケットから封筒を取り出す。

涼介から渡された手紙、そこになにか手がかりがあるかもしれない。

封筒を開いた秋穂は、鼻の付け根にしわを寄せる。中に手紙は入っていなかった。しかし、底になにかが見える。

封筒を逆さにして振った秋穂の掌に小さな金属が落下した。

それは、指輪だった。内側に『Kazuki & Akiho』と彫られている、プラチナの結婚指輪。

悪夢がはじまったあの日に奪われた、愛する人との大切な絆。

視界が真っ赤に染まる。全身の血が沸騰する。

気づくと秋穂は床を蹴り、叫びながら保安検査場のゲートに走っていた。

並んでいる客たちを押しのけ、「お客様、待ってください！」というグランドスタッフの声を無視して、強引にゲートをくぐろうとする。すぐ目の前まで近づいた涼介の背中に手を伸ばしかけた

瞬間、足を払われ、秋穂はその場に倒れ込んだ。

「確保！　応援を呼んで！」

屈強な空港警備員が、秋穂を押さえ込みながら言う。

「離して！　あいつを！　あの悪魔を止めないと！」

懸命に身をよじっていると、先で足を止めた涼介が、ゆっくりと振り返り視線を向けてきた。

芸術品のごとき艶やかな顔には、無邪気で残忍な笑みが浮かんでいた。

虫の羽を一枚一枚剝いでいく少年のような笑み。

「さようなら、僕の愛しいお人形さん」

どこまでも幸せそうに囁いた涼介は、踵を返すとゆっくりと搭乗ゲートへと向かっていく。

秋穂の悲痛な絶叫が、出発ロビーに響き渡った。

本作品は書き下ろしです。

装幀　坂野公一（welle design）

装画　いとうあつき

● 知念実希人（ちねん・みきと）

一九七八年、沖縄県生まれ。東京慈恵会医科大学卒、日本内科学会認定医。二〇一一年、第四回島田荘司選ばらのまち福山ミステリー文学新人賞を「レゾン・デートル」で受賞。一二年、同作を改題、『誰がための刃』で作家デビュー（一九年『レゾンデートル』として文庫化）。一四年に始まる「天久鷹央」シリーズが人気を博す。一五年『仮面病棟』が啓文堂文庫大賞を受賞、ベストセラーに。『崩れる脳を抱きしめて』『ひとつむぎの手』『ムゲンのi（上・下）』で、一八年、一九年、二〇年本屋大賞に連続ノミネートされる。『優しい死神の飼い方』『時限病棟』『リアルフェイス』『レフトハンド・ブラザーフッド』『誘拐遊戯』『十字架のカルテ』『傷痕のメッセージ』『硝子の塔の殺人』など著書多数。

真夜中のマリオネット

二〇二一年一二月二〇日　第一刷発行
二〇二二年 三 月二三日　第四刷発行

著者　　知念実希人

二〇二二年三月二三日　第一刷発行

発行者　徳永　真
発行所　株式会社集英社
　　　　〒一〇一-八〇五〇　東京都千代田区一ツ橋二-五-一〇
　　　　電話　〇三-三二三〇-六一〇〇（編集部）
　　　　　　　〇三-三二三〇-六〇八〇（読者係）
　　　　　　　〇三-三二三〇-六三九三（販売部）書店専用

印刷所　大日本印刷株式会社
製本所　加藤製本株式会社